데스마치에서 시작되는
이세계 광상곡
27

사토
미아
리자
이네니마아나
나나
루루

카리나
아리사
포치
타마

"오랜만입니다, 세나 씨."
"사토 씨, 기다렸어요."

데스마치에서 시작되는 이세계 광상곡 27

★★★

아이나나 히로

Death Marching to the Parallel World Rhapsody

Presented by Hiro Ainana

CONTENTS

Death Marching to the Parallel World Rhapsody

세류 시, 재방문

"사토입니다. 옛말에 「의사도 쿠사츠의 온천도 상사병은 못 고친다」라고 했습니다만, 현대에도 연애 고민은 마음대로 되지 않는 법입니다. 그리고, 그건 이세계에서도—."

"마스터, 전방에 세류 시 외벽탑이 보인다고 보고합니다."

말 위에서 그렇게 보고한 것은 금발벽안의 거유 나나다. 묘령의 미녀로 보이지만, 실제 연령은 1세를 이제 막 넘은 호문클루스이기도 하다.

"사토, 하늘."

나나가 탄 골렘 말에 동승하고 있는 미아가 북방의 산을 올려다보며 가리켰다.

말이 걷는 리듬에 흔들리고 있던 옅은 청록색의 머리카락이, 고개의 움직임으로 크게 흔들려 엘프의 특징인 조금 뾰족한 귀가 보였다.

"주인님, 와이번인 것 같습니다."

손으로 햇살을 가리면서, 북방의 산을 올려다보며 고한 것은 주황 비늘 종족의 리자다.

오늘은 경장 갑옷만 입고 있어서 주황 비늘 종족의 특징인 손목이나 목덜미의 오렌지색 비늘이 햇빛을 반사하며 반짝반짝 빛나고 있었다.

"사냥감~?"

"고기인 거예요!"

와이번이란 말에 마차의 창에서 뛰쳐나가려 한 것은, 하얀 숏헤어에 고양이 귀 고양이 꼬리를 가진 어린 소녀 타마와 다갈색 머리카락을 보브컷으로 정돈한 강아지 귀 강아지 꼬리의 어린 소녀 포치다.

—LYURYU.

포치가 걸고 있는 펜던트—「용면 요람(드래곤 크레이들)」에서 작은 어린 용 류류가 나타났다.

평소에는 용면 요람에서 잠들어 있는 류류지만, 포치의 즐거운 기분에 이끌려 눈을 뜬 모양이다.

"와이번이 상대라면 실력을 발휘할 수 있겠답니다."

마차의 맞은편 좌석에서 주먹을 쥐고 용감한 말을 한 것은 폭유를 넘어선 마유의 소유자, 금발 롤의 아가씨인 카리나 양이다.

요즘 즐겨 쓰는 무구인 「수왕장구」를 언제든지 장비할 수 있도록 승마복을 입고 있는 탓에, 몸의 라인이 드러나 있어서 대단히 시선을 보내기 어렵다.

뭐, 마차의 진동으로 흔들리는 가슴 정도는 아니지만.

"아, 죄송해요. 마침 좋은 위치에 와서 격추해버렸어요."

마부석에서 말한 것은, 긴 검은 머리카락을 가진 일본풍 미소녀 루루였다.

픽션 속에서도 보기 드문 초절적인 미모를 가진 그녀는, 저격 실력이 시가 왕국에서도 다섯 손가락 안에 들어간다.

"회수는 맡겨줘~."

"포치도 같이 가는 거예요!"

타마가 인술로 그림자에 들어가고, 포치와 류류가 거기에 뛰어들어 함께 마차 안에서 사라졌다.

분명히 격추한 와이번을 회수하러 간 거겠지.

출발이 늦은 카리나 양이 조금 쓸쓸해 보였다.

"두 사람은 기운이 넘치네~. 역시 아이들한테 마차에서 얌전히 앉아 있으라고 하는 건 무리가 있어."

내 옆에서 아줌마 같은 말을 한 사람은, 전생자인 소녀 아리사였다.

지금은 편한 사람들과 있어서 불길하단 소문이 도는 보라색 머리카락을 당당히 드러내고 있었다.

"쿠보크 왕국을 나선 뒤부터 마물과 거의 안 만났으니까."

분명히 지루했을 거야.

"쿠보크 왕국에서는, 괜찮았어?"

아리사가 말을 흐리며 물어봤다.

"후배 씨 말이니?"

"응. 옛날 지인이지? 쿠보크 왕국에 두고 와도 괜찮아?"

"이쪽에서 결혼도 한 모양이고, 본인이 쿠보크 왕국에 남는다고 정했으니까 어쩔 수 없어."

요워크 왕국에 출현한 마왕을 사가 제국의 새로운 용사 두 사람과 토벌한 다음에 들른 쿠보크 왕국에서, 나는 일본에 있을 무렵 지인이던 후배 씨와 예상 밖의 재회를 이루었다.

쿠보크 왕국에서 동료들과 함께 성 아랫마을을 산책하고 있을 때—.

◇◇◆◇◆◆

『스즈키 선배!』

주점 앞에서 부딪힌 검은 머리카락의 소년이 내 본명을 말했다.

"혹시, 너는—."

내 앞에 나타난 검은 머리카락의 소년— 아니, 청년은 내가 아는 인물이었다.

이세계로 오기 전, 데스마치를 하게 된 원인.

『—후배 씨?』

실종된 회사의 후배가, 이세계에 있었다.

『어라? 선배, 어쩐지 줄어들지 않았어요? 나이도 젊어진 것 같고? 혹시 동생이신가? 하지만 나를 후배 씨라고 했죠?』

『취했군…….』

『안 취했고든요! 나는 맨정쉰입니다!』

혀도 꼬였어.

"죄송합니다, 귀족님! 제 남편이 무례를!"

의젓한 느낌의 여성이 주점에서 뛰쳐나와, 후배 씨의 머리를 붙잡고 같이 고개를 숙이며 사과했다.

"남편이라면, 그의 아내인가요?"

"앗, 네. 레에지의 아내인―."

"에헤헤~, 이쪽에서 아내가 생겼습니다."

일본에 있을 때는 여자랑 연이 없었는데, 이렇게 말하면 「사돈 남말하시네」라고 할 것 같아.

"주인님, 조금 조용한 장소로 이동하는 게 좋지 않을까?"

아리사가 조언을 해줘서, 소란스런 주점 앞에서 후배 씨 부부를 데리고 이동했다.

후배 씨 아내는 처벌을 피하려고 후배 씨를 필사적으로 옹호했지만, 이동하면서 그랑 아는 사이라고 말해 안심시키는데 성공했다.

조금 복잡한 이야기가 될 것 같아서, 카리나 양 격리를 위해 아리사 말고 다른 멤버는 따로 움직였다.

"써어."

"입다물고 마셔."

주정뱅이를 제정신으로 돌리기 위해 알코올 분해를 촉진하는 마법약을 먹였다.

후배 씨가 너무 쓴 맛에 그만 마시려고 했지만, 선배의 강권을 발동하여 억지로 마지막까지 먹였다.

"너무해요~, 스즈키 선배애. ―어, 스즈키 선배 맞는 거죠?"

"그래, 맞아."

회사의 동료들이 「사토」라고 부르는 것은 SNS의 닉네임으로 부르는 느낌이 들어서 조금 낯간지럽거든.

"그래서, 일본에 있어야 할 네가 어째서 쿠보크 왕국에 있어?"

"그~게 말이죠. 회사에서 먹고 자며 일하고 있을 때였던가? 야식을 사러 밖으로 나갔을 때, 사투리를 쓰는 이상한 중년 남자가 시비를 걸어서 도망치려고 했는데 눈앞에 보라색의 커다란 고리 같은 게 있어서 거기에 들어갔더니 돌로 된 성 같은 장소더라고요."

그는 아내가 내민 물이 든 컵으로 입을 축이면서 말을 이었다.

그의 아내가 「또 눈가 가렸어!」라고 화내며 후배 씨의 머리카락을 머리 위로 묶어 얼굴이 보이도록 했다. 그는 회사에 있을 때부터 완고하게 눈가를 가리는 스타일을 유지하고 있었는데, 아무래도 아내한테는 거스르지 못하는 모양이군.

"거기에 보라색 머리카락의 굉장한 미인이 있고, 주변에 코스프레를 한 건지 영화에 나오는 마법사 같은 차림을 한 녀석들이 잔뜩 있었단 말이죠."

아마, 그가 말한 「보라색의 커다란 고리」는 이세계로 오는 전이 게이트였겠지.

보라색 머리카락의 미녀— 전생자가 가진 유니크 스킬이 틀림없어.

"잠깐, 레에지. 신혼인데 벌써 바람이야?"

"아, 아니야! 나는 우리 아내 외길이야! 그러니까 그 주먹을 내려주세요. 부탁드립니다."

아내랑 후배 씨가 꽁냥댄다.

"선배, 그런 눈으로 보지만 말고 도와주세요."

"그래서, 너를 소환한 사람들이 뭐라고 하지 않았어?"

"잘 모르는 외국어라 전혀 모르겠어요."

그러고 보니 그는 언어 계통 스킬이 없었다.

아무래도 쿠보크 왕국의 말을 자력으로 배운 모양이군.

해외여행을 갈 때마다 현지어를 배웠던 그의 지나치게 특수한 경험이 활용된 모양이다. 취미— 재주가 있으면 도움이 되는 법이군.

"아, 잠깐만. 보라색 머리카락의 미인—."

"잠까안, 또 여자 이야기야?"

"기다려! 진지한 이야기야."

후배 씨가 아내를 달래면서 말을 이었다.

"다른 사람이 『유리코』라고 불렀어요."

유리코— 그 이름은 르모크 왕국의 메네아 왕녀에게 들었던, 랜덤으로 다른 세계에서 누군가를 소환하는 능력을 가지고 있던 전생자의 이름이다.

아마도 그가 소환된 건 르모크 왕국이 틀림없을 거야.

"옆에 왕관을 쓴 사람이 있었어?"

"그~게, 그러고 보니 있었던가, 싶기도……. 죄송합니다, 기억 안 나요. 그 다음이 너무 충격적이라……."

"충격적?"

"그래요, 그거! 커다란 검은 악마 같은 괴물이 나타났다니까요. 빌딩보다 커다란 괴물이, 엄청나게 커다란 손으로 주저앉은 나를 붙잡았어요."

"—마족일까?"

"아마, 그렇겠지."

르모크 왕국의 메네아 왕녀에게 들은 여덟 명째 소환 이야기와 부합된다.

"붙잡힌 건 너뿐이야?"

"죄송합니다. 당시엔 너무 당황했어서 기억이 안 나요."

뭐, 어쩔 수 없지.

소환 직후에 대형 마족에게 붙잡히면, 나도 당황해서 패닉에 빠졌을 거야.

"나를 붙잡은 괴물이 하늘로 날아오르더니, 그 다음에—."

후배 씨가 토하는 걸 참으며 말한 내용을 정리하면, 그를 붙잡은 마족이 전격과 화염으로 소환의 방을 철저하게 파괴했다고 한다.

그는 두려움에 눈을 감아버려서 지상에 있넌 사람들이 어떻게 됐는지는 모른다고 했다.

메네아 왕녀의 말에 따르면 소환에 관련된 사람들은 마족이 전멸시켰다고 했으니, 안 본 게 아마 정답일 거야. 자칫 보기라도 했다간 트라우마가 됐겠지.

"그 다음에는 기절해서 잘 모르겠지만, 여기랑 다른 성이 있는 도시에 내려서—."

거기까지 말한 후배 씨가 깨달은 표정으로 뭔가를 떠올렸다.

"그렇지! 거기서 나한테 시비를 건 중년 남자를 버렸어요."

"중년 남자라면, 원래 세계에서 시비 건 사람?"

"맞아요."

혹시, 그 중년 남자—.

"신의 아버지일까?"

"가능성이 높아."

아버지 마왕은 유니크 스킬을 가지고 있었지만, 요워크 왕국에서 왕위 찬탈을 꾸미던 「환도원의 마녀」 뮤데와 동생인 기기라와 같은 유니크 스킬이었고, 새로운 용사들의 이야기를 들어보면 보라색 머리카락의 전생자도 아닌 것 같았다.

내가 신의 아버지에 대한 특징을 설명하자, 후배 씨가 시비를 건 중년 남자와 일치한다는 대답을 했다. 아무래도, 르모크 왕국에서 소환된 것은 여덟 명이 아니라 아홉 명이었나 보군.

"괴물은 또 하늘을 날아서, 이 나라의 성 앞에 나를 버렸어요."

"마족은 뭘 위해서 그런 일을 한 걸까?"

"글쎄?"

후배 씨가 고개를 옆으로 저었다.

마족은 어디론가 사라지고, 며칠 뒤에 성과 이궁이 불타는 사건이 있었다고 한다.

"나랑 루루가 이궁에서 도망쳤을 때네."

"그때 마족이 접촉하진 않았니?"

"아뇨, 전혀. 그저…… 멀리서 봤는데, 나를 붙잡았던 괴물하고는 다른 종류 같았어요."

각각 다른 마족 짓인가?

하긴 아리사가 있던 이궁과 왕성을 태운 마족은 그녀의 예전 가신이 계약한 녀석이었던 것 같으니까, 거기에 연관성이 있는 것 같지는 않군.

"그래서 내가 성 앞에서 넋이 나가있던 남편을 발견해서, 집에 데리고 온 거야.”

“헤~, 용케 이런 낯선 남자를 주워 왔네.”

“본 적이 없는 훌륭한 옷을 입고 있었으니까, 분명히 높은 신분일 거라고 생각해서 챙겨줬었지.”

아내가 후배 씨의 그 뒤의 일을 알려주었다.

처음에는 양복 차림의 후배 씨를 보고 사례금 목적으로 다가갔다고 하는데, 타고난 성격으로 후배 씨를 챙겨주다 보니 그가 자력으로 쿠보크 왕국의 말을 익힐 무렵에는 연인 관계가 되어 있었다고 한다.

“우리랑 같이 갈래? 지금은 본래 세계로 돌아갈 방법은 모르지만, 금전적인 고생은 안 해도 되는데.”

“죄송합니다. 저는 이 나라에 남을게요. 아내가 있기도 하고, 아내의 부모님이나 이 도시 사람들한테도 꽤나 신세를 졌으니까요.”

“여기에 뼈를 묻을 셈이야?”

“네.”

후배 씨가 사내다운 표정으로 대답했다.

물론, 그 다음에 곧―.

“아, 하지만 일본으로 돌아갈 방법을 알아내면 알려주세요! 보고 있었던 순정 만화나 애니메이션 후속편을 보고 싶으니까!”

“이해돼!”

이렇게 말해서 아리사와 의기투합하더니 진지한 분위기를 망쳐버렸다.

이 위험한 세계에 그를 방치하는 건 걱정되지만, 1회용 긴급 경보 장치와 당분간은 걱정이 없을 정도의 금화랑 마법약을 두고 가면 괜찮겠지.

엘루스 군에게도 그를 은근히 신경 써달라고 부탁해뒀으니까.

◆◆◇◆◇◇

그런 일을 떠올리는 사이에도, 마차는 세류 시의 외문이 보이는 장소에 도착했다.

"사람이 잔뜩 있는 거예요!"

"카~니발~?"

"이 시기에 그런 것은 없었다고 생각합니다만……."

아인 소녀들이 혼잡한 문을 보면서 고개를 갸웃거렸다.

내가 세류 시에 있었던 건 짧은 기간이라 기억이 애매하지만, 그래도 낮에 이 정도 행렬이 생긴 걸 본 기억은 없었다.

"마스터, 귀족은 따로 입시 심사를 한다고 문지기가 말했다고 보고합니다."

말을 타고 선행했던 나나와 미아가 돌아왔다.

루루가 마차를 몰아서 행렬을 벗어나, 정문에서 기다리는 문지기 앞으로 갔다.

그곳에는 아는 인물이 있었다.

"거기 멈춰라. 이 마차는 어느 귀족님 거야?"

"오랜만입니다, 기사 쏜."

그는 내가 처음 세류 시에 왔을 때 수속을 해준 기사였다.

"오~, 분명히 제나 아가씨의 연인이었지?"

날 기억하는 모양이군.

"제나 씨는 연인이 아니라 친구입니다."

"그래? 뭐, 그런 걸로 해두자고."

기사 쏜이 그렇게 말하고 마차에 시선을 돌렸다.

"그래서, 지금은 귀족님의 종자로 일하는 거야?"

"아뇨, 종자가 아니라 귀족이 됐어요."

내가 말하고 귀족의 신분증을 그에게 보였다.

"귀족? 전에는 가짜로 신고를 한 거야?'

"아뇨. 그 다음에 무노 백작령에서 귀족이 됐어요. 그때 야마토석으로 감정했잖아요?"

"그러고 보니 그랬었지."

기사 쏜이 불쾌한 표정을 짓길래, 오해를 풀고자 진실을 말했다.

"뭐, 무노령이라면 명예 사작이 되어도 이상할 것은—."

신분증을 본 기사 쏜의 표정이 얼어붙었다.

"자작? ……신분 사칭은 중죄거든."

"—펜드래건 각하!"

기사 쏜의 심각한 목소리를, 순서를 기다리던 상인이 덮었다.

"역시, 펜드래건 각하가 아니십니까!"

친근한 기색이지만 누군지 기억이 안 나네.

"펜드래건? 『마왕 살해자』인가!"

"이 분이 소문 무성한 『마왕 살해자』 펜드래건 자작님이라고?!"

주변의 상인들이 유명인을 만난 감성적인 사람처럼 끓어올랐다.

참고로 그들은 왕도의 상인이라 일방적으로 나를 아는 모양이다. 듣자하니 세류 시는 미궁 덕분에 찾아오는 사람이 많은 것 같군.

악수를 바라는 사람들에게 응답하면서, 대화가 중단된 것을 기사 쏜에게 사과했다.

"아뇨, 방금 전에는 실례했습니다."

"무슨 일이 있었나요? 그들의 목소리가 너무 커서 안 들렸습니다."

다른 영지의 자작을 신분 사칭자 취급하면 일이 커지니까, 시치미 떼면서 안 들린 것으로 했다.

"고맙습니다. —백작님께 알려라. 무노 백작령의 펜드래건 자작님이 방문하셨다."

기사 쏜의 명을 받은 문지기가 말에 올라타 성을 향해 달렸다.

귀인용 대합실을 권했지만, 그냥 기다리기만 하면 한가하니까 마차만 맡기고 먼저 문전 여관과 해결사를 방문하기로 했다.

◆

"유니를 만나러 가는 거예요!"

"네잉네잉~."

포치가 말하는 「유니」는 문전 여관에서 심부름을 하는 어린 소녀다.

거리를 따지면 「해결사」가 문에서 더 가깝지만, 포치와 타마가 흥분했으니 문전 여관부터 가자.

"포치, 문전 여관에서 류류가 나오면 소동이 일어날 테니까 용면 요람은 내가 가지고 있을게."

"네, 인 거예요."

포치가 목에 걸고 있던 용면 요람을 나에게 건넸다.

아까 와이번 회수 소동 때 들뜬 탓인지 류류는 용면 요람 속에서 잘 자고 있군. 이거라면 포치가 들떠도 깨진 않겠어.

"안녕하세요?"

문전 여관 1층에 있는 식당이 만원이다.

"아! 사토 씨! 오랜만이야!"

간판 아가씨 마사가 끌어안으며 환영해 주었다.

여전히 13세라고 생각하기 어려운 볼륨이군. 이차, 신년이 지났으니까 14세인가?

"마사, 건강히 잘 지냈니?"

"응, 물론이지!"

그건 그렇고 1년만인데도 용케 내 이름을 기억하고 있네.

여관의 간판 아가씨는 기억력이 뛰어난 걸까?

"자, 이만 떨어지시고."

"응, 파렴치."

아리사랑 미아가 솜씨 좋게 끼어들어서, 나랑 마사를 떼어놓았다.

"유니 있어~?"

"유니인 거예요!"

안에서 나오는 유니를 보고 타마와 포치가 달려갔다.

"야! 수인이 가게에 들어오지마!"

KEEP
KEEP
KEEP

그걸 본 지역 주민 같은 청년이 짜증난 목소리로 타마와 포치에게 호통을 쳤다.

큰 소리를 들은 둘이 몸을 움츠리면서 울 것 같은 표정을 지었다.

그러고 보니 세류 시는 수인 차별이 심한 곳이었지.

"포치, 타마."

내가 두 사람에게 달려가자, 매달리면서 허리를 끌어안았다.

"사육주면 기르는 개는 잘 묶어놔라!"

조금 울컥했다.

차별이 심한 땅이라지만, 차별을 용인해야 하는 건 아니지.

"거기 자네, 자네가 기르는 개 취급을 한 아이들은 귀족이야."

위압 스킬이 의도치 않게 폭발했는지, 가능한 상냥하게 말을 하려고 했는데 차별 청년의 안색이 안 좋다.

"귀, 귀족? —귀족이 기르는 개한테 고개를 숙이란 기냐?!"

위압되어서 청년의 프라이드에 상처 입었는지, 기가 죽은 표정을 지으면서도 대들었다.

"뭔가 착각을 하고 있는 모양이군. 그녀들은 둘 다 국왕 폐하께 직접 명예 사작으로 서작을 받은 진짜배기 귀족이야."

"그게—."

더욱 트집을 잡으려는 차별 청년을 가로막고, 말을 이었다.

"그것도 고위 귀족의 연줄로 얻은 작위가 아냐. 자신의 무용으로 얻은 작위지. 미궁의 강대한 마물들과 마왕의 측근을 처치한 칼날을 받아보겠나?"

내가 심술 궂은 표정으로 차별 청년을 몰아붙였다.

입을 뻐끔거리는 차별 청년 대신에, 가까운 자리에 있던 상인 같아 보이는 남성이 일어섰다.

"작은 귀 종족의 명예 사작— 키슈레시가르자 세자매인가! 그 애들이 그렇다면— 저기 주황 비늘 종족의 여성이 키슈레시가르자 명예 여준남작! 시가 8검의 『부도』 쥬레바그 경에게도 승리한 『흑창』의 리자 공!"

상인 남성이 열띤 표정으로 다가와서, 리자에게 악수를 청하며 감동하고 있었다.

"주인님……."

난처한 표정의 리자도 희귀하다니까.

"수인이 준남작이라니……."

"뭐야아? 불만이 있으면 네가 나가라!"

"그래그래! 술맛이 떨어지잖아!"

차별 청년은 그래도 납득이 안 된다는 표정을 지었지만, 주변 상인들의 신경을 건드려 식당에서 쫓겨났다.

"사토 씨가 『마왕 살해자』고 수인이 준남작?"

이야기를 따라잡지 못했는지, 마사가 눈을 빙글빙글 돌리며 혼란에 빠졌다.

"가게 앞에서 무슨 소란을 피우고 있니— 손님, 오랜만이네. 전에 편지랑 같이 보내준 빗이랑 손거울은 소중히 잘 쓰고 있어."

가게 안에서 나온 여주인이, 꽤 전에 보낸 편지와 기념품의 인사를 했다.

"그러고 보니 귀족님이 됐다고 했지. 축하해. 기껏 와줬는데 미안하지만, 지금은 외지의 상인이 많이 와서 빈방이 없어."

2~3일 정도 기다리면 방을 준비해준다고 했지만, 이번에는 그리 오래 머물 예정이 아니니까 그 말에 감사하며 사양했다.

유니와 포치, 타마가 함께 놀 장소가 필요해서 여주인에게 상담했더니, 안뜰에 테이블석을 준비하고 그 자리의 심부름꾼 취급으로 유니를 붙여준다고 했다. 전에 마물이 세류 시를 습격했을 때, 문전 여관을 지켜준 답례로 진수성찬을 대접해줬던 그 자리다.

성에서 마중이 올 때까지니까, 본격적인 식사가 아니라 경식을 부탁했다.

"포치랑 타마의 편지 다 읽었어. 내 편지도 읽었어?"

"오, 예스~."

"잘 챙겨둔 거예요."

타마랑 포치가 요정 가방에서 유니의 편지를 꺼냈다.

문전 여관에 편지를 보낼 때는 답신 준비도 해뒀으니까 매끄럽게 답장을 받을 수 있었다. 아무래도 유니의 급료로 편지를 보내는 건 무리니까.

앳된 소녀 세 명이 즐겁게 대화한다.

—LYURYU.

포치에게 「용면 요람」을 돌려주자마자, 안에서 작은 어린 용 류류가 나타났다.

"우왓, 귀여워! 얘는 누구야?"

"류류인 거예요! 류류, 유니인 거예요. 포치랑 타마의 소중한 친구인 거예요!"

—LYURYU.

포치의 머리에 착지한 류류가 고개를 뻗어서 유니에게 인사했다.

"나도 끼워달라고 고합니다."

"네, 인 거예요. 나나도 같이 노는 거예요."

류류가 참가한 것을 보고 참을 수 없었나 보군.

나나가 유니를 무릎 위에 올리고, 어린 소녀들의 대화에 참가했다.

"사토 씨, 기다리셨죠."

아이들을 지켜보고 있는데, 마사가 사람 수만큼 키슈를 가져다 주었다.

문전 여관에 처음 묵었을 때 먹은 키슈다.

"우왓, 얘는 누구야?'

"류류인 거예요! 포치랑 타마의 소중한 친구인 거예요."

—LYURYU.

"헤~, 안 물어?"

"괜찮아~."

"네, 인 거예요. 류류는 착한 아이니까 깨물지 않는 거예요!"

마사는 파충류가 거북한지, 류류와 거리를 두면서 테이블 위에 키슈 그릇을 놓았다.

"오늘은 갓 만든 거니까 전보다 훨씬 맛있어!"

"고마워. 정말 맛있어 보이네."

그러고 보니 문전 여관에서는 식사를 받을 때 대금을 지불한 기억이 있다.

"얼마니?'

"엄마가 선물의 답례니까 대금은 없어도 된대."

그건 조금 마음이 불편하니까, 문전 여관에서 쓸법한 고기를 기념품이라고 하면서 선물했다.

"엄마, 사토 씨한테 고기 받았어!"

"마사, 귀족님에게 버릇이 없잖니. 사작님이라고 불러."

사과수 컵을 사람 수만큼 가져온 여주인이, 마사의 말투를 타일렀다.

그러고 보니 자작이 됐다는 말은 안 했던가.

"이렇게 좋은 고기 받아도 되나—되겠어요? 오히려 신경 쓰게 만든 것 같네."

여주인도 귀족을 상대로 존댓말을 잘 못 쓰네.

"잔뜩 있으니까 신경 쓰지 마세요."

"그러면, 고맙게 받을게."

여주인과 마사가 옮길 수 없으니까, 루루랑 리자가 고기 운반을 도왔다.

다 옮기고 돌아온 마사가 말을 걸었다.

"사작님이면, 마리엔텔 아가씨랑 같은 거야?"

"정보가 오래됐어! 주인님은 벌써 자작이야."

아리사가 마사의 말을 정정해 주었다.

"헤~, 굉장한 거지?"

마사는 귀족의 계급을 잘 모르는지, 잘 모르겠단 표정으로 고개를 갸웃거렸다.
“그보다도, 『마왕 살해자』 이야기 들려줘. 혹시 용사님하고도 만났어?”
“물론 만났지.”
아리사가 파리온 신국의 모험담을, 말할 수 있는 범위에서 재미나게 이야기했다.
어느샌가, 유니까지 아리사의 이야기에 귀를 기울이고 있었다.
“사토.”
미아가 내 소매를 당겼다.
“해결사.”
“그렇네. 먼저 얼굴 보러 가자.”
“응.”
“주인님, 저도 나디 씨에게 인사를 하고 싶으니 같이 갈게요.”
“알았어. 같이 가자.”
이쪽은 리자와 아리사에게 맡기고, 나는 미아와 루루를 데리고 해결사로 갔다.
“안녕하세요?”
“어머! 어서 오세요, 사토 씨.”
해결사의 입구를 지나자, 20세를 넘은 미녀 나디 씨가 맞이해주었다. 마사와 여주인도 그렇지만, 장사를 하는 사람의 기억력은 굉장하네.
“점장님! 사토 씨랑 미아가 와줬어요.”
안쪽 소파에서 낮잠을 자고 있던 엘프 유사라트야 점장이, 깊숙하게 쓰고 있던 모자를 밀어 올렸다.

미아와 같은 색의 머리카락이 흘러내리고, 모자에 가려져 있던 조금 뾰족한 귀가 드러났다.

"유야, 왔어."

"미아군."

"응."

점장과 미아가 짧은 단어로 대화한다.

"건강한가?"

"응, 기념품."

미아가 보르에난 숲에서 가져온 점장에게 보내는 편지와 기념품을 건넸다.

"나디 씨, 왕도와 서방 소국의 기념품입니다."

"어머나. 희귀한 찻잎이랑 귀여운 소품이네요. 고맙습니다."

점장과 미아의 대화를 바라보면서, 루루가 나디 씨에게 기념품을 건네는 걸 지켜보았다.

"—자작님, 여기 계셨군요."

나디 씨랑 담소를 나누고 있는데, 기사 쏜이 부르러 왔다.

"여기 계신다!"

기사 쏜이 가게 밖의 동료들을 향해 외쳤다.

문득 레이더에 시선을 보내자, 동료들이나 아는 사람을 의미하는 파란 광점이 늘어난 걸 깨달았다.

"사토 씨!"

기사 쏜에 이어서 가게를 나서자, 영지군의 사관복을 입은 마리엔텔 가문의 제나 씨가 있었다.

해님색의 머리카락이 햇빛을 반사해서 반짝반짝 빛나며, 그에 지지 않는 밝은 미소로 나와 재회한 걸 기뻐해 주었다.

"오랜만입니다, 제나 씨."

"사토 씨, 기다렸어요."

가볍게 재회의 허그를 하자, 뒤에서 기사 쏜이 어색한 헛기침을 했다.

"—앗, 죄송합니다. 세류 백작의 명으로 마중 나왔습니다! 펜드래건 자작의 내방을 환영합니다!"

제나 씨가 일 모드로 경례했다.

문전 여관에서도 유니와 마사의 배웅을 받으며 동료들이 나왔다. 류류의 모습이 안 보이니까, 이미 용면 요람 속에 돌아간 모양이다.

마중 나온 기사들의 호위를 받으며 성으로 가면서, 성까지 가는 짧은 길에 제나 씨와 이야기를 나누었다.

현관 홀에서 사용인들— 메이드와 집사들이 정렬해서 맞이해 주었다.

갑작스런 내방인데도 대단한 환영인걸.

"—어? 수인?"

"인간족인데 짐승의 귀랑 꼬리가 있는데?"

사용인들의 작은 소리를 엿듣기 스킬이 포착했다.

멀리 있는 가신들이나 마중 나온 사용인들이, 아인 소녀들을 보고 눈썹을 찌푸렸다.

아무래도, 성에도 수인에 편견을 가진 자가 많은 모양이네.

◆

“잘 와주었어, 펜드래건 자작. —아니, 『마왕 살해자』 나리라고 부르는 편이 좋을까?”

“아뇨. 저는 그러한 거창한 호칭으로 불릴 만큼의 일은 하지 못했습니다.”

응접실로 안내받은 나는 세류 백작과 면담을 하고 있었다.

다른 동료들은 제나 씨와 함께 옆 방에서 백작부인과 환담을 하고 있었다.

“그렇던가?’

세류 백작이 의미심장한 시선을 보냈다.

무슨 말을 하고 싶은 건지 몰라서 다음 말을 기다리고 있는데, 그가 이쪽 반응을 살핀 다음 말을 이었다.

“요워크 왕국에 잠입한 밀정이, 사가 제국의 새로운 용사들과 행동하는 귀공을 봤다고 보고를 했다만?”

어이쿠. 이웃 나라 일이라지만 정보가 빠르군.

“소식이 빠르십니다. 공도에서 린그란데 님이 조력을 청하신 터라.”

“흥. 그 공녀 아가씨라면, 납치하다시피 끌고 간 거겠지?”

정답이지만, 섣불리 긍정할 수는 없으니 나는 애매한 미소로 얼버무렸다.

“만에 하나를 생각하여 요전까지 즉시 대응 태세를 취하고 있었다만, 귀공들 덕분에 병사를 보내지 않을 수 있었어. 감사하지."

"감사는 제가 아니라 사가 제국의 새로운 용사 두 분께 하시지요."

"젊은 용사라고 하더군. 펜드래건 경이 보기에는 어땠는지 말해줄 수 있겠나?"

"그러면, 외람되오나—."

내가 만난 두 사람의 새로운 용사— 리젠트가 트레이드마크인 용사 리쿠와 실눈이 포인트인 용사— 카이의 활약과 동료를 생각해주는 인품을 이야기했다.

"펜드래건 경은 두 사람을 꽤 인정하고 있군. 그리 매력적인 자들이었는가?"

"젊긴 하지만, 마왕이라는 위협에 겁먹지 않고 도전하는 모습은 그야말로 마땅한 용사의 모습으로 보였습니다."

"젊어? 밀정의 말로는 펜드래건 경과 다를 바 없는 연령이라고 들었네만?"

그러고 보니 그렇군.

지금 나는 16세니까, 오히려 새로운 용사 두 사람이 살짝 연상이다.

"죄송합니다. 연상인 분과 접촉할 기회가 많다 보니."

사기 스킬을 의지해서 그런 말로 얼버무렸다.

"그러고 보니 용사 나나시 공이 요워크 왕국에 오셨다고 하더군? 귀공은 만나보았나?"

"아뇨. 종자님들이 싸우는 것을 멀리서 봤습니다만, 마왕이 만들어낸 안개에 방해를 받아 용사 나나시 님과 마왕의 싸움은 직접 보지 못했습니다."

세류 백작은 내 말과 행동을 자세하게 관찰하면서 이야기를 이었다.

어쩐지, 내가 용사 나나시가 아닌지 의심하는 느낌이군.

"그래. 그건 유감이었군."

열이 담긴 목소리로 말하고, 다음 화제를 꺼냈다.

"이곳 세류 백작령의 미궁에 나타난 상급 마족, 그것을 토벌한 은가면의 용사 나리는 어찌 생각하는가?"

"어찌, 라고 하시는 것은?"

그가 하려는 말이 잘 이해가 안 되어, 질문 의도를 확인했다.

"용사 나나시 님과 동일인물이라고 하는 자가 많지만, 나는 아니라고 생각한다네."

"그런가요?"

틀림없이 동일인물인데요?

"나도 전에는 동일인물이라고 생각했네만, 왕도에서 용사 나나시 님과 왕— 미츠쿠니 여공작의 전투 방식을 본 지금은, 그 생각에 의문이 생겼어."

"뭔가 마음에 걸리는 부분이 있나요?"

"귀공은 깨닫지 못했는가?"

"저는 『악마의 미궁』에 나타난 은가면의 용사님을 직접 보지 못했으니까요."

그 모습으로는 거울 안 봤거든.

"전투 방식이 다르더군."

나도 직접 본 것은 아니라면서 세류 백작이 말한 다음, 그렇게 말을 이었다.

듣고 보니, 「악마의 미궁」에서 싸웠을 때는 용사의 칭호가 없고 성검도 제대로 못 썼었지. 마법도 두루마리로 배운 「불씨 탄환(파이어 샷)」뿐이었다. 왕도에서 중급 공격 마법을 자유롭게 사용하는 용사 나나시하고는 의상도 달랐으니, 인상이 다른 것도 이해가 된다. 그러고 보니 섬구나 천구도 당시에는 못 썼네.

“싸우는 사이에 성장하신 것 아닐까요?”

“불과 몇 개월 사이에? 아무리 그래도 그건 아니겠지.”

세류 백작이 내 말을 웃어넘겼다.

사실대로 말한 건데.

“은가면의 용사님은 무노 백작령— 당시의 무노 남작령이 위기일 때도 나타나셨다던가?”

“네. 절체절명의 위기를 구해주셨습니다.”

내가 대답하자, 조금 사이를 두고서 세류 백작이 말의 폭탄을 던졌다.

“신기하다고 생각하지 않나? 은가면의 용사가 나타난 곳에 펜드래건 경이 있었으니—.”

“—우연입니다. 제가 트러블에 사랑받기 쉬운 체질이라서 여러 사건에 말려들고, 그것을 은가면의 용사님이 구해주신 것뿐이죠.”

대범한 표정으로 찔러보는 세류 백작에게, 무표정(포커페이스) 스킬과 사기 스킬의 페어로 대항했다. 한순간 말문이 막혔지만, 바로 변명하는 것보다는 자연스러웠을 거야.

"흠…… 자네의 전투 방식은 은가면의 용사님과 꽤 가깝다고 생각하네만."

"비슷한가요? 무노령을 구원하러 달려와주신 은가면의 용사님이 싸우는 모습은, 보통 사람이 재현할 수 있는 것이 아니었다고 생각합니다만……."

"어디까지나 자네는 아니다?"

"세류 시의 미궁 사건에 말려들 때까지, 저는 검으로 싸운 적도 없었습니다. 그런 인간이 용사일 리가 없어요."

의문의 말을 사실로 요격했다.

"용사 본인이 아니라면, 용사 나나시의 황금 기사단이나 에치고야 상회를 뒤에서 지배하는 종자 쿠로—."

으엑, 이번엔 쿠로나 황금 기사단 멤버라고 의심하네.

"—그런 가능성도 생각할 수 있지."

"쿠로 님은 미궁 도시에서 구해주신 일이 있습니다만, 저희들이나 탐색자 길드장—『홍련귀』 조나 님마저 몰아붙이지 못한 마족을, 순식간에 쓰러뜨리셨습니다."

"그러고 보니 그런 보고도 받은 기억이 있어."

"왕도에서는『마왕 살해자』 같은 거창한 별명으로 불리고 있습니다만, 진짜 용사나 종자님과 비교하면 그저 부끄러울 따름입니다."

나는 무표정 스킬과 사기 스킬 황금 페어의 도움을 빌어서 백작을 설득했다.

그런 보람이 있었는지—.

"그래. 그렇게까지 다른가. ……의심해서 미안하군. 사과의 뜻으로, 오늘 밤의 만찬은 요리사들에게 말을 잘 해두지."

—만만찮은 세류 백작이지만, 어떻게든 꺾여준 모양이다.

"펜드래건 경, 숙박처는 정했는가?"

"아뇨, 이제부터 숙소를 잡을까 합니다."

"그러면 잘 됐군. 영빈관을 준비하라고 말을 해뒀네. 그곳에 머무르도록 하게."

한 번은 거절했지만, 아인 차별을 하는 여관이 많다고 해서 승낙했다.

동료들과 합류하여, 메이드의 안내를 받아 영빈관으로 갔다.

"여기 아는 곳~?"

"전에 묵은 저택인 거예요!"

타마와 포치가 말한 것처럼, 이 영빈관은 미궁 사건 뒤에 머무른 장소다.

챙겨주는 메이드도 지난번과 같은 사람인가 보군.

"푹신푹신~."

"침대가 출렁출렁인 거예요."

"두 사람. 버릇이 없어요."

지난번 숙박 때를 떠올렸는지, 타마와 포치가 침대에서 뛰다가 리자에게 혼났다.

"일단은, 영빈관 탐색을 하자!"

"응, 찬성."

"예스 아리사. 숙박 장소의 파악은 필수라고 고합니다."

"렛츠~."

"고~인 거예요!"

아리사를 필두로 연소자 팀과 나나가 영빈관 탐색을 하러 출발했다.

"펜드래건 각하. 면회 희망자가 있습니다만, 어떻게 할까요?"

방에서 쉬고 있는데 메이드가 소식을 알리러 왔다.

쫓아내면 마찰이 생기니까 영빈관의 응접실에서 만나기로 했다. 평민이었던 지난번과 달리 이번에는 「마왕 살해자」의 네임밸류도 있어서 그런지 면회를 희망하는 귀족이나 상인이 끊이지 않는군. 제나 씨랑 만날 틈도 없다.

태반이 딸을 어필하고, 상거래 이야기는 거의 덤 취급이었다.

몇 가지는 제대로 된 무노령과의 교역 이야기라서, 태수가 된 브라이트튼 시도 경유하도록 조금만 궤도 수정을 해서 무노 백작과 니나 로틀 집정관에게 이야기를 해둔다고 약속했다.

그렇게 결실이 적은 면담이 끝나기 전에, 만찬 준비를 시작해야 할 시간이 되어 중간에 끊고 예복으로 갈아입었다.

만찬에는 영지 안의 귀족들이나 세류 백작의 신하들이 열석하여 대단히 화려한 분위기였다.

"사토, 어디 이상하지 않나요?"

"아뇨, 카리나 님. 잘 어울리십니다."

오늘 만찬에 참가하는 건 나랑 카리나 양뿐이다.

낮의 면담을 할 때 만찬의 열석자들 중에 수인에 대한 차별을 하는 자가 적지 않다고 들어서, 동료들은 영빈관의 식당에서 만찬 메뉴와 같은 진수성찬을 즐기게 되었다.

우리의 자리는 영주 일족 옆이다.

영주 부부와 측실 몇 명, 10대 후반 정도의 청년을 필두로 일곱 명 정도의 아이들이 나란히 앉아 있었다.

그 중에는 파리온 신전 소속 신탁의 무녀인 오나 양도 있었다.

앉으면서 주위를 둘러보자, 말석에 제나 씨가 있었다. 옆에 있는 15세쯤 되는 소년은 제나 씨의 동생인 모양이군.

우리가 마지막이었는지, 착석과 동시에 세류 백작의 말로 건배를 하고 만찬이 시작됐다.

식사는 고급 식재료를 썼지만 요리는 별로라 시원찮은 느낌이었다. 유일하게 양고기와 콩 요리가 맛있었지만, 다른 열석자들의 표정을 보니 세류 백작령의 진수성찬 라인업으로는 미묘한 것이었던 모양이다. 맛있기만 한데.

식후에는 살롱으로 이동하여 환담을 한다. 이런 흐름은 왕도나 공도랑 같은 느낌이군.

"사토, 남녀로 갈라진다고 하는데요……."

모르는 사람들밖에 없는 곳으로 들어가는 게 불안하다고 카리나 양이 호소했다.

그녀는 낯을 가리는 편이라, 이런 자리는 불편해한단 말이지.

"괜찮아요, 카리나 님. 제가 같이 있으니까요."

"……제나. 참으로 듬직하답니다."

제나 씨가 총총 달려와서 카리나 양을 커버해주었다.

"그리고 오늘은 오나 님도 계십니다."

"처음 뵙겠습니다, 카리나 님. 세류 백작의 차녀이며, 평소에는 파리온 신전에서 『신탁의 무녀』로 일하고 있습니다."

"처, 처음 뵙겠습니다, 오나 님. 무노 백작의 차녀인 카리나랍니다."

"우후후, 저희들, 둘 다 차녀로군요."

무녀 오나가 재치 있는 대화로 카리나 양의 긴장을 풀어준다.

그것을 지켜보고 있던 제나 씨가, 누군가를 발견하고 크게 손을 흔들었다.

"아! 유켈, 이쪽이야!"

"누님! 그리고 오나 님도."

제나 씨가 발견한 것은 동생이었군.

그는 무녀 오나를 좋아하는지, 그녀의 얼굴을 보자마자 볼을 붉혔다.

"사토 씨, 이 애는 제 동생인 유켈이라고 합니다."

인파 너머에서 나타난 유켈 군은, 누나인 제나 씨와 닮은 혈색 좋은 미소년이었다.

누나인 제나 씨도 그렇지만, 어쩐지 영양제 같은 이름이네.

"누님, 이쪽은 누구죠?"

"유켈!"

유켈 군의 까칠한 태도에, 제나 씨가 강한 어조로 동생의 이름을 불렀다.

"처음 뵙겠습니다. 나는 무노 백작령의 귀족으로—."

"다른 영지의 귀족? 누님은 영지 안에서 혼담이 진행되고 있어. 괜한 참견은 하지 말아주게."

"유켈! 그 이야기는 거절했습니다."

"그러나, 상대는 베크먼 남작 가문의 적자인데요? 누님이 남작 부인이 될 아주 좋은 기회가 아닌가요!"

베크먼 남작이라면, 분명히 벼락 마법이 특기인 세류 백작령의 필두 마법사였지?

그러고 보니 손자가 세류 백작과 면식을 트러 왔던 걸 기억한다. 내 기억이 분명하다면, 꽤 미청년이었지.

마법사의 가계인 것 같으니, 유켈 군의 말처럼 좋은 혼담 상대겠지.

—제나 씨가 바란다면, 이지만.

"유켈, 바라지 않는 혼담은 쌍방이 불행해집니다. 억지로 강요하는 건 좋지 않아요."

무녀 오나도 같은 생각인지, 유켈 군을 타일렀다.

"당신은 그것을 누구보다도 이해할 거라고 생각했는데, 저의 착각이었나요?"

"—아뇨. 죄송합니다, 오나 님."

슬픈 표정으로 말하는 무녀 오나 앞에서, 유켈 군이 얌전해졌다.

"그리고, 그런 이야기는 집에서 하세요."

"……네."

"그리고 이 분은—."

"알고 있습니다. 『마왕 살해자』 펜드래건 자작."

유켈 군은 나를 아는 모양이네.

"그 분을 수행하는 귀족 자제군요? 주군이 뛰어나다고 해서,

자신이 주인처럼 위대한 존재라고 착각하는 젊은이가 많습니다."

유켈 군은 무녀 오나에게 거기까지 말한 다음, 빙글 돌아 나를 돌아보며 말을 이었다.

"주군을 내세워 누님께 접근하고자 한다면, 나는 당신을 용서하지 않아요."

딱딱한 표정으로 나에게 말하고, 제나 씨 쪽을 보았다.

그는 상당히 누나를 생각하는 소년이군.

"유켈, 아니에요!"

"누님?"

"제나의 말처럼, 당신이 잘못 알고 있어요, 유켈."

"오나 님까지……."

제나 씨와 무녀 오나가 말하자 유켈 군이 당혹스런 표정을 지었다.

"위대하다고까지 하면 자기소개를 하기 어렵습니다만—."

내 말에 유켈 군이 이쪽을 보았다.

"내가 사토 펜드래건 자작입니다."

방금 전 중간에 끊어진 자기소개를, 이번에는 마지막까지 말했다.

"너—아니, 당신이 『마왕 살해자』 나리? 미궁도시 세리빌라에서 『계층의 주인(플로어 마스터)』을 토벌하고, 미스릴증을 얻어, 평민에서 불과 1년만에 자작까지 승작한 불세출의 검사?"

유켈 군이 당황한 시선을 나에게 보내고, 떨리는 목소리로 말을 했다.

으음. 이번에는 「불세출」이란 말까지 듣는군.

유켈 군이 작은 소리로 중얼중얼 「그런 위대한 분이 누님에게?」, 「신분 차이가 너무 난다」, 「누님을 노리개 삼으려는 건가?」 같이 중얼거린다.

상당히 혼란에 빠졌군.

제나 씨가 나에게 「동생이 죄송해요」하고 사과했다.

"유켈. 혼란에 빠진 건 이해합니다만, 일단 펜드래건 경에게 사과를 하세요."

무녀 오나가 타이르자 유켈 군의 몸이 한 번 바짝 경직된 다음, 스프링 들어간 기계처럼 깔끔한 각도로 깊숙하게 고개를 숙이며 무례를 사과해주었다.

"죄송합니다, 자작님!"

"오해가 풀렸으니 다행입니다."

시간이 지나도 고개를 숙이고 있는 유켈 군에게 고개를 들라고 말했다.

"카리나 님, 기다리시게 해서 죄송합니다. 살롱으로 가죠."

무녀 오나가 뒤에서 어떻게 반응해야 할지 난처해하는 카리나 양에게 사과하고, 멀리서 우리를 보고 있는 갤러리에게도 살롱으로 이동하도록 재촉했다.

"자작님, 우리들도 가지요."

유켈 군의 선도를 받아 남성들이 살롱으로 발길을 옮겼다.

"유켈, 여기다!"

체격이 좋은 미장부가 유켈 군을 불렀다.

왕도에서 세류 백작을 호위하고 있던 키고리 경이다.

그 옆에는 미궁 사건으로 인연이 생긴 베르톤 자작도 있었다.

"뭐, 앉아라. 펜드래건 경은 이쪽 자리에."

키고리 경의 권유로 자리에 앉았다.

가만 보니 키고리 경과 유켈 군이 앉은 자리와 나랑 베르톤 자작이 앉은 자리는 의자의 수준이 크게 다르다. 계급 사회는 여러모로 귀찮군.

"설마 미궁에서 나를 구해준 자네가 1년만에 동격의 귀족으로 영달할 줄은 몰랐어."

베르톤 자작이 감탄하여 말했다.

나도 당시는 귀족이 될 거라고는 전혀 생각 못했지.

"유켈, 사랑스런 무녀님의 드레스 차림은 어땠나?"

"키고리 각하, 놀리지 말아주세요."

옆자리에서 유켈 군을 놀리는 키고리 경의 목소리가 들렸다.

"무녀 오나 님 말인가요?"

"아아, 그래."

역시, 유켈 군은 무녀 오나 님을 좋아하는 모양이군.

"유켈의 어머니가 오나 님의 유모였지."

그건 제나 씨한테도 들은 적이 있다.

"그러고 보니 1년쯤 전에 오나 님을 만났을 때, 유켈 공을 신경쓰고 계셨습니다."

"정말인가요, 자작님?!"

유켈 군이 굉장한 기세로 반응했다.

자세한 내용까지는 기억을 못해서, 제나 씨랑 신전을 견학할 때 유켈 군의 근황을 확인하는 것만 목적으로 말을 걸었던 것을 가르쳐 주었다.

무녀 오나에게 연애감정이 있는가는 불명이지만, 적어도 그를 싫어하지는 않는다고 생각한다.

“잘됐구나, 유켈.”

“네!”

키고리 경이 등을 두드리며 축복해주자, 유켈 군이 아파하면서도 힘차게 대답했다.

“이녀석은 무녀님에게 걸맞은 자가 되려고 열심히 하고 있으니, 신참 기사들 중에서는 제일이야. 와이번이 출몰하는 영지 경계나 산악 지대 순찰이나 마물의 토벌 작전에도 가장 먼저 나서지.”

“가문의 격이 낮은 제가 이름을 떨치려면, 실전에서 꾸준히 공적을 쌓는 것이 제일이니까요.”

키고리 경은 유켈 군이 마음에 든 모양이군.

성실한 표정이었던 키고리 경이, 치기가 넘치는 표정이 되어 말을 이었다.

“무녀님이 성의 복도를 걷고 있으면 맨 먼저 발견하고, 무녀님께 받은 손수건을 부적 대신 삼아 언제나 갑옷 안에 넣고 있으니까.”

“키고리 각하?! 그, 그것을 어떻게!”

“흐흥. 부대에선 유명한 이야기다. 그리고 또—.”

키고리 경에게 무녀 오나를 얼마나 좋아하는지 폭로당하자, 유켈 군이 얼굴이 새빨개져서 당황했다.

풋풋한 것이 참으로 귀엽군. 한 사람 몫의 남성에게 이런 표현을 쓰면 혼날 것 같으니, 입 밖에 내진 않지만.

"—키고리 경!"

"어이쿠, 누가 부르네. 잠깐 다녀오지."

떨어진 자리의 귀족이 부르자 키고리 경이 자리를 비웠다.

무드 메이커인 그가 자리를 뜨자, 자리가 휑해졌다.

무슨 화제를 찾아야 할 텐데—.

"마리엔텔 경. 기사가 귀부인이나 무녀에게 경애의 마음을 품는 것은 상관없다. 그러나, 그 이상을 바라는 것은 그만두게나."

방금 전까지 묵묵히 귀를 기울이고 있던 베르톤 자작이, 타이르는 어조로 유켈 군에게 충고했다.

"그, 그런 것은! ……알고 있습니다. 신분이 다르다는 것 정도는."

유켈 군이 소금에 절인 야채처럼 풀이 죽어버렸다.

"조금, 머리를 식히고 오겠습니다."

그렇게 말하고 유켈 군이 자리를 떴다.

상당히 풀이 죽은 기색이라, 베르톤 자작에게 양해를 구하고 그의 뒤를 따랐다.

이제 막 알게 된 상대지만, 제나 씨 동생이니까 이대로 방치하는 건 박정하단 말이지.

◆

유켈 군은 살롱 옆의 안뜰 한 구석에 있었다.

수풀을 미로처럼 정돈해놓은 곳이라, 맵이나 레이더가 없으면 만나는데 고생할 법한 장소다.

"괜찮은가요?"

"—펜드래건 자작."

벤치에 앉아 고개를 숙인 유켈 군이 고개를 들었다.

"어째서, 여기에?"

"바람을 맞고 싶어서 산책을 하다가, 우연히."

물론 거짓말이다.

"……그런, 가요."

유켈 군이 힘없이 대답했다.

정신적으로 상당히 힘든 모양이군.

"옆에 앉아도 될까요?"

유켈 군이 대답을 안 하길래, 침묵을 승낙으로 해석하여 앉았다.

조금 민폐란 낌새였지만, 딱히 언급하지 않았다.

"괜찮으면 어때요?"

스토리지에서 잔과 와인을 꺼내, 유켈 군에게 내밀었다.

어디에서 꺼냈냐는 딴죽이 없을 정도로, 그는 주의력이 산만해진 모양이군.

"……받죠."

유켈 군이 무뚝뚝하게 받아서, 단숨에 쭉 들이켰다가 기침을 했다.

"손수건 쓰세요."

기침을 하는 유켈 군의 등을 두드려주고 손수건을 건넸다.

어쩐지 신입생 환영회에서 신입생을 보살피는 것 같군.

"나 같은 걸 신경 써도, 누님과의 관계는 인정할 수 없습니다."
"걱정말아요. 제나 씨하고는 그런 관계가 아닙니다."
아까도 부정했는데, 유켈 군이 믿어주질 않네.
"그렇게! 그렇게 누님을 가지고 노는 건가요!"
"그렇지 않아요. 처음부터 철두철미하게, 제나 씨는 친구라고 생각하며 대했습니다."
호감을 가지고 있지만, 연애감정은 없어.
"그러면 어째서, 누님이나 저를 이렇게까지 신경 쓰는 겁니까?"
"제나 씨가 소중한 친구니까요."
유켈 군이 납득 안 된다는 표정을 짓길래, 조금 더 말을 이었다.
"제가 처음 온 이 땅에서 제 앞가림도 못하고 있을 때, 제나 씨가 친절하게 여러 가지를 도와주셨습니다. 그 덕분에 얼마나 마음이 편했는지 몰라요."
그 무렵은 의식하지 않았지만, 제나 씨가 받아들여줬기 때문에 세류 시로 들어오는 것에 고생하지도 않았고, 그런 성공 경험 덕분에 긍정적인 마음으로 이세계를 즐길 수 있었다고 생각한다.
말로 표현하자 조금 낯간지럽군.
"그리고, 리자와 자매들에게도 그녀는 생명의 은인이니까요."
"누님이?"
"네. 미궁 사건의 발단이 된 자이크온 신전의 소동은 알고 있나요?"
"소문으로 들은 적은 있습니다."
"그때, 신전장이 희생시키려고 했던 대상이 리자 자매들입니다. 제나 씨가 그것을 몸을 던져 구해주었죠."

그때 제나 씨가 일말의 주저도 없이 뛰어들었기 때문에, 나도 금방 행동할 수 있지 않았을까 생각한다.

만약 조금 늦었다면, 아인 소녀들 중 누군가가 죽었어도 이상하지 않았다.

"……그랬, 었군요."

유켈 군이 중얼거리듯 말했다.

"그러면, 어째서 누님을 딱 잘라서 차지 않는 겁니까?"

"차고말고, 저는 제나 씨에게 고백을 받은 적이 없어요."

나를 좋아해주는 건 태도로 알 수 있지만, 고백도 받지 않았는데 먼저 차는 건 좀 아니라고 생각한다.

"그랬었나요?"

유켈 군이 신기하단 표정을 지었다.

"유켈 공은 오나 님에게 고백을 한 적이 있나요?"

"없습니다. 오나 님은 제 손이 닿지 않는 곳에 있으신 분이니까요."

"그렇게 비하하지 않아도 될 것 같습니다만, 제나 씨도 같은 마음일지도 모르겠어요."

내가 말하자, 유켈 군이 퍼뜩 고개를 들었다.

"그렇군. 남매가 닮았단 건가……."

유켈 군이 힘없이 웃었다.

"유켈 공은 오나 님을 어린 시절부터 좋아했나요?"

라이트노벨 같은 것에서는 소꿉친구를 패배 히로인 취급하는 것이 많지만, 소꿉친구가 이기는 명작도 있으니까 유켈 군이 노력해주면 좋겠다.

"아뇨. 어린 시절은 오나 님이 거북했어요."

그건 뜻밖이군.

분명히 어린 시절부터 반했을 거라고 생각했는데.

"뭔가 계기가 되는 일이 있었군요."

"네. 여섯 살 무렵이었죠."

유켈 군이 옛날을 그리워하며 말했다.

"오나 님이 신전 뒤에서, 덩치 큰 귀족 자제와 말다툼하는 것을 봤습니다."

"그냥 싸움이 아니었군요?"

"네. 오나 님은 그 귀족 자제가 학대하고 있던 아인 여자애를 구하려고 했어요."

"아인? 수인인가요?"

"아뇨. 아닙니다. 처음에는 인간족인가 생각했을 정도니까요."

"귀 종족이나 비늘 종족인가요?"

"아마, 비늘 종족이었다고 생각합니다. 목이나 손발에 비늘이 있었고, 도마뱀 같은 꼬리도 있었으니까요."

혹시, 어린 시절의 리자인가?

—이렇게 생각했지만, 그런 우연은 없겠지. 리자의 이야기를 들어봤을 때 전쟁 탓에 노예가 되어 세류 시에 왔다고 했었으니까, 옛날에는 주황 비늘 종족의 노예가 더 많았을 지도 모른다.

"죄송합니다. 이야기를 끊었네요."

내가 이야기를 재촉하자, 유켈 군이 말을 이었다.

어린 오나 양이 신분이 높은 입장에서 정론으로 상대를 눌러 버리고 귀족 자제의 그른 행동을 교정하려고 했던 모양인데, 상대 귀족 자제가 성질이 급했는지 화를 내며 오나 양을 밀쳤다고 한다.

난폭한 취급을 받은 적 없는 오나 양이 망연해졌을 참에, 유켈 군이 끼어들었다.

"거기서 이야기 속 주인공처럼, 멋지게 구해냈다면 좋았겠습니다만—."

상대가 연상인데다가 체격도 좋은 남자라서, 유켈 군이 엉망으로 두들겨 맞은 모양이다.

"그래도 오나 님이 다치면 안 되니까, 몇 번이고 일어서서 얻어맞기를 반복해서, 그날 밤에는 어머님과 누님도 알아보기 어려울 정도로 얼굴이 퉁퉁 부어 올랐습니다."

"그건 힘들었겠군요……."

나는 맞장구를 치면서 무녀 오나와 폴링 러브한 에피소드를 듣고 있었는데, 어째선가 애들 싸움 이야기가 된 것이 조금 당혹했다.

"죄송합니다. 서론이 길어서."

그런 내 얼굴을 보고, 유켈 군이 가볍게 사과했다.

아무래도 본론은 이제부터인가 보군.

"의식을 잃은 제가 눈을 떴을 때—."

『유케엘!』

눈가에 눈물이 그렁그렁한 어린 오나 양이, 침대에 기어 올라와 유켈 군을 끌어안으며 울고 있었다고 한다.

평소 기가 드센 오나 양의 다른 사람 같은 모습에, 유켈 군은 눈을 깜박거렸다.

『오나 님, 유켈이 눈을 떴으니, 성으로 돌아가시죠.』

유켈 군의 부모가 말해도, 오나 양은 떨어지지 않고―.

『싫어! 유켈을 간병할 거야!』

―라고 하며, 선언한대로 침대 곁을 떠나지 않았다.

"얼굴의 붓기는 영주님이 마련해주신 마법약 덕분에 그날 안으로 나았습니다만, 오른손이 이상하게 부러져서, 중급 마법약으로도 잘 낫지를 않아 장애가 남을 거라고 했습니다."

지금 그에게 그런 장애의 흔적은 없으니, 그 다음에 제대로 치료를 한 거겠군.

어른들이 복도에서 이야기를 했다고 하는데, 유켈 군의 집은 지은 지 오래되어 많이 상한지라 그들이 있는 병실에 어른들의 목소리가 들렸다고 한다.

"그 이야기를 들은 오나 양이 『내가 유켈의 팔을 대신할 거야!』라고 하면서, 엉엉 울기 시작해서, 나도 거기에 이끌려 울어버려서 참 큰일이었습니다."

함께 방에 있던 제나 씨가 필사적으로 위로해준 모양이다.

책임을 느낀 오나 양은 밤늦게까지 돌아가지 않고, 「이대로 마리엔텔 가문 애가 될 거야」라고 하며 꼼짝도 안 했다.

"뭐, 어린애니까요. 지쳐서 잠든 틈에 시녀들이 데리고 돌아갔습니다."

그렇게 말하고 유켈 군이 쓴웃음을 지었다.

그리고 오나 양이 다음 날도 아침 일찍부터 찾아오고, 그 뒤부터 매일 잠드는 밤까지 정성스럽게 유켈 군을 챙겼다고 한다.

식사나 옷 갈아입기 돕는 것부터, 입욕이나 화장실까지 도우려고 했다.

"아무리 그래도 입욕이나 화장실 도움은 거절했습니다."

취학 전의 아이들이라면 목욕 정도는 같이 해도 상관없을 것 같지만, 귀족적으로는 안 좋겠지.

"그 정성에 넘어간 건가요?"

"아하하, 그렇게까지 단순하지는 않아요. 그리고 그 무렵은 손을 못 써서, 그런 들뜬 기분을 가질 여유가 없었습니다. 부끄러운 일이지만, 기사의 길이 닫혀 버렸다고 생각하여 오나 님을 원망하고 풀이 죽어있었어요."

유켈 군이 그렇게 말하며 부끄러운 기색으로 머리를 긁적였다.

쌀쌀맞게 대해도, 오나 양은 유켈 군의 팔을 대신했다.

"그러던 어느 날, 누님에게 불려가서 호되게 혼났어요."

어린 제나 씨는 유켈 군을 자기 방으로 불러서 호쾌하게 따귀를 때린 모양이다.

망연해진 유켈 군에게, 제나 씨가—.

『그러고도 마리엔텔 가문의 적자인가요! 기사의 길이 막혔다고 해서, 언제까지 자신을 동정하고 있을 건가요!』

『누님이 뭘 알아요!』

『패배자의 기분은 알고 싶지도 않아요!』

『누님 따위 싫어!』

『유켈, 잘 들어요! 손을 쓰지 못한다면, 기사가 될 수 없다? 당신은 아직 또 하나의 팔이 있지 않나요! 외팔이 검호, 용사 이야기에는 몇 명이나 나옵니다! 만약 기사가 되지 못한다면, 할머님이나 어머님처럼 마법사가 되세요!』

어린애 같지 않은 제나 씨의 어른스러운 발언에 유켈이 꺾여서, 그제서야 처음으로 주변을 살필 수 있었다고 한다.

"누님 덕분에 앞을 똑바로 보고, 드디어 오나 님의 정성에 감사할 수 있었습니다."

조부에게 재활 운동 지도를 받고, 그 사이에 제나 씨나 오나 양과 함께 영창의 훈련을 하는 나날이 시작되면서 오나 양과 서서히 친해졌다.

『나, 큰 다음에 유켈의 색시가 돼서, 유켈을 지탱해줄게.』

『나도 큰 다음에 오나 님을 지킬 정도로 강해지겠어.』

몇 개월 뒤에는 그런 약속을 나눌 정도로 친해졌다고 한다.

"물론, 그런 건 백작님이 용납하실 리가 없는 일이죠."

오나 양은 영지 안의 유력 귀족 자제와 혼약을 하거나, 파리온 신전에서 본격적인 무녀의 수련을 하는 기로에 서게 됐다.

"당시의 오나 님은 신전에 가는 것을 대단히 싫어했으니까 대단히 궁지에 몰려서 나랑 둘이서 도피를 하자고 했더니, 망설인 끝에 승낙해주셨습니다."

"도피를 한 건가요?"

도시나 촌락을 벗어나면 마물이 나타나는 장소에서 사랑의 도피라니, 목숨을 건 소행이라고 생각한다.

"아뇨. 결국 그러진 않았어요."

이튿날, 도피를 위한 약속 장소에, 오나 양은 파리온 신전의 무녀 복장으로 나타났다.

『……오나 님?』

『유켈, 나는 파리온 신전에 가겠어요.』

"조용한 목소리로 말하는 오나 님에게, 나는 배신당한 기분이었어요."

『5년만 기다려 주세요. 5년 뒤에는 치유 마법을 익혀서, 반드시 유켈의 팔을 본래대로 고쳐주겠어요.』

결의를 숨긴 눈으로 오나 양이 유켈 군에게 선언했다.

"오나 님은 내 팔을 고치기 위해서, 그토록 혐오했던 신전에 가는 길을 택한 겁니다."

당시의 유켈 군은 그 사실을 깨닫지 못하고, 오나 양에게 배신당했다고 생각하여 우울한 나날을 보낸 모양이다.

"그리고 4년 뒤의 봄이었습니다."

『유켈!』

『—오나 님? 무슨 일로…….』

『물론, 당신의 팔을 고치기 위해서입니다!』

조금 성장한 오나 양— 무녀 오나가 유켈 군 앞에 나타나, 약속대로 그의 팔을 고쳤다.

『……팔이 움직여.』

『해냈어, 해냈어요! 유켈!』

"그때 오나 님의 미소를 잊을 수가 없어요."

무방비한 무녀 오나의 미소에, 유켈 군은 녹다운 되었다고 한다.

"아마, 『그 미소를 지키고 싶다』라고 생각했을 때, 나는 진정한 의미로 그녀에게 신분이 다른 연심을 품어버린 거라고 생각합니다."

유켈 군이 밤하늘에 가득한 별을 바라보며 말했다.

"—아, 무슨 소리를 하는 건지. 자작님, 지금 이야기는 누님이나 다른 사람들에게는 비밀로 해주십시오."

제정신을 차린 유켈 군이 볼을 붉히며 애원했다.

"네. 아무한테도 말 안 해요. 그 일 뒤부터 오나 님과 전처럼 친해졌나요?"

"아하하, 이야기 속 주인공과 히로인이라면 그렇게 됐겠습니다만—."

의도치 않게 두각을 드러내 버린 무녀 오나는 신전의 일과 무녀 수련으로 허술해진 사교의 공부가 시작되고, 유켈 군도 팔이 나아서 재활이나 기사 수련이 시작되어 엇나가는 나날들이었다고 한다.

"하지만 달에 몇 번인가 만나서, 그걸 위안 삼아 열심히 했습니다."

유켈 군이 사랑에 빠진 소년의 눈동자로 말했다.

만나지 못하는 시간이 사랑을 키운다는 걸까?

그러나 유감스럽게도, 그 이후로 진전이 없는 모양이군.

"이제 그만 돌아가죠."

유켈 군이 창피함을 얼버무리듯 화제를 바꾸고 걷기 시작했다.

방향이 다르다.

"돌아갈거면 길이 다릅니다."

"죄송합니다. 여기는 온 적이 없어서, 길을 잘 모르겠어요."

"여기는 미로 같으니까요."

너무 오래 이야기를 했는지, 안뜰에는 꽤 여러 사람이 산책을 하러 왔다.

그 중에 혼자 있는 무녀 오나를 발견해서, 사랑의 큐피드가 된 기분으로 그곳을 경유하는 경로를 골라 선도했다.

◆

"—파리온 님. 어째서 사람의 마음은 이토록 자유롭지 못한 것일까요."

장미 수풀 너머에서, 무녀 오나의 독백을 엿듣기 스킬이 포착했다.

이건 혹시, 어색한 타이밍에 와버린 걸까?

"머리로는 무엇을 해야 하는지 알고 있는데도, 어째서 제 마음은 이토록, 이룰 수 없는 사랑에 애타는 걸까요?'

또래의 소녀다운 고민이군.

분수 옆에 앉아서, 맑은 수면에 손을 적시는 모습이 한 장의 그림 같았다.

"귀족의 딸로 태어난 저는, 집안을 위해 정략 결혼을 하는 것이 숙명인데 도저히 마음속 깊은 곳에서 타오르는 자신의 연심을 억누를 수 없습니다."

달빛이 비추는 무녀 오나의 옆모습에, 한 방울 눈물이 흘렀다.

이대로 달빛 속에 덧없이 사라져 버릴 것 같은, 환상적인 분위기로군.

"……유켈."

역시 무녀 오나는 유켈 군을 좋아하는 모양인데.

이대로 훔쳐 듣는 것도 섬세함이 부족하니까, 분위기를 읽어서 나중에 다시—.

그런 내 등뒤에서 소년이 뛰쳐나갔다.

"—오나 님!"

"유켈?! 어째서 여기에?"

아차. 유켈 군이 같이 있는 걸 까먹고 있었네.

"혹시, 듣고 있었나요?"

"죄송합니다, 오나 님."

유켈 군이 바보 같이 솔직하게 자백했다.

"어, 어디서부터 들었나요?"

"이룰 수 없는 사랑에, 부터입니다."

"거의 전부 아닌가요!"

무녀 오나가 냉정침착한 평소 모습으로는 상상도 못할 만큼 당황한다.

구경꾼이 되는 것도 좀 그러니까, 나는 잠복계 스킬을 전력으로 사용해 두 사람의 시야에서 몸을 감추었다.

자, 마음껏 꽁냥대도록 하세요.

"몰랐습니다……."

유켈 군이 심각한 목소리로 중얼거리고, 무녀 오나에게서 **눈길을 돌렸다.**

"오나 님께, 그런 식으로 애타는 상대가 있었다니."

"유켈?"

"제가 아는 사람인가요? 혹시, 펜드래건 자작?!"

"—아니에요!"

벽창호인 유켈 군의 착각에, 무녀 오나가 혼신의 딴죽을 걸었다.

"그러면, 누구에게 애태우고 있는 건가요?"

자신이라고 한 조각도 생각하지 않는 표정으로 유켈 군이 무녀 오나에게 물었다.

이 흐름으로 모르다니, 상당히 중증인데. 뭐 본심으로는 알고 있어도 스스로 자신이 없어서 믿을 수 없는 느낌인 거겠지.

"그건—."

무녀 오나가 새빨간 얼굴로 말을 머뭇거렸다.

"그건 나다!"

수풀을 뚫고서 나타난 통통한 청년 귀족이 선언했다.

그가 옆의 통로에 있는 건 알고 있었지만, 설마 나름대로 두꺼운 수풀을 돌파할 줄은 몰랐는데.

무녀 오나는 놀라서 아무 말도 못하고, 유켈 군은 반사적으로 무녀 오나를 감싸는 포지션으로 이동한 뒤 말을 잃었다.

"내가 바로, 무녀 오나가 애태우는 상대에 걸맞지!"

통통한 귀족 청년이 자신만만하게 말했다.

아무래도 술을 상당히 마셨는지, 술냄새가 여기까지 난다.

"혹시, 이 분이?"

"아니에요!"

아연해진 유켈 군에게, 무녀 오나가 광속으로 부정했다.

"그렇지 않아, 오나 공! 당신의 남편은 키만 남작 가문의 적자인, 나 자미엘이 걸맞아!"

통통한 청년이 양손을 펼치고 무녀 오나 쪽으로 걸어갔다.

겁먹은 무녀 오나 앞을 유켈 군이 막아섰다. 뭐, 주정뱅이가 자기가 좋아하는 사람에게 다가가면 당연히 지키겠지.

"오나 님에 대한 무례는 사양해 주시지."

"방해된다, 저열한 놈. 연인의 밀회를 방해하지 마라."

흥분한 통통한 청년이 유켈 군에게 주먹을 휘두르지만, 아무 단련도 안 된 통통한 일격을 기사인 유켈 군이 맞을 리 없다. 그는 가볍게 받아 흘렸다.

"오나 공에게 달라붙는 개자식! 고귀한 내 주먹을 피하다니, 무례하다!"

통통한 청년이 새빨개진 표정으로 이상한 이론을 말했다.

"자미엘 공, 그만두세요. 그 이상 계속하면, 키만 남작가의 문제가 됩니다."

"흥. 저열한 놈을 하나 때려눕힌 정도로 흔들릴 만큼, 내 가문의 권세는 작지 않습니다."

무녀 오나의 위협에, 통통한 청년이 코웃음쳤다.

정말로 그의 집안에 권세가 있는지, 그의 인식이 잘못된 건지 판단이 어렵군.

맵 검색을 한 바에 따르면 세류 백작령의 제2도시인 광산도시 카제의 태수가 키만 남작이니까, 그의 집에 권세가 있는 건 사실인 것 같다.

"자, 비켜라. 저열한 놈."

통통한 청년이 유켈 군을 밀어내려 하지만, 유켈 군은 물러서지 않을 각오로 그 손을 막아냈다. 여기서 내가 끼어드는 건 간단하지만, 유켈 군이 무녀 오나에게 멋진 모습을 보일 찬스를 빼앗는 건 피하고 싶어.

이걸 어쩐다— 그렇지.

나는 메뉴의 마법란을 열어, 빛 마법 「환영(일루젼)」을 실행했다.

"우, 우와아아아, 괴물?! 고스트다! 언데드가 나왔다!"

유켈 군 등뒤에 만들어낸 환영을 보고, 통통한 청년이 구르듯이 수풀 너머로 도망쳤다.

어떤 의미로는 참 훌륭하게 도망치는걸.

"언데드는 어디 있지?"

"이상하군요. 그런 사악한 기척은 느껴지지 않는데요?"

경계하는 유켈 군과 달리, 무녀 오나는 신기하단 기색으로 주위를 둘러볼 뿐이다.

"유령의 정체가 나뭇가지였다는 말도 있으니, 뭔가 잘못 본 게 아닐까요?"

내가 말을 걸자 두 사람이 놀랐다.

그러고 보니 방금 전까지 잠복 스킬을 전력으로 쓰면서 두 사람을 지켜보고 있었지.

"혹시 펜드래건 자작이 뭔가를?"

무녀 오나는 뭔가 눈치챈 모양이지만, 그건 말을 안 하는 게 좋을테니 어깨를 으쓱거려 얼버무렸다.

◆

"—사토 씨?"

통통한 청년이 사라진 반대 방향에서 드레스 차림의 제나 씨가 나타났다.

그녀 뒤에는 긴 자락을 밟아 넘어질뻔하는 카리나 양도 있었다.

"안녕하세요? 제나 씨. 오늘 밤은 달이 예쁘네요."

"네, 달빛이 비추는 정원이 참 신비로워요."

"사토, 이런 곳에서 무슨 일인가요?"

제나 씨와 좋은 분위기가 되려던 탓인지, 카리나 양의 목소리가 조금 까칠하다.

"유켈 공과 정원 산책을 했습니다."

"유켈? 오나 님도!"

내가 선 위치에서 움직이자, 분수 앞에 선 무녀 오나와 그녀의 수호기사처럼 선 유켈 군이 그녀의 시야에 들어왔다.

"다행이야. 이곳에 계셨군요."

"제나, 나를 찾으러 온 거군요."

무녀 오나가 평소의 고요한 표정으로 제나 씨에게 응답했다.

그 옆모습에서, 독백을 했을 때 같은 사랑에 흔들리는 마음은 요만큼도 느껴지지 않았다.

"어느샌가 사라지셔서 걱정했습니다."

"고마워요, 제나. 카리나 님도 수고를 끼쳤습니다."

"아뇨, 그게, 별일 없어서, 다행이랍니다."

무녀 오나에게 인사를 들은 카리나 양이 낯가림을 발휘해서 어떻게 반응할지 모르고 있었다.

카리나 양까지 함께 있는 것은, 무녀 오나를 걱정한 것도 사실이겠지만 아는 사람이 없는 살롱에 홀로 남겨지는 걸 싫어한 것도 이유 중 하나가 틀림없어.

"그러고 보니, 이쪽에서 남성이 소리치는 게 들렸습니다만……."

"유령이 뭐라고 외쳤어요. 분명히 어두운 장소가 무서웠던 거겠죠."

제나 씨의 물음에 대답했다.

정원에는 살롱 쪽 말고 조명이 없고, 여기에도 제나 씨나 무녀 오나가 가진 랜턴말고는 불빛이 없다.

"오나 님, 이제 그만 돌아가죠. 방금 전 분이 돌아올지도 모릅니다."

"그렇네요."

유켈 군이 무녀 오나에게 귓속말을 했다.

"제나, 돌아갑니다."

무녀 오나가 제나 씨에게 말을 걸고 걷기 시작했다.

"그러면 함께 돌아가죠. 밤에 여성들만 다니면, 좋지 않은 무리가 시비를 걸지도 모릅니다."

내가 말하고, 모두를 재촉하여 살롱으로 갔다.

난입해온 통통한 청년 탓에 무녀 오나와 유켈 군이 서로 좋아한다고 확인할 찬스는 휩쓸려갔지만, 그건 시간 문제겠지. 굳이 따지자면, 베르톤 자작이 말한 것처럼 신분 차이가 더 방해가 될 것 같아.

제나 씨 동생의 사랑을 위해서도, 조금 나서볼까?

◆

살롱에 돌아온 나는, 베르톤 자작에게 지혜를 빌리기로 했다.

"베르톤 자작, 질문이 있습니다만—."

"마리엔텔 경과 오나 양이 맺어지려면 어느 정도 공적이 필요한가라는 건가?"

"현명하신 추측입니다."

참고로 유켈 군은 여기 없다.

그는 키고리 경 그룹에게 붙잡혀서 한창 술 대결 중이다.

"백작의 다른 딸이라면 남작위 정도라도 가능하지만, 오나 양은 『신탁의 무녀』. 최소한 자작 이상의 지위는 있어야겠지. 보통은 다른 영지의 영주나 소국의 왕, 아니면 왕도에서 권세를 휘두르는 상급 귀족 정도의 지위가 필요해진다."

꽤 난이도가 높군.

"그게 아니라면 알기 쉬운 커다란 공적이야. 세류 백작령의 귀족은 무훈을 귀히 여기니까."

“무훈이라면, 강대한 마물을 쓰러뜨린다, 인가요?”

“와이번 정도로는 안 돼. 성룡을 혼자서 물리칠 정도의 파격적인 공적이 있다면 아무도 불평은 안 하겠지.”

“아무리 그래도 성룡은 무리가 있습니다.”

흑룡 헤일롱을 비롯하여, 성룡들의 상식을 벗어난 전투력은 잘 알고 있다.

그걸 물리치는 건 용사도 좀처럼 이루기 어려울 거야.

“그렇겠지. 나는 몇 번인가 하급룡을 본 적이 있는데, 그것마저도 기사가 100명이 한꺼번에 덤벼도 당해낼 수 있는 상대가 아니었어. 성룡이라면, 그야말로 나라 전체의 기사를 모아도 부족하다.”

베르톤 자작의 말에 동의하는 수밖에 없어서, 옆에서 고개를 끄덕끄덕 움직였다.

“뭘 남일처럼 그러고 있나.”

“—네?”

“경은 오유고크 공작령에서 퇴룡 훈장을 받지 않았나?”

“그건 용사 하야토 님의 공적입니다.”

“그것뿐이라면, 공작 같은 너구리 영감이 퇴룡 훈장 따위를 줄 리가 없어.”

베르톤 자작이 단언했다.

“저는 그렇다 치고, 용을 물리칠 정도의 공적이라면 세리빌라 미궁의 『계층의 주인』 토벌 같은 것일까요?”

“그건 조금 약하군.”

“약할까요?”

그것도 충분하고 남을 정도로 강하다고 생각하는데.

"그런 의미가 아냐. 미궁도시는 멀다. 세류 백작령에서 『계층의 주인』이 어느 정도의 존재인지 아는 자가 적다."

그렇군. 익숙함이 약하니까 비교가 어렵구나.

"다른 예를 들어보자면, 중급 마족을 토벌하거나, 상급 마족을 물리칠 정도의 공적이 있다면 불평할 것 없을 거야—."

상급은 장난이 아니지만, 중급 마족 토벌이라면 어떻게 될 것도 같은데.

물론, 그것마저도 시가 8검 수준의 강함이 필요하지만.

"—『마왕 살해자』라면 불평할 여지도 없지."

베르톤 자작이 은근히 속뜻을 담아서 덧붙였다.

"싸우는 것 말고 다른 공적이라면—."

"어렵겠지. 방금 전에도 말했네만, 세류 백작령은 무를 귀히 여긴다."

이야기의 흐름이 내 쪽으로 올 것 같아서 다른 방향으로 이야기를 틀어봤는데, 베르톤 자작이 어렵다는 표정을 지으며 고개를 옆으로 저었다.

"그거야말로, 왕조님의 무용전에 있는 것처럼 용을 타고 하늘을 나는 위업 같은 것이라면 별개지만."

"그건 무모한 일이죠. 용은 호전적이고 긍지가 높습니다. 그런 위업을 이룰 수 있는 건 왕조님 정도일 겁니다."

베르톤 자작의 발언을, 옆자리에서 듣고 있던 기사가 무리라고 단언했다.

그런가? 나랑 동료들도 흑룡이 태우고 날아준 적이 있는데…….

"대대로 섬겨온 가신이라지만, 신참 사작이 영주의 딸을, 그것도 『신탁의 무녀』를 처로 맞는 것은 그만큼 어려운 일이야."

그러니 포기하라고, 베르톤 자작이 말없이 주장하는 거군.

뭐, 중급 마족 토벌 정도라면 어떻게든 될 것 같단 말이지. 유켈 군에게는 제나 씨처럼 미궁도시 세리빌라에 파견되는 선발대에 참가하도록 말을 해두고, 그쪽에서 레벨링을 도와주는 게 연애 성취의 지름길일 것 같다.

여기에도 미궁은 있지만, 세리빌라 미궁과 비교하여 규모가 적으니까 고레벨 육성에는 안 맞아.

그 다음에 다른 귀족들이 마왕 토벌 이야기를 청하길래, 용사 하야토의 용맹함이나 종자들의 헌신을 중심으로 이야기했다.

"펜드래건 경의 활약은 없는가?"

"저는 지원이 중심이었으니, 논할 정도의 활약은—."

베르톤 자작이 넌지시 물었지만, 자기 활약을 자랑하는 취미가 없으니 적당히 얼버무렸다.

앵화일섬으로 사진왕에게 돌격한 것도, 쓰러뜨리기 위해서가 아니라 시간을 벌고 용사 하야토를 지원하기 위해서였으니 거짓말은 아니야.

"이번엔 여러분의 무용담을 들려주시죠."

말을 너무 해서 정신적으로 지쳤으니, 비스탈 와인이 든 잔을 기울이면서 다른 사람에게 이야기꾼 자리를 넘겼다.

◆

"—오나 님과 혼약, 인가요?"

이튿날 아침, 나는 세류 백작에게 호출을 받아 무녀 오나와 혼약하지 않겠냐는 이야기를 듣고 있었다.

어제 받은 느낌으로는 베르톤 자작은 이 일을 알고 있었겠군.

"어떤가? 귀공이라면 나이도 큰 차이가 없어. 카리나 공이 제1부인인 것은 어쩔 수 없다 치지만, 오나의 제2부인 자리는 양보 못하네."

"카리나 님과 저는 그런 관계가 아닙니다."

"그러면 더욱 문제가 없군. 오나는 총명한 데다가 사내를 내세울줄 안다네. 내 딸이 제1부인이 되면, 후사를 잇는 것 말고도 여러모로 도움이 될 거야."

"아뇨. 그러니까 혼약은 바라지 않습니다."

내가 즉답하자, 세류 백작이 뜻밖이란 표정을 지었다.

아무래도 어젯밤 무녀 오나의 독백을 들어버렸으니, 보류하는 것마저 죄책감을 느껴 버린다니까.

"어째서지? 무노 백작령에는 『신탁의 무녀』가 없을 거야. 오나의 존재는 무노 백작령에 필수일 텐데? 주군인 무노 백작도 환영할 걸세."

세류 백작이 낡은 정보로 어필을 하길래, 공도의 헤랄르온 신전에서 무녀가 파견된 것을 이야기했다.

"늦었는가……. 과연 오유고크의 너구리 영감. 수를 잘 읽는군."

아니, 이번 파견은 「신상」의 답례니까 오유고크 공작의 속셈은 영향이 없을 거라고 생각합니다.

"……오늘은 그만해야겠군. 너무 강요해도 귀공은 고개를 끄덕이지 않을 테니까."

세류 백작이 말하고 벨을 울리자, 무녀복을 입은 무녀 오나가 들어왔다.

"오나, 잘 꾸미도록 명하지 않았더냐?"

"이것이 성장입니다. 저는 파리온 신전의 무녀니까요."

무녀 오나가 새침한 표정으로 단언했다.

조금 기분이 틀어졌군. 뭐 마음은 이해한다. 귀족의 책무라지만, 사랑하는 남자가 따로 있는데 다른 남자와 혼담을 권하는 거니까.

무녀복으로 온 것은, 하다못해 저항을 한 거겠지.

"뭐, 좋다. 오나, 성내 견학을 시켜주거라."

"알겠습니다."

무녀 오나가 근엄한 인사를 하고, 나를 재촉하여 응접실을 나섰다.

"펜드래건 경은 연애보다도 영달을 바라시나요?"

걷기 시작하고서 금방, 무녀 오나가 그렇게 물었다.

"저는 스스로 영달을 바란 적이 없습니다."

오히려 보르에난 숲의 하이 엘프, 사랑스런 아제 씨 외길이다.

"그런가요……. 그러면, 펜드래건 경과 인연을 맺고 싶은 아버님의 속셈이란 거군요."

그렇군. 무녀 오나는 아직 정략결혼 이야기를 못 들은 모양이다.

"안심하십시오. 정략결혼 이야기라면 거절했습니다."

"—그런, 가요."

무녀 오나가 안도의 한숨을 흘리고, 금방 표정을 꾸몄다.

"카리나 님은 행복하시겠어요. 사랑하는 상대와 맺어질 수 있으니까요."

그녀의 착각을 정정해야 하나 망설였다. 카리나 양에게는 불명예가 되는 이야기고, 세류 백작 때처럼 오해를 풀 필요가 있는 상황도 아니니까.

"그러나, 펜드래건 경. 카리나 님과 첫 아이를 가지시게 된 뒤에, 반드시 제나도 측실로 맞이해 주세요. 그것이 귀족의 성의입니다."

무녀 오나가 날카로운 표정으로 말했다.

"오해십니다."

"제나는 하룻밤의 연인이라고 하는 건가요? 그건 불성실하지 않나요!"

어여쁜 눈썹을 치켜올린 무녀 오나가 나를 몰아붙였다.

"제나 씨는 친구입니다. 연인이 아니죠."

"연인이 아니라고요? 실망했습니다. 이 자리를 벗어나기 위한 거짓말을—."

"거짓말이 아닙니다. 오나 님이 상상하는 행위에 이른 적이 없어요."

제나 씨하고는 친구니까.

내심 중얼거린 순간에, 카리나 양에게 대항하는 제나 씨가 볼에 키스를 한 적이 있다는 걸 떠올렸지만, 그건 노카운트라고 하자.

"—정말로?"

그런 생각이 태도에 드러났는지, 무녀 오나가 의혹의 시선을 보냈다.

"정말입니다."

나는 내심 동요를 감추고, 그렇게 단언했다.

"알겠습니다. 믿겠어요."

무표정 스킬과 사기 스킬의 황금 페어가 풀가동해준 덕분에, 무녀 오나도 간신히 납득해준 모양이군.

"그러나, 귀족의 책무를 잊지 마세요."

마지막에 그렇게 충고를 했지만, 가문의 존속에는 그렇게까지 흥미가 없으니 가문을 이어줄 법한 양자를 들일 생각이다.

"그러면, 가시죠."

무녀 오나의 안내를 받아, 당초 예정대로 성 견학을 했다.

"성 안에도 영지군의 훈련장이 있군요."

"흥미가 있다면 견학하러 가시죠."

무녀 오나가 조금 기쁘게 말하며 훈련장으로 발길을 옮겼다.

훈련장에서 영지군의 병사들이 열심히 훈련을 하고 있었다. 전에 봤을 때보다 전체적으로 영지군의 레벨이 올라가 있는 것 같다. 아마 미궁에서 정기적으로 훈련을 시키는 거겠지.

"다음! 유켈!"

"네!"

마침 유켈 군과 키고리 경이 대련을 하는 모양이군.

무녀 오나가 유켈 군의 용감한 모습을 자랑스럽게 바라보았다. 키고리 경에게 날아가거나 위태로운 순간에 공격을 멈추는 걸 보고 짧게 비명을 자르거나, 유켈 군을 배려하는 시선을 보내기도 했다.

"오나 님은 유켈 공의 어떤 점을 좋아하시나요?"

신경 쓰이는 게 있어서 과감하게 물어봤다.

"—펜드래건 경?"

무녀 오나는 입을 뻐끔거린 다음, 분한 표정으로 나를 보았다.

"혹시, 당신도 유켈과 함께, 내 독백을 듣고 있었나요?"

"엿들을 생각은 없었습니다만……."

"입막음 대신 말하란 건가요?"

"네. 절대 다른 사람에게는 말하지 않는다고 신과 왕조님께 맹세합니다."

나를 노려본 다음, 무녀 오나가 한숨을 한 번 쉬고서 내 질문에 답해주었다.

"처음에는 의무감이었어요. 유켈의 팔에 대해서는 알고 있나요?"

무녀 오나가 물어보자 수긍했다.

"그래요. 처음에는 책임감과 의무감으로 그를 지탱할 셈이었어요."

유켈 군의 시합을 보면서 무녀 오나가 말을 이었다.

"하지만, 그는 도중에 변했습니다. 기사가 되는 꿈을 잃을 지경이었는데, 그래도 꿈을 포기하지 않고, 지금 자신이 할 수 있는 일을 찾아서, 전력으로 전진하려는 한결같은 그의 모습에 끌리고 말았습니다."

다행이군. 내 염려는 기우였나 보다.

그녀가 의무감이나 부채감의 연장선으로 유켈 군을 좋아한다고 생각하는 게 아닐까 조금 걱정이 됐거든.

나는 마음 속으로, 무녀 오나에게 실례되는 오해를 사과했다.

무녀 오나는 그런 나의 속마음을 알지 못하고, 유켈 군에게 시선을 고정했다.

"좋아, 다음—."

"아직이다아아아!"

"기개는 좋다. 그러나, 아직 너무 미숙해."

유켈 군이 비틀거리면서도 돌격하여, 키고리 경에게 가볍게 막히고 쓰러져 버렸다.

"거기서 달인들의 전투를 보고, 자신의 미숙함을 살펴봐라."

키고리 경이 말하고 숨을 정돈한 다음, 다른 쪽을 향해 말을 걸었다.

"키슈레시가르자 경, 한 수 지도를 받고 싶소."

"알겠습니다."

훈련장 반대쪽에서 리자가 나왔다.

오늘은 미궁도시에서 처음 무렵에 쓰고 있던 붉은 가죽의 갑옷을 입었군.

아무래도 훈련에서 마창 도우마를 쓰는 건 안 좋다고 생각했는지, 들고 있던 마창을 루루에게 맡기고 훈련용 목창을 집었다.

참고로, 포치, 타마, 나나는 아침부터 문전 여관으로 유니를 만나러 갔다.

"—강해."

리자가 일방적으로 키고리 경을 쓰러뜨린 것을 보고, 무녀 오나가 리자의 강함에 놀랐다.

"펜드래건 경의 가신은 강하시군요."

"네. 리자는 언제나 저를 도와줍니다."

"그녀의 모습을 보고, 아인에 대한 근거없는 편견이 조금은 줄어들면 좋겠습니다만……."

무녀 오나가 우려를 띤 표정으로 중얼거렸다.

그녀도 세류 백작령의 아인 차별에 생각하는 바가 있는 모양이군.

"다음은 저도 싸워보고 싶답니다."

"안돼요. 오늘 카리나 님은 드레스 차림이잖아요."

"그러면, 갑옷으로 갈아입고—."

"안된다니까. 그런 걸 용납하면, 우리가 니나 씨에게 혼날 거야."

전투에 흥분하여 훈련에 참가하려는 카리나 양을 루루와 아리사가 말렸다.

무노 백작령이라면 모를까, 영애가 다른 영지를 빈객으로 방문하는 와중에 그러면 안 되죠.

"제나 씨는 안 계시네요."

"제나라면 시외 연습장에서 노사의 지도를 받고 있을 겁니다."

맵 검색을 해보니, 분명히 도시 밖에 제나 씨의 마커가 있었다.

"이걸로 견학은 끝입니다. 괜찮다면 미궁 관련 시설을 보시겠어요?"

"제나 씨가 있는 시외 연습장은 거리가 먼가요?"

"그렇게 멀지는 않습니다만, 비전을 전수하기 위한 극비 훈련이라고 하니까요."

"그건 방해할 수 없군요."

어쩔 수 없으니, 무녀 오나의 첫 제안을 따라 미궁 관련 시설을 견학하기로 했다.

"상당히 훌륭한 벽이 생겼군요."

이제 1년 정도 지난 참인데, 두꺼운 벽과 튼튼해 보이는 철문으로 미궁 앞 광장이 격리되어 있었다.

무녀 오나가 백작의 허가증을 보여주니 문이 열렸다.

"—허어."

몰라보게 변한 광장을 보고, 무심코 감탄의 소리가 흘렀다.

전에 봤을 때랑 달리 미궁 입구를 뒤덮듯 돔 형태의 건물이 있고, 그것을 둘러싸듯 참호가 몇 겹으로 부설되어 있었다. 그 참호와 참호 사이에는 철제 마방책이 배치되어 있었다.

사수나 마력포의 진지가 몇 군데나 설치되었고, 미궁에서 마물이 넘칠 때 저지하기 위한 준비를 해뒀다.

"엄중한 수비진이군요."

"네. 만에 하나라도 세류 시에 마물이 들어오면 안 되니까요."

눈에 보이는 방비뿐 아니라, 신전이나 마법사들의 영적인 결계가 여러 겹으로 구축되어 있다고 한다.

유감이지만 현재는 영지군 말고는 미궁에 못 들어간다고 하니,

바깥의 방비만 견학하고 물러났다.

돌아가는 길에 에치고야 상회의 지점이 보이길래 들렀다. 사토로서 아는 사람은 없었지만, 이름은 전해졌는지 다과를 내어주고 여러모로 잘 팔리는 상품이나 세류 시에서 입하하는 상품 이야기를 들었다.

성으로 돌아간 다음, 무녀 오나와 영빈관 앞에서 헤어지고 외출하지 않은 동료들과 합류했다.

"주인님. 낮부터는 함께 다닐 수 있어?"

"오늘은 무리겠어. 미안하지만, 다들 자유롭게 다녀도 돼."

낮부터 어제 소화 못하고 오늘로 넘긴 면회 예약이 가득하다.

"우~응. 나는 남을래. 한 명 정도는 허니트랩 격퇴 요원이 있어야 되잖아?"

"포치는 타마랑 같이 유니의 양육 시설에 놀러 가는 거예요!"

"리자 씨는?"

"저는 주인님의 호위로 남겠습니다."

성실한 리자다운 대답이군.

아리사와 리자 말고는 포치와 함께 가는 모양이다.

"기왕이니까 옛날 지인들을 만나고 와."

"그렇지만……."

사양하려는 리자였지만, 내 제안에 마음이 끌리기는 하는 것 같아 다시 한번 권해서 놀러 가도록 했다. 리자는 너무 일을 한다니까.

그 이후로는 노호의 면회 러쉬였다.

"주인님, 조금 휴식할래?"

"아니. 무노령에 돌아가는 게 너무 늦어지면 안되니까 오늘 안에 끝낼 거야."

"그러고 보니 태수 취임 직후에 코볼트들의 복속으로 폐광도시에 가서, 거기서 얻은 카리나 니임의 수왕장구를 해주하려고 공도에 갔더니, 이번에는 리인이 마왕 퇴치에 끌고 갔었지."

명목상의 태수라지만, 처음 정도는 잘해야 태수 대리를 맡은 리나 양이 펑크 안 난다.

그때부터 더욱 기합을 넣었다. 밤에는 밤대로 세류 백작의 사적인 만찬에 초대를 받았으니까.

참고로 카리나 양은 백작부인의 만찬에 불려갔는지, 마지막까지 거절할 변명을 생각하면서 울상을 지었다.

영빈관에서 성장을 갖추고, 성의 입구로 갔다.

"사토 씨!"

거기에 드레스 차림의 제나 씨가 있었다.

"안녕하세요? 제나 씨, 좀처럼 시간이 안 맞아서 미안해요."

"아뇨, 일이니까요."

제나 씨와 교류할 시간을 거의 못 냈단 말이지.

"사토 씨는 어느 정도 머무를 수 있나요?"

"지금은 무노 백작령을 오래 비워둘 수 없는 시기라, 내일쯤 한 번 무노령으로 돌아갈 생각입니다."

"그런가요……."

제나 씨가 쓸쓸한 기색으로 고개를 숙였다.

"영지의 일은 보름 정도면 정리될 테니까, 그 다음에 느긋하게 방문하도록 할게요."

"정말인가요?! 그러면 그때는 우리 집에 묵어주세요. 그렇게 넓은 집은 아니지만, 사토 씨 일행이 묵을 정도의 넓이는 있으니까요."

제나 씨가 웃으며 제안해 주었다.

여덟 명이나 손님을 재울 공간이 있다니, 제나 씨 집도 꽤 넓이가 있는 모양이군.

"자작 각하, 식당으로 안내하겠습니다."

메이드가 부르러 와서, 제나 씨랑 같이 갔다.

요전의 만찬을 열었던 커다란 방하고는 다른 장소인 모양이군.

"—누님."

식당에 제나 씨의 동생인 유켈 군과 성장을 갖춘 키고리 경, 맞은 편에는 로브 차림의 노인과 훈남 청년이 앉아 있었다.

"—유켈?"

그녀는 동석자들 가운데 유켈 군이 있는 것에 조금 놀란 모양이었다.

나는 메이드의 안내를 받아 상석에 비어있는 네 자리 중 하나로 안내됐다.

훈남 청년은 왕도에서 만난 벼락 마법사고, 노인은 훈남 청년의 조부이며 세류 백작령의 필두 마법사다.

제나 씨는 유켈 군 옆이군.

"기다렸는가?"

세류 백작이 그렇게 말하며 들어왔다.

그 뒤에 적자인 대학생 정도의 장남과 차녀인 무녀 오나가 따랐다. 무녀 오나는 내 옆이군.

참석자의 멤버에서 뭔가 의혹이 느껴지네. 백작부인이 카리나 양을 격리하는 것처럼 다른 만찬에 초대한 것도 관계가 있을 것 같다.

온화하게 만찬이 시작됐는데—.

"벼락 영감, 제나의 실력은 어떻지?"

세류 백작이 노인— 벼락 영감에게 물었다.

"부족할 것이 없습니다. 세리빌라의 미궁에서 그 정도로 성장을 할 수 있다면, 불초 손자도 미궁도시에 원정을 보내야 할지도 모릅니다. 뭐 제나 정도의 재능이 있을지는 모르겠습니다만."

"허어, 그 정도인가?"

"제나의 벼락 마법은 내 일족의 비전을 전수해도 될 정도로 멋집니다."

칭찬을 받은 제나 씨가, 볼을 붉게 물들이며 황송해했다.

"그러면, 손자의 처로 생각하는가?"

세류 백작이 뭔가 꾸미듯, 이쪽을 힐끔 보고서 벼락 영감에게 물었다.

"분명히. 불초 손자에게는 아까운 아가씨지만, 우리 일문에 더해도 충분하고 남을 멋진 술사이긴 합니다."

"어떤가? 제나. 벼락 영감의 가문에 시집을 가겠나?"

"아뇨! 저는—."

"벼락 영감의 가문은 불만인가?"

제나 씨가 강한 어조로 거절하려 하는 것을, 세류 백작이 중간에 끊었다.

"그것은……."

세류 백작의 심술 궂은 말에, 제나 씨가 머뭇거렸다.

낮에 무녀 오나의 말을 들어보면, 벼락 영감은 제나 씨의 스승 포지션 같으니까 부정하기 어려운 거겠지.

"백작 각하, 너무 강한 어조로 말을 하면 위축되지 않겠습니까?"

"—펜드래건 경."

본인의 의사를 억지로 꺾으려는 혼담은, 조금 간과할 수 없으니까 끼어들었다.

"그렇군요. 각하, 너무 몰아붙이면 유능한 부하를 잃게 됩니다."

키고리 경도 지원 사격에 참가해 주었다.

"그럴 수는 없지. 제나에게는 아직 더 가르쳐야 할 것이 산더미처럼 있으니 혼인 이야기는 수련이 끝난 다음에도 늦지 않을 겁니다."

"벼락 영감까지 그리 말하면, 강요할 수는 없지."

세류 백작이 탄식하며 물러났다.

"제나, 얼마간은 벼락 영감에게 가르침을 받으며 생각해봐라."

"알겠습니다!"

제나 씨가 일어서서 경례를 해버리고, 키고리 경에게 딴죽을 들었다.

"제나는 거절했다만, 펜드래건 경은 어떻지? 지금부터라도 오나의 혼약자가 될 생각은 없는가?"

"펜드래건 경과 오나 님이 혼약?!"

아닌 밤중에 홍두깨인 유켈 군이 엉뚱한 소리를 냈다.

제나 씨도 예상 밖이었는지, 불안한 표정으로 이쪽을 보고 있었다.

무녀 오나는 사전에 세류 백작의 타진이 있었는지, 가면 같은 무표정으로 모르는 일이란 태도였다.

—아니, 유켈 군이 놀라서 소리를 냈을 때, 아주 약간 입가가 올라갔어.

아마 유켈 군이 동요해서 기쁜 거겠지.

그때 축복이라도 했다면 환멸 당했을걸.

유켈 군이 키고리 경에게 혼나고 세류 백작에게 무례를 사과한 참에, 방금 전 질문에 답을 하게 되었다.

"저도 당분간 결혼할 생각은 없습니다."

내 대답을 들은 제나 씨가, 안도의 한숨을 흘리는 게 보였다.

"귀족의 의무는 어쩌려는가? 영세 귀족은 가문을 존속시킬 의무가 있거늘."

"그 점에 대해서는 생각이 있습니다."

양자를 받는 방법이 있습니다. 라고 공언해 버리면 비상식 귀족의 낙인을 찍혀서 주군인 무노 백작에게 폐가 되니까, 얼버무리며 말을 흐렸다.

"그렇군. 노파심이지만, 다른 가문의 사정에 참견한 것을 사과하지."

"아뇨. 아직 젊고 미숙한 몸이니, 각하의 배려에는 감사하고 있습니다."

세류 백작이 이야기를 끝내줘서, 나도 인사치레로 대답했다.

다만 남몰래 「그러면, 바깥에서부터 포위를 해야겠군」이라고 어수선한 말을 중얼거리는 것을 엿듣기 스킬이 포착했으니, 그는 아직 포기 안 한 모양이다.

괜한 참견은 노땡큐입니다.

포위라는 게 완성되기 전에, 재빨리 세류 시를 떠나야겠어.

제나 씨에겐 미안하지만, 또 방문할 테니까 용서해주면 좋겠다.

"사토 씨!"

만찬이 끝나고 영빈관으로 돌아가는 길에, 그렇게 생각하는 나를 제나 씨가 불러 세웠다.

"제나 씨, 뭔가 용건이―."

"저, 저는 스승님의 가문에 시집갈 생각 없어요! 아까는 말 못 했지만, 그게 저의 마음이에요!"

내 말을 끊고서, 제나 씨가 빨간 얼굴로 선언했다.

"네, 알고 있습니다. 나도 무녀 오나와 혼담을 받아들일 생각은 없으니까요."

"네!"

미묘하게 의미가 다른 탓에, 제나 씨의 미소에 조금 마음이 아프다.

조금 화제를 바꾸자.

"그러고 보니, 유켈 공에게는 혼담이 오지 않았나요?"

"격이 같은 가문에서 선을 보자는 이야기가 몇 번 왔습니다만, 『지금은 수련중인 몸이라』라고 하면서 거절한 모양이에요."

제나 씨가 말한 다음, 조금 망설이면서 덧붙였다.

"유켈은 오나 님에 대한 마음을 끊어내지 못한 거라고 생각합니다."

"제나 씨는 두 사람의 사랑을 반대하나요?"

"그렇, 네요. 옛날의 저라면 반대했을 지도 몰라요."

제나 씨가 말을 고르며 계속했다.

"귀족의 혼인은 가문의 연결입니다. 그러니 무엇보다도 가문의 이익이 중요시됩니다. 개인의 감정으로 결혼 상대를 정하는 것은 어리석은 일이라고 배우면서 자랐어요."

다시 말해서, 지금은 그렇게 생각하지 않는단 거군.

"하지만, 사토 씨랑 아리사와 만나서 그것 말고도 길이 있다는 걸 알았어요."

제나 씨가 나를 보았다.

"사랑하는 상대와 만나는 행복을."

진지한 눈으로 내 눈동자를 보았다.

"그러니까, 만약 유켈과 오나 님이 사랑의 성취를 바란다면, 힘이 되어주고 싶다고 생각합니다."

이야기가 유켈 군 쪽으로 돌아왔다.

고백을 하는 게 아닌가 해서 조마조마했다.

"제나 씨가 그렇게 말씀하신다면, 미력하게나마 저도 돕겠습니다."

"고맙습니다, 사토 씨!"

금방은 무리지만, 브라이튼 시에서 용건이 끝난 다음에 유켈 군을 단련시킬 시간 정도는 만들 수 있을 것 같으니까.

◆

"—펜드래건 경, 바쁘신 와중에 시간을 내주셔서 감사합니다."

이튿날, 영빈관을 떠나기 직전에 무녀 오나가 찾아왔다.

"키슈레시가르자 경, 당신을 단련시킨 것은 펜드래건 경이라고 제나에게 들었습니다. 틀림없는 건가요?"

"오나 님—."

"네, 맞습니다."

내가 얼버무리기 전에 리자가 즉답해 버렸다.

"펜드래건 경. 키슈레시가르자 경을 단련시킨 당신이라면, 유켈을 시가 8검에 필적하는 강함으로 단련시킬 수 있나요?"

"대답하기 어려운 질문이군요. 리자가 시가 8검 필두인 쥬레바그 경을 쓰러뜨린 것은, 어디까지나 그녀의 끊임없는 노력과 재능 덕분이니까요."

"다시 말해서, 불가능하지는 않다, 라는 거군요."

무녀 오나가 팍팍 밀어붙인다.

"부탁드립니다. 유켈을 단련시켜 주세요."

무녀 오나가 넙죽 엎드릴 기세로 고개 숙여 애원했다.

제나 씨도 부탁을 했으니 최종적으로 거절하진 않을 거지만, 아무리 그래도 무조건으로 받아줄 수는 없어.

"죄송합니다만, 간단히 받아들일 수는 없습니다."

"억지를 부린단 것은 알고 있습니다. 제가 할 수 있는 일이라면, 뭐든지 할게요."

"잠~깐 기다려어어어어! 에로한 건 금지야!"

"응, 금지."

아리사와 미아의 철벽 페어가, 무녀 오나와 내 사이로 끼어들었다.

"두 사람은 진정해. 유켈 공이 있는데 그녀가 그런 일을 할 리가 없잖아."

"물론입니다. 무녀로서 저의 힘이 필요할 때는 모든 것을 제쳐두고 협력할 것이고, 제나가 바라지 않는 혼담을 강요받게 되면, 성의 여자들을 총동원해서 저지하겠어요."

꽤 매력적인 제안인걸.

"성의 여자들을 총동원이라니, 그럴 수 있어?"

"네, 치유 마법은 거칠어진 손이나 피부에 효과가 좋으니까요."

광범위 타입의 치유 마법을 정기적으로 시행하기만 해도, 성의 여자들에게 여신처럼 숭배를 받는다고 한다.

뭐, 포션으로도 할 수 있으니 회복 마법으로도 할 수 있겠지.

"승낙하기 전에, 한 가지 조건이 있습니다."

자세를 바로잡는 무녀 오나에게, 유켈 군이 세리빌라 미궁 선발대에 선출되도록 해달라고 조건을 붙였다.

"세류 시의 미궁에서는 안 되는 건가요?'

"세리빌라의 미궁이 규모가 큰 만큼, 육성이 쉽습니다."

세류 시의 미궁은 마물의 레벨이 높은 편이라 좋긴 한데, 레벨 50대까지 단련할 거라면 마물의 수와 강함이 부족하다.

"알겠습니다. 미궁 선발대의 제2진이 이제 곧 파견된다고 하니, 유켈이 선발되도록 손을 써보겠어요."

유켈 군이 미궁도시로 출발하면, 무노 백작령에 편지를 보내라고 한 다음 무녀 오나와 헤어졌다. 나는 문전 여관 앞에서 마사와 유니, 해결사 점장과 나디 씨, 그리고 공무를 빠져 나와준 제나 씨의 배웅을 받으면서 세류 시를 떠났다.

뇌수의 소문

"사토입니다. 미확인생물이라는 것은 대부분 잘못 보거나 화제를 만들기 위한 헛소문이라고 합니다만, 그중에는 정말로 있는 게 아닌가 싶은 것도 있어서, 나이 먹은 보람도 없이 로망을 느껴버립니다."

"뇌수?"

전에 여기서 변을 당한 행상인들의 성묘를 하러 들른 크하노우 백작령의 고갯길 오두막 앞에서, 먼저 와서 휴식하고 있던 상단의 상인에게 소문 하나를 들었다.

말하기를, 번개의 화신 같은 짐승— 뇌수를 봤다.

뇌수는 산속 깊은 촌락을 괴멸시키고, 가옥과 밭을 통째로 태웠다.

뇌수는 짝을 이뤄 하늘을 날아「마물의 영역」으로 사라졌다.

"그런 거 들어본 적 없어. 벼락의 정령 같은데, 미아는 알아?"

"몰라."

정령과 친화성이 높은 엘프인 미아조차 모른다면, 레어 중의 레어거나 잘못 본 것 둘 중 하나겠지.

"당신들도 도시 녀석들처럼 이 이야기를 믿어주지 않는군. 그러나, 우리는 봤다고."

상인이 말하자, 상인의 부하로 보이는 남자들도 진지한 표정으로 고개를 끄덕였다.

갑자기 거짓말쟁이라고 하는 것도 그러니까, 상인들에게 「보게 되면 도시의 위병이나 높은 사람에게 전하겠다」라고 약속하고 헤어졌다.

"우리도 이제 그만 가자."

묘에 꽃과 술도 공양했고, 점심도 먹었으니 고갯길 오두막을 출발하여 노우키에 들러 뇌수의 소문이 어느 정도 퍼졌는지 물어보기로 했다.

"뇌수? 못 들었는데? 새로운 마물이야?"

"산속의 촌락이 괴멸? 닐스 마을 한 귀퉁이가 낙뢰 때문에 화재가 일어나 탔다는 게 아니고?"

"요전의 뇌우는 굉장했으니까. 바람에 날아다니는 천이나 모피가 마물처럼 보인 거 아냐?"

나뉘어서 정보를 모아볼수록, 뇌수가 그냥 헛소문 같아지네.

참고로 맵 검색으로는 발견하지 못했다. 뇌수라는 것도 상인이 말한 통칭 같은 거니까, 달리 정식명칭이 있으면 검색되지 않는단 말이지.

"사토 씨!"

이름을 부르길래 돌아보자, 소년소녀 두 명이 있었다.

"그때는 정말 고마웠습니다."

누구였지? 내심 고개를 갸웃거리고 있는데, 리자가 「고갯길 오두막에서 구해낸 두 사람입니다」라고 속삭여 주었다. 얼굴은 좀처럼 떠올릴 수가 없지만, 그들의 모습을 보니 틀림없겠지.

"안녕? 건강했어?"

"네! 사토 씨가 그때 목공품을 사주신 덕분에, 길거리에 나앉지 않고 살고 있어요."

"그건 다행이네."

구해낸 보람이 있어.

지역 주민과 재회한 김에 뇌수의 소문을 물어봤다.

"알아요!"

"닐스 마을?"

"그래요, 거기!"

소년과 소녀는 아는 모양이군.

"자세히 물어봐도 될까?"

"마을 변두리의 집이 타버렸을 때, 목재를 사러 그 마을에 갔었어요."

어이쿠, 1차 목격자로군.

"달려갔을 때, 누군가가 하늘을 가리키면서 『뇌수다!』라고 외쳤어요. 그리고 먹구름 사이에 번쩍번쩍 빛나는 뭔가가 있었죠."

"어떤 모습이었는지는 보였어?"

"아뇨. 멀었고, 금방 사라졌거든요."

사과하는 소년에게 유익한 정보에 대한 감사 인사를 했다.

함께 정보료를 건네려 했지만, 은인에게 돈을 받을 수 없다며 거부해 버렸다.

그리고 헤어질 때—.

"맞다! 잊고 있었어요! 뇌수는 하나가 아니었습니다."

두 개의 빛이 먹구름 사이로 사라졌다고 보충해주었다.

그러고 보니 고갯길에서 만난 상인 이야기에서도 「짝」이라고 했었다.

나는 다시 한번 소년에게 감사 인사를하고 그들과 헤어졌다.

"주인님, 이번에는 안 들르는 건가요?"

리자가 가리킨 곳은 마법 상점이었다.

그러고 보니 전에는 여기서 두루마리나 마법약용 안정제를 샀었지.

"어서 오세요. 마법약부터 반하는 약까지 뭐든 있는 마법 상점 렌마리스에 잘 오셨습니다."

마법 상점에 들어가자, 안경이 트레이드 마크인 마법사 여성이 맞이해 주었다.

"어라? 손님의 얼굴은 본 적이 있어. ……그렇지! 1년쯤 전에 불량 재고 안정제를 사준 손님이다!"

"정답입니다."

중간에 안정제도 자작할 수 있게 됐지만, 여기서 산 안정제에는 꽤 오래 신세를 졌다.

희석 마법약이나 품질을 너무 올리고 싶지 않을 때 유용하단 말이지.

"오늘도 안정제야? 아니면 비약?"

"아뇨. 오늘은 두루마리를."

"두루마리? 있기는 있는데, 허가증이 없는 사람에게는 무난한 것밖에 못 팔아.”

그렇게 말하며 꺼내준 두루마리는 다들 내가 가지고 있는 마법이었다.

“뭔가 별난 두루마리는 없어요?’

“별난 두루마리? 쓸모없는 두루마리라면 있지만, 그건 말이지.”

“허가증이 필요하다면 크하노우 백작에게 발행받을 테니까, 어떤 게 있는지만이라도 가르쳐주실 수 있나요?”

“백작님에게 발행을 받는다니— 혹시, 손님, 좋은 집 도련님이니?’

“서민 출신이지만, 백작님에게 조금 연줄이 있어서요.”

그렇게 친한 관계는 아니지만, 영지 안에서 두루마리 구입 허가 정도는 내줄 거야.

“그러면 괜찮은데, 기대는 하지 말아줘.”

점주가 그렇게 말하고, 꽤 오래 된 두루마리를 두 개 꺼내주었다.

“분명히 별난 두루마리네요.”

그녀가 꺼낸 것은 흙 마법 「절연체(인슐레이터)」와 생활 마법 「정전기 제거(일렉 리무버)」였다. 마치 「이제부터 뇌수를 만날 거다」라고 말하는 것 같은 라인업이야.

“이 『절연체』는 작고 검은 덩어리를 만들어내는 걸로 끝이야. 또 하나인 『정전기 제거』는 겨울에 옷을 입을 때 따끔따끔한 걸 제거하는 게 끝이고. 겨울에는 팔리는 일도 있지만, 이 계절에는 아무도 안 찾지.”

점주는 어깨를 으쓱거리고 「선대 점주가 호사가였거든」라고 하더니, 입하의 재능이 없어서 자기한테 점주 자리를 넘겼다고 물어보지도 않은 걸 가르쳐 주었다.

"아무리 그래도 필요 없지?"

"아뇨, 부디 구입하고 싶어요."

"뭐야, 매니아로군."

기가 막힌 표정이었지만, 점주가 불량 재고니까 팔아준다고 하길래 살짝 비싸긴 했지만 흥정 없이 구입했다.

계산할 때 잡담을 좀 했는데, 지난번에 부족했던 마핵(코어)도 세류시의 미궁이 가동한 덕분에 해소되었다며, 「이번에는 마핵으론 안 팔아」 하고 농담을 섞어 못을 박았다.

역시 그녀는 내가 전에 후드 쓰고 암거래를 한 남자라는 걸 눈치챈 모양이군.

◆

정보수집을 마치고 노우키를 나선 우리는 크하노우 백작령 옆에 있는 「환상의 숲」을 방문했다.

"역시, 사토 씨다!"

숲에 들어가서 조금 지났을 무렵에, 「환상의 숲」의 주인인 늙은 마녀의 제자 이네가 마중을 나와주었다.

여기서 처음 만났을 때처럼 강철제 표범 위에 타고 있었다. 지난번과 다른 것은 만나자마자 흙 마법 공격이 없다는 것과 「살아있는 갑옷(리빙 아머)」 넷이 같이 왔다는 것이군.

"건강해 보이네. 마녀 나리는 건강하시고?"

"응! 스승님도 건강해!"

이네가 힘차게 대답하자, 머리 위에 모자처럼 올라가 있던 「털뭉치새(퍼프 버드)」가 「쿠루포우」 하고 울었다.

그녀의 선도로 마녀의 탑에 도착하여, 늙은 마녀의 방으로 안내를 받았다.

"잘 오셨습니다, 미사날리아 님, 사토 님. 그리고 여러분."

늙은 마녀가 느긋한 동작으로 인사를 하고, 우리도 인사를 나누었다.

이네의 머리에서 날아오른 털뭉치새가 늙은 마녀의 지팡이 끝에 살포시 앉았다.

"갑자기 실례해서 죄송합니다."

일단 노우키에 도착하기 전에 쓸 기회가 없었던 「전서구 소환(서먼 피전)」 마법으로 소환한 전서구를 보내 내방한다는 편지를 보내긴 했는데, 갑작스런 일은 틀림이 없지.

"아뇨. 엘프 님과 은인인 사토 님 일행은 언제나 환영합니다."

그런 느낌으로 인사를 마치고, 보르에난 숲이나 서방 소국의 기념품을 늙은 마녀와 이네에게 건넸다. 이네에게 「인형의 나라」 로도르오크 공방에서 산 인형도 선물했다.

옥상에서 짹짹하는 참새 같은 울음 소리가 들렸다.

"아! 오늘은 털 고르기 하는 날이었어!"

이네가 말하고 방에서 뛰쳐나갔다.

늙은 마녀 말을 들어보니, 장로 참새(엘더 스패로우)의 털 고르기를 도우러 간 모양이다. 조금 흥미가 있어서, 늙은 마녀의 허가를 받아 견학을 하기로 했다.

옥상에 올라가자 풀장 같은 커다란 둥지가 있고, 그 중심에 경트럭 사이즈의 참새가 자리잡고 있었다.

"어머나, 참 커다란 새랍니다!"

장로 참새를 가까이서 처음 본 카리나 양이 놀라서 말했다.

레이더 정보에 따르면, 이네는 장로 참새의 날개 안에 있는 모양이다.

"영차. 패로, 날개 좀 올려봐."

—짹.

이네의 요청에 따라 장로 참새가 한쪽 날개를 올리고, 거기에 파고든 이네가 빗자루 같은 브러쉬로 날개 사이에 낀 쓰레기나 벌레를 떨어뜨린다. 이 장로 참새의 이름은 패로라고 하는구나.

"우우, 안 닿아~."

"이러면 되니?"

"어? 고마워, 사토 씨."

받침대에 올라가 발돋움을 해도 안 닿는 장소는 내가 대신 해줬다.

"여기가 가려워~?"

—째짹.

"여기가 좋은 거예요?"

—짹.

어느샌가 타마와 포치가 장로 참새의 등에 타고 브러싱을 하고 있었다.

"괜찮아."

"마녀님 허가 받아왔어."

내 시선을 깨달은 미아와 아리사가 가르쳐 주었다.

브러싱한 다음에 이네의 안내를 받아 연소자 팀과 나나와 카리나 양이 탑 주변의 모험을 나섰고, 나랑 늙은 마녀는 연금술 담론을 나누었다. 몇 가지 연금술 레시피를 교환하면서 근황과 잡담을 나누었다.

"뇌수인가요?"

"네. 그런 소문을 들었거든요."

"유감이지만, 이 『환상의 숲』에서는 본 적이 없습니다."

신기한 생물이 많은 「환상의 숲」이라면 살고 있을 지도 모른다고 생각했는데, 예상이 빗나갔군.

"그러고 보니 요전의 뇌우 때, 패로가 상당히 하늘을 경계하고 있었어요."

평소에는 그렇지 않다고 늙은 마녀가 말했다.

그 커다란 장로 참새가 경계를 했다면 나름대로 강한 마물일 거라고 생각하는데, 단순히 뇌우가 싫었을 가능성도 높다.

이제 곧 해가 떨어지니까, 루루와 리자랑 늙은 마녀와 함께 저녁 준비를 했다.

"별난 식재료군요."

"모두 『환상의 숲』에서 나는 특산품입니다."

뭉게구름 같은 버섯에, 사각사각 즐거운 식감의 야채, 고기는 새 같지만 색이 눈처럼 새하얗다.

특징을 모르는 식재료라서, 늙은 마녀의 지시에 따라 요리를 진행했다.

"스승님, 죄송합니다. 금방 도울게!"

"이네니마아나, 우선 손을 씻고 오렴."

"네, 스승님."

이네가 재빨리 손을 씻고 참전해주었다.

우리 애들도 도우려 했지만, 이미 주방이 사람으로 가득하니까 식탁 준비를 시켰다.

"좋은 냄새~?"

"아주아주 판타스틱한 냄새인 거예요!"

"분명히 달콤한 느낌의 좋은 냄새네."

"응, 동의."

"완성이 기다려진다고 고합니다."

식탁 준비 팀이 주방 입구에서 못 기다리는 듯 이쪽을 살피고 있었다.

"이제 금방이야."

나는 그렇게 말하고서, 마무리를 했다.

"잘 먹겠습니다!"

"""잘 먹겠습니다.""" "인 거예요!"

아리사의 외침과 늙은 마녀 사제가 숲의 은혜에 대한 감사의 말을 하면서 저녁 식사가 시작됐다.

저녁 식사의 중심은 커다란 그릇에 담긴 「환상의 숲 은혜 전골

~초겨울의 아침 바람~」이라는 색채가 풍부한 전골인데, 매콤달콤한 간을 한 야채가 사각사각한 독특한 식감을 주어 참 즐겁다. 바닥 쪽에 가라앉은 오렌지색 토란이 입 안에서 사르륵 풀리며 부드러운 맛을 전해주었다.

빵에는 레이즌 같은 느낌의 드라이 후르츠가 박혀있고, 달콤하고 부드러운 맛이었다.

"고기 아저씨가 행방불명인 거예요."

"난제 사건~?"

포치와 타마가 냄비나 야채 샐러드를 신기한 기색으로 찔러보았다.

참고로 야채 샐러드에는 뭉게구름 같은 버섯이 눈처럼 토핑되어 있어서, 독특한 식감과 맛으로 손이 멈추지 않을 정도로 맛있었다.

"우후후, 이제 곧 다 구워져요."

루루의 말이 끝나기 전에, 따릉하고 방울 소리가 들렸다.

"다 구워졌군요."

"제가 가져올게요."

"오븐 사용법은 알겠어요?"

"네, 맡겨주세요."

리자가 주방에서 커다란 그릇에 올라간 새고기 요리를 가져왔다.

벌꿀 베이스의 양념을 바른 새 고기가 매끄러운 빛을 반사해서 맛있어 보인다.

"맛나맛나~?"

"역시 고기가 제일인 거예요."

다른 요리와 비교하면 평범하지만, 식탁에 고기가 부족했던 타마와 포치가 대단히 좋아하면서 새고기 요리를 입으로 옮겼다.

이 새고기 요리에 곁들인 야채도 맛있다.

새고기를 오븐에 넣을 때, 새의 내장을 빼고서 야채를 채워 구웠기 때문에 새의 감칠맛이 듬뿍 담겨 있었다.

"리자도 맛있는 거예요?"

"네, 맛있군요."

부드러운 고기가 취향에 안 맞는지, 리자의 반응이 좀 안 좋군.

몸이 안 좋다면, 나중에 약을 줘야지.

""""잘 먹었습니다.""""

환상의 숲다운 식사를 마친 우리는 늙은 마녀와 이네와 함께 소화시킬 겸 산책을 가기로 했다.

"걸을 때마다 불빛이 들어온답니다!"

"불빛에 비친 판타지한 식물이 예쁘네~."

"응, 근사해."

카리나 양이 늙은 마녀의 마법에 감동했다.

"예쁜 야경이네. 그 무슨 마을의 라이트업 같아."

아리사가 전생의 광경을 떠올리며 말했다.

대량의 LED를 사용한 예쁜 테마파크를 연상한 모양이군.

"마스터, 빛의 파문이라고 고합니다."

"우리이~?"

"참방참방 아닌데, 참방참방 같은 거예요."

나나가 말한 그곳은, 반딧불이 풀 끝에 깃든 초원이다. 한 걸음 걸을 때마다 빛이 파문 형태로 전해지는 성질이 있는 모양이군.

타마와 포치가 뿅뿅 뛰면서 놀고 있었다.

그 즐거운 모습에 이끌렸는지, 숲 안에서 반인반염소의 요정족 판들이 나타나 두 사람과 함께 뛰놀았다.

"오우, 어메이징~?"

"아주아주 즐거운 거예요!"

"예스 포치. 이 유희는 아주 흥미롭다고 절찬합니다."

"유쾌."

아이들과 나나와 판들이 고리를 만들고 춤을 추었다.

"아하하, 주인님도 같이 춤추자."

"카리나도 같이 춤추는 거예요!"

"스승님도!"

아리사, 포치, 이네에게 이끌려, 나랑 카리나 양과 늙은 마녀가 판타지한 무도회에 참가했다.

어느샌가 다른 희귀 요정족들과 숲의 동물들도 나타나서, 무도회를 더욱 즐겁게 해주었다.

"빛나는 나비랑 야광색의 새까지 있어!"

아리사가 노니는 나비나 작은 새들을 보고 감탄의 소리를 질렀다.

"우후후, 예쁘네."

"예스 루루. 멋진 광경이라고 평가합니다."

"응, 환희."

나나가 루루에게 동의하고, 미아가 엘프의 민요를 읊조리면서 스텝을 밟았다.

요즘 들어 살벌한 싸움이나 귀족들과 일하느라 바빴으니까, 이런 판타지한 분위기에 마음이 치유된다. 다음에 제나 씨랑 세라도 데려오고 싶군.

나는 그런 생각을 하면서, 동료들과 이네와 함께 밤늦게까지 환상적인 무도회를 즐겼다.

◆

"여기는, 늑대를 해체한 강 근처?"

"아니, 그건 조금 더 앞이야."

「환상의 숲」을 방문한 다음날, 우리는 심부름을 가는 이네와 함께 크하노우 시를 향해 출발했다. 「살아있는 갑옷」이나 강철의 표범이 호위를 하고 있지만, 작은 여자애가 혼자 위험한 숲을 여행하는 게 걱정이거든.

"그러고 보니 주인님. 뇌수에 대해 아제한테는 안 물어봐?"

"아무래도 아제 씨한테 폐가 아닐까?"

아제 씨를 번거롭게 할 정도의 중요한 사항이란 생각은 안 들어서, 뇌수 건은 문의하지 않았다.

느긋한 것처럼 보이지만, 아제 씨는 보르에난 숲의 유일한 하이 엘프다. 엘프의 장로들과 숲의 운영을 하고 있으니까, 나름대로 바쁠 테지.

"그럴까? 아제라면 의지해줘서 기쁘지 않을까?"

"응, 동의."

미아도 같은 의견이니까, 아리사의 의견도 일리가 있겠어.

"그렇네. 한 번 물어볼게."

이걸 구실로 정기 연락 이외에 아제 씨와 대화할 기회라고 생각을 고쳤다.

카리나 양과 이네는 포치랑 타마의 「끝말잇기」에 푹 빠져 있으니, 조금 정도 원거리(텔레폰) 통화를 해도 문제없을 거야.

『안녕하세요? 아제 씨.』

『사토!』

원거리 통화를 연결하자, 아제 씨의 들뜬 목소리가 들렸다.

여전히 언제까지나 듣고 싶은 마음 편한 목소리다.

『갑자기 원거리 통화를 해서 죄송해요. 일하는 중 아니었나요?』

『아니, 괜찮아.』

딱히 문제없는 모양이니, 서로에게 근황을 전했다.

사흘 전에도 오래 대화를 했지만, 아제 씨하고는 얼마든지 이야기를 할 수 있으니 신기해.

"사토?"

"주인님. 꽤 오래 이야기를 하고 있는데, 뇌수 이야기 제대로 하고 있어?"

—앗.

말하는 게 즐거워서 잊고 있었다.

"길티."

“그 표정은 잊어먹은 패턴이야.”

미아랑 아리사 둘에게 혼나서, 아쉬운 마음으로 본론에 들어갔다.

『—뇌수?』

『네. 미아도 모른다고 해서, 아제 씨라면 뭔가 아시지 않을까 해서요.』

『우~웅, 기억에 없어. 정령이 군체같이 모인 걸까?』

『그럴 가능성은 있네요. 저도 직접 본 게 아니라서.』

『기억고에 연결하면 더 자세히 알 수 있을지도 몰라. 지금 나는 천 수백 살의 젊은이랑 같은 지식밖에 없으니까— 잠깐, 루아. 사토한테 들리면 어쩌려고 그래!』

나한테는 안 들렸지만, 아제 씨 뒤에서 무녀 루아 씨가 뭔가 딴죽을 건 모양이군.

『필요하면 기억고에 연결해서 확인할까?』

『아뇨. 그 정도까지 하실 안건은 아니니까요.』

아쉽긴 하지만, 용건이 끝났으니 원거리 통화를 끊었다.

물론 이번 원거리 통화는 정기 연락으로 카운트 안 되니까, 내일이라도 느긋하게 얘기를 해야지.

“아제는 뭐래?’

아리사랑 미아에게 작은 소리로 아제 씨에게 들은 말을 전했다.

“벼락 정령의 군체일지도 모른단 추론은 가능할 것 같아.”

“그래?”

“미아가 보기엔 안 그래?”

“어려워.”

미아에게 히어링을 해보니, 벼락 정령이 무리를 짓는 일은 있어도 금방 낙뢰를 부르고 흩어져 버리니까 군체를 유지할 가능성이 낮다고 한다.

“다시 출발점이네~.”

“상관없잖아. 그렇게 커다란 피해가 있었던 것도 아니니까.”

“그것도 그렇네.”

분명히 신경 쓰이는 존재이긴 하지만.

◆

“이제 곧 크하노우 시야.”

가도를 따라 끝도 없이 이어지는 숲이 갑자기 끝나고, 광대한 보리밭이 이어지는 공간으로 나왔다.

멀리 보이는 성채도시가 크하노우 시겠지. 규모는 세류 시랑 거의 같다. 같은 크하노우 백작령의 세담 시랑 같은 규모지만, 인구는 이쪽이 5할 정도 많다.

숲에 둘러싸인 땅이지만, 도시 너머에 우뚝 솟은 산들엔 채석장이 있어서 건물은 목조랑 석조가 반반쯤 된다. 인간족이 대다수를 점하고, 세담 시와 마찬가지로 수인 노예도 있는 모양이다. 수인은 고양이 수인이 특히 많다.

시간이 어중간한 탓인지, 크하노우 시의 문은 한가했다.

“신분증을 보여라.”

"응, 이거."

거만한 문지기의 말을 듣고, 이네가 신분증을 품에서 꺼냈다.

"으엑, 마녀의 제자군."

"마녀님의 제자? 오늘은 심부름이야? 조심해서 가야된다."

문지기 한쪽은 늙은 마녀에게 경의를 가졌는지, 말투와 이네에 대한 대응이 정중하다.

"어이, 그쪽은?"

"이쪽은 펜드래건 자작님의 마차입니다."

마부석의 루루가 내 신분증을 보였다.

"자, 자작님?! 그런 이름의 자작님이 있었나?"

"다른 영지의 자작님 아냐? 어디서 들어본 적 있다."

거만한 문지기가 짝꿍과 소근소근 이야기를 했다.

"지나가도 될까요?"

"아아, 상관없다."

루루가 말을 걸자, 한껏 위엄을 꾸민 문지기가 허가를 했다.

문 너머에서 이네와 합류하여, 크하노우 성으로 갔다.

성의 문지기는 이미 말을 들었는지, 이네는 금방 성의 응접실로 안내를 받았다. 우리도 함께.

"마녀의 제자에게 동행자가 있다고 들었는데 귀공이었던가, 펜드래건 경."

"오랜만에 뵙습니다. 크하노우 백작."

들어가자마자 말한 크하노우 백작에게 응해 악수를 나누었다.

"백작님, 스승님의 약입니다."

"음. 분명히 받았네."

마법약의 보관상자에 들어있던 고급스러운 병을 확인한 크하노우 백작이, 금방 그것을 시종에게 건넸다.

"대금과 마녀 나리에 대한 선물은 돌아갈 때 건네지."

"응—이 아니고. 네, 백작님."

이네는 심부름이 끝난 것에 안도한 기색으로, 메이드가 내어준 달콤한 과자에 손을 뻗었다.

"그래서, 펜드래건 경의 용무는?"

"마침 때가 맞아서, 이네니마아나를 따라서 왔습니다."

덖으로 크하노우 시의 관광을 할 생각입니다.

"그랬었군. 그러고 보니 경은 관광이 일이었어. 안내를 붙여줄 테니 마음껏 보고 가게나. 오늘 밤은 성에 묵고 가게."

모처럼 해준 말이니, 그 말에 따르기로 했다.

"그 전에 내 가족을 소개하고 싶군."

크하노우 백작은 아이가 많고 부인도 세 명이나 있었다.

자세한 수는 안 물어봤지만, 마물과 싸우거나 병이나 사고로 사별한 아이들도 많다고 한다.

"그랬었군요. 애도를 표합니다."

"그래. 그래도 이 영지에는 마녀 나리의 약이 있으니, 다른 곳보다는 나아. 다른 영지에서 유행병이 퍼지면 비참한 일이 일어나고 말지."

유통이 발달되지 않았으니, 다른 영지에서 필요한 만큼 수입하는 것도 어려워 보인단 말이지.

“『마왕 살해자』 나리! 저한테 검을 가르쳐 주세요.”

열 살쯤 되는 여자애가 반짝반짝 빛나는 눈빛으로 나에게 애원했다.

“치사하다, 체체리나! 펜드래건 각하, 저에게도 한 수 가르침을 주세요!”

같은 나이 정도의 남자애가 말하자, 다른 아이들도 다들 일제히 나에게 검을 가르쳐 달라고 청했다.

난처한 표정으로 크하노우 백작의 얼굴을 보자, 「미안하네만, 반각 정도 봐줄 수 없겠는가?」라고 부탁을 해버렸다. 거절하는 것도 좀 무례하다 싶어 어쩔 수 없이 받아들였다.

고교생 정도의 아이들은 기본이 되어 있으니까 이상한 버릇이나 검이 흔들리는 걸 교정해주고, 스태미나 부족을 해소하기 위한 훈련 방법이나 스트레칭을 교습했다.

작은 애들은 기초의 기초 정도밖에 없으니까, 다들 질릴 때까지 상대를 해줬다. 카리나 양도 참가하고 싶어했지만, 만에 하나라도 아이들이 다치면 안 되니까 사양했다.

“아직 멀었어어어어.”

처음 검의 상대를 해달라고 한 체체리나가 마지막까지 매달렸지만, 아직 기초가 부족하니까 마지막에는 스태미나가 떨어져 다운되어 버렸다.

“각하, 괜찮다면 저희들도.”

겨루기를 해달라고 기사들이 모였지만, 예정 시간을 크게 오버했으니 다음 기회라고 하면서 거절했다. 사나이의 울음으로 한탄

하면서 이쪽을 힐끔거리는 건 그만두시죠.

그 다음은 크하노우 백작이 붙여준 안내인의 안내로 크하노우 시내 관광을 했다. 물론 이네도 함께.

여기는 목공과 석공이 융성하고, 특히 가구가 빼어난 모양이야.

"이 등받이 좋아~?"

"헤~, 좋은걸. 이 의자랑 테이블 세트를 살까?"

가구점 하나에서 발견한 응접 세트가 멋지길래 구입하기로 했다.

주문하면 반년 기다려야 한다고 했지만, 안내인이 말을 해주어 견본품이라도 좋다면 괜찮다고 하길래 구입했다.

"이건 왕도 저택에 둘 거야?"

"일단 태수 저택이면 되지 않을까?"

왕도 저택과 미궁도시 저택은, 1년 뒤면 된다고 하면서 제작을 의뢰했다.

도시 관광을 마치고, 그날 밤은 산과 숲의 재료가 잔뜩 쓰인 만찬에 초대를 받았다. 고기 요리가 많아서 타마와 포치의 텐션이 높은 만족스러운 식사였다.

이튿날, 이르게 크하노우 시를 출발하여 이네를 「환상의 숲」 입구까지 배웅했다.

"사토 씨, 또 놀러 와."

"그래, 꼭 들를게."

"이거, 받아. 이네가 만들었어."

그렇게 말하고 이네가 마법약 세트를 주었다.

"고마워, 이건 답례야."

나는 서방 소국에서 구한 연금술 서적과, 연성할 때 편리한 아이템을 답례로 주었다.

"에엣, 이렇게 잔뜩, 괜찮아?"

"물론이지."

"고마워, 사토 씨. 이네 열심히 공부해서, 사람들을 많이 도울게!"

"응, 힘내."

노력가인 이네라면, 분명히 늙은 마녀의 지도를 받아서 멋진 연금술사나 마녀의 후계자가 되겠지.

기합을 넣는 이네를 격려하고, 숲의 입구에서 헤어졌다.

◆

"젊은 나리! 오랜만이잖아!"

세담 시 앞을 지나는 김에, 아는 사람의 도예 공방에 들렀다.

"고양이 언니인 거예요!"

"헬로~?"

포치랑 타마가 고양이 수인 노예 언니들과 하이파이브를 나눈다.

카리나 양은 무노령에서 보기 드문 고양이 수인을 보고 눈빛을 반짝이고 있었지만, 어떻게 대해야 할지를 몰라 움직임이 이상하다.

"오늘은 무슨 일이야?'

"어떤지도 좀 보고, 도자기 주문을 하려고요."

"젊은 나리는 『환상의 파랑』 건으로 신세를 졌으니까. 다른 주문을 제쳐두고서라도 먼저 해줄게!"

공방주가 그렇게 말했지만, 아무리 그래도 다른 발주자에게 미안하니까 순서를 지키고 싶다.

참고로 「환상의 파랑」이란 건 세담 시의 태수가 개선했을 때 축하하려고 만든, 실전된 제조법의 도자기를 말한다.

"그 『환상의 파랑』을 쓴 식기 세트를 만들어주세요."

"그래! 맡겨둬!"

"100세트 정도 필요한데, 괜찮을까요?"

"에엑, 그렇게 많이? 장사하려고?"

공방주가 발주 수량에 놀랐다.

귀족 가문의 주문이라면 평범한 거 아닐까?

"아뇨. 이번에 태수가 되어서, 저택에서 쓰려고요."

"태수가 됐어? 젊은 나리는 어디 귀족을 섬기나?"

"아뇨. 제가 무노 백작령 브라이트튼 시의 태수로 임명됐어요."

솔직히 대답하자, 공방주가 턱이 빠질 것처럼 놀랐다.

잠시 허둥댄 다음에, 고양이 수인 아가씨가 건넨 물을 들이키고 간신히 차분함을 되찾았다.

그리고—.

"무례를 저지른 것, 부디 용서해 주십시오오오오."

그 자리에서 엎드리며 사과를 했다.

"왜 그러세요?"

"귀족님에게 무례한 말을 해버렸습니다. 하물며 『환상의 파랑』을 위해서 심부름까지……."

공방주의 목소리가 떨린다.

농담으로 하는 줄 알았더니, 진심으로 사죄하는 모양인걸.

그러고 보니 그랑 만났을 때는 평민이었지.

"고개를 들어주세요."

"그러나, 귀족님을 심부름꾼처럼……."

"걱정 안 하셔도 돼요. 당시엔 평민이었어요."

"—네?"

"그다음에 무노령에서 공적을 세우고, 명예 사작으로 임명됐거든요."

"그, 그랬었군요—. 어, 명예 사작님이 태수가 될 수 있는 건가요?"

"못 되지. 주인님 지금은 자작이거든."

공방주의 의문에 아리사가 대답했다.

"아아, 그랬었구나— 아니, 지금은 귀족님이란 거잖아! 아무것도 다를 바가 없어?!"

안도한 것도 잠시, 공방주가 그 사실을 깨닫고 다시 비명을 질렀다.

"저는 신경 안 쓰니까, 일어서세요."

그렇게 황송해하면 놀러 오기가 힘들어지잖아.

어떻게든 달래서 드디어 진정된 참에 발주를 완료하고, 완성된 상품은 상업 길드에 의뢰해서 브라이튼 시의 태수관으로 운송하게 되었다. 그 무렵에는 카리나 양도 고양이 수인 노예들과 평범하게 담소를 나누고 있었다.

여러모로 수속을 마친 우리는 세담 시의 시장에서 은제품을 이것저것 물색했다.

코볼트와 전쟁이 끝나고 은산이 재가동해서, 저렴한 은제품이 여러모로 도는 모양이군.

"이거, 근사하답니다."

묘안석이 박힌 목걸이를 보고 카리나 양의 눈빛이 반짝였다.

"아까 그 애들 눈 같지 않나요?"

"오우, 예스~."

"정말인 거예요."

그렇군. 그래서 눈길이 갔구나.

"언니, 미인이니까 싸게 해줄게. 은화 세 닢 어때?"

노점 주인이 카리나 양에게 세일즈 토크를 했다.

참고로 시세는 은화 두 닢이다.

"……은화 세 닢."

카리나 양이 슬픈 표정으로, 손에 든 목걸이를 돌려두었다.

"혹시, 가진 돈이 없어?"

"에리나를 공도에 두고 와서, 대금을 지불해줄 사람이 없답니다."

그렇군. 그런 거구나.

예전의 무노령이라면 모를까, 지금의 무노령에서 영주의 딸이 은화 몇 닢의 물건을 못 살 리는 없으니까.

"과연 셀럽. 스스로 현금을 들고 다니지 않는구나."

"셀럽?"

"그런 거면, 일단은 제가 대신 내겠습니다."

무노 백작에게 청구할 마음은 없지만, 카리나 양이 신경 쓰지 않도록 신경 쓰며 말했다.

"고마워요, 사토."

이 노점은 저렴한 데다가 센스가 좋은 물건이 많아서, 브라이튼 시의 태수관에서 일하는 메이드들에게 하사할 용도로 조금 넉넉하게 구입했다. 브라이튼 시의 태수 대리를 해주는 리나 양에게 줄 선물은 아까 제대로 된 가게에서 샀으니 문제없다.

장보기를 마친 우리는 얼른 세담 시를 떠났다.

너무 오래 있으면, 일이 점점 쌓여버릴 테니까.

전에 친절하게 대해준 국경의 요새에 답례를 할 겸 술통과 고기 덩어리를 선물하고, 계곡에 걸린 가는 밧줄 다리를 건너 무노령으로 귀환했다.

히드라가 파괴한 무노령의 요새도 간이로 새롭게 재건을 했고, 영지군의 책임자인 조틀 경이 재편한 병사들이 성실하게 요새에서 일하고 있었다.

"자작님, 실은 요전의 뇌우 때 본 적이 없는 마물을 발견했습니다."

요새의 수비대장에게 상담받은 내용을 정리하면, 아무래도 수비대장이 목격한 것은 그 「뇌수」인 모양이다.

뇌수는 동쪽에 펼쳐진 마물의 영역에서 나타나, 영지 경계를 스치면서 크하노우 백작령 방면으로 사라졌다고 한다.

시간을 따져보면 이곳의 목격 정보가 제일 오래됐다.

나는 수비대장에게 크하노우 백작령에서 모은 정보를 전달하고, 또 뇌수를 보거든 가르쳐 달라고 부탁했다.

요새를 떠나 마을 몇 개를 지나면서 가도를 나아갔다.

이제 가도를 따라 봄이나 딸을 파는 사람들의 모습도 없고, 즐겁게 밭일을 하는 광경에 위정자로서 안도의 숨결이 나왔다.

“이대로 브라이튼 시에 갈 거야?”

“아니, 일단 무노 시로 가자.”

나는 조금 생각하고 아리사에게 대답했다.

멀리 돌아가게 되지만, 브라이튼 시로 돌아가기 전에 무노 시에 들러 카리나 양을 배웅해야지.

무노 백작령의 발전

"사토입니다. 도시 만들기 게임을 하다 보면 중반을 넘어섰을 때부터 할 수 있는 일과 해야 하는 일이 산더미처럼 늘어서, 익숙해질 때까지 힘들었던 기억이 있습니다. 그걸 지나면, 다음은 루틴 워크로 할 수 있으니까 편하긴 하지만요."

"정말이지. 공도에 해주를 하러 가더니, 어쩌다 타국에서 마왕 퇴치를 하게 된 거니?"

"카리나와 사토 군 일행이 무사해서 다행이야."

무노 성에서 집정관인 니나 씨에게 혼나고, 무노 백작은 우리가 무사한 것을 기뻐했다.

나는 걱정 끼친 것을 사과하고, 일의 전말을 두 사람에게 말했다.

"마왕이 셋 합체해서, 초마왕이 된 거예요!"

"엄청 굉장히 강했어~."

포치와 타마가 중간에 끼어들고는, 리자에게 「입에 지퍼」 포즈로 혼나서 조금 귀여웠다.

"포치의 말은 농담처럼 들리지만, 위왕이라는 마왕 비슷한 게 셋 합체해서 진짜 마왕이 된 건 정말이야."

"처음에는 분열되어 있었던 거니?"

—분열? 그 말을 들으니, 뮤데, 기기라, 신 아버지까지 세 위왕들은 같은 유니크 스킬을 가지고 있었다.

어떤 방법으로 하나의 유니크 스킬—「임기응변(플렉서블 스킬)」을 셋으로 나누어 세 사람에게 깃들였다면, 합체해서 진짜 마왕이 된 것도 이해가 된다.

뭐, 이제와서는 검증할 방법도 없지.

"그래서 마지막에는 사가 제국의 새로운 용사들이 쓰러뜨려버린 거구나?"

"응, 그렇게 됐어."

실제로는 토벌 직전에 나타난 「따르지 않는 것」이 마왕을 삼켜버렸지만, 내가 용사 나나시로서 「따르지 않는 것」을 토벌한 다음에 확인했더니 새로운 용사들에게도 「마왕 살해자」의 칭호가 있었으니까 틀린 건 아니라고 생각한다.

"용사 하야토 님과는 만날 기회가 없었지만, 새로운 용사님들은 한 번 뵙고 싶군."

무노 백작이 부러운 기색으로 카리나 양과 우리를 보았다.

훈장 수여 같은 걸로 사가 제국에 갈 때, 무노 백작도 함께 가자고 해야지.

분명 그라면, 용사 소환의 성지순례를 즐겨줄 거야.

그리고, 공도에 두고 온 에리나와 신입 아가씨 페어는 무노 성의 주방에서 재회했다.

"자작님도 카리나 님도 너무함다!"

만나자마자 항의했다.

그때의 상황으로 볼 때 내가 잘못 한 건 없는 것 같지만, 마침 시험작을 만든 참이라 말해봤다.

"미안미안. 시험작인 핫도그 먹을래?"

"물론임다! 자작님의 요리 시식에 거부는 없습다!"

"……에리나 씨."

"신입은 필요 없습까?"

"무, 물론 먹어요."

에리나가 심술궂은 말을 하자, 신입 아가씨가 당황했다.

"아! 그거 제일 커다란 거 아님까!"

"그런 어린애 같은 말은 하지 마세요."

에리나와 신입 아가씨의 만담을 지켜보고 있는데, 결식 아동이 아니라 결식 메이드들이 대거 몰려왔다.

"아~! 에리나가 새치기했어!"

"자작님, 사랑해요! 그러니까 저도 맛보기를!"

"나는 태어나기 전부터 사랑하고 있었어. 그러니까 맛보기의 권리가 있을 거야."

"나도나도! 만나기 전부터 맛보기를 사랑하고 있으니까 한 입!"

마지막은 사랑하는 대상이 요리로 바뀌었군.

속물적인 메이드들에게, 한 명당 한 입씩이라고 하며 시험작 그릇을 건넸다.

강에 떨어진 물소에 몰려드는 피라냐 같은 기세로 메이드들이 요리를 집었다.

"주방에서 소란 피우지 마라! 먼지 내는 녀석은 앞으로 출입 금지한다!"

"""죄송합니다, 게르트 씨!"""

게르트 요리장의 일갈로, 메이드들이 등을 쭉 뻗고서는 사과했다.

역시 주방의 주인은 그녀로군.

◆

며칠 정도 무노 시에 머무르고, 그 뒤에 브라이튼 시로 이동했다.

"자작님, 어서 오세요!"

태수관에서 태수 대리인 리나 에므린 자작 영애가 맞이해 주었다.

바쁜 나날을 보내고 있는지, 눈 아래가 거뭇하다. 팝업된 AR 표시에 따르면 가벼운 과로군.

나중에 영양제랑 잘 잠들 수 있도록 수면제를 처방해주자.

응접실에서 리나 양에게 공도에 갔다가 요워크 왕국으로 가서 마왕 퇴치에 협력한 이야기를 간결하게 전하는 사이에도 차례차례 문제점을 상담하는 부하들이 찾아왔다.

도시의 운영을 막 시작한 참이니까, 나날이 여기저기서 문제가 발생하는 모양이군.

"자작님, 죄송합니다. 지시를 내리고 올게요."

리나 양이 말하고 일어서다가—.

"—위험해."

현기증을 일으켜서 내쪽으로 쓰러진 것을 받아주었다.

"죄, 죄송합니다!"

"당황하지 말고, 느긋하게 몸을 회복시킨 다음에 일을 하세요."

리나 양이 새빨간 얼굴로 호흡을 정돈했다.

AR표시된 상태의 「과로」에서, 가벼운의 문자가 사라져 있었다.

이건 닥터 스톱이려나?

"이제, 괜찮아요."

"괜찮지 않아요. 사흘 정도 일을 하지 말고 휴양을 하세요."

내가 태수를 맡은 행정부가 블랙 기업이 되는 건 간과할 수가 없어.

"하, 하지만, 일이—."

"이건 태수 명령입니다. 아리사, 회계 처리랑 사무 처리를 맡길게."

"오케이~!"

"미아, 미안하지만 도와줄래?"

"응, 맡겨둬."

아리사와 미아가 문관을 데리고 방을 나섰다.

"리자랑 나나는 무관들 이야기를 듣고 와."

"예스 마스터."

나나가 금방 대답을 했지만 리자가 반응이 없다.

"리자~?"

"졸려인 거예요?"

"죄송합니다. 잠깐 멍했습니다. 곧장 시작하겠습니다."

리자치고는 보기 드문 일이네. 뭔가 신경 쓰이는 거라도 있나?

"루루는 메이드들과 친해져서, 사용인들의 불만이나 곤란한 일 등을 히어링 해줘."

"네, 알겠습니다!"

루루가 메이드와 함께 방을 나섰다.

시선을 돌리자, 타마와 포치가 자신들에 대한 지시를 기대감 가득한 표정으로 기다리고 있었다.

"타마 대원, 포치 대원. 두 사람은 거리로 나서서 난처한 사람을 도와주는 임무를 내린다."

"아이아이 서~."

"네, 인 거예요! 포치는 도움의 프로인 거예요!"

두 사람이 척 포즈를 취한 다음 방을 뛰쳐나갔다.

"자작님."

"오늘부터 사흘, 리나 씨는 방에서 휴식을 취하는 게 일입니다."

"그렇지만……."

리나 양이 좀처럼 휴식을 승낙해주지 않는군.

조금 워커홀릭인 것 같아.

"안됩니다."

나는 농담처럼 말하고, 리나 양을 공주님 안기로 들어서 그녀의 사실로 옮겼다.

그녀는 가볍게 패닉을 일으켜서, 뭔가 이해할 수 없는 말을 빠르게 했지만 무시했다.

"뒷일은 부탁해."

리나 양의 시녀에게 확실히 쉬게 하라고 명해뒀다.

아무리 야무진 소녀라지만, 과로로 쓰러지게 할 수는 없으니까.

"기다렸지, 아리사. 나한테도 서류 넘겨줘."

"이미 분류해뒀어. 이쪽 서류 케이스가 태수 결재 대기 서류야."

집무실에 가자, 아리사가 문관들을 지휘하면서 자신도 서류와 전투하고 있었다.

미아는 조금 질린 느낌이지만, 처리한 서류의 수는 본직의 문관에게 지지 않는다.

"빈 책상은 있니?"

"태수님, 이쪽으로 오시죠."

사무책상은 다 찼는지, 로우 테이블 앞 소파로 안내를 받았다.

예전이었다면 허리가 상할 법한 환경이지만, 지금은 여러모로 튼튼해졌으니 괜찮겠지.

"어디 보자—."

대개의 서류는 물 문제와 치안과 자재 부족의 진정 네 종류로 나뉘는 느낌이었다.

우물이 부족하다」, 「강의 상류, 하류에서 취수로 다툼이 났다」, 「도적이 나온다」, 「가도와 마을에 마물이 나온다」, 「달밤에 정체불명의 짐승이 날뛴다」, 「석재가 부족하다」, 「철이 부족하다」, 「목재가 부족하다」, 「특산품이 필요하다」, 「일손이 필요하다」, 「낙뢰로 식량고가 불탔다」 등등.

나는 우선도가 높은 항목부터 순서대로 사람과 예산을 배당했다.

"태수님, 그건 태수 대리가 우선하고 싶다고—."

"괜찮아요. 신경 쓰지 말고 진행하세요."

나중으로 돌린 안건에 문관이 한마디 했지만, 나는 강권을 휘둘러 지시를 내렸다.

리나 양이 우선하고 싶은 이유도 이해가 되니까, 내가 동료들과 개별적으로 돌아볼 예정이다. 정말로 긴급한 안건은 오늘 밤에라도 몰래 하겠지만, 그것 말고는 내일 이후로 돌려도 문제없다.

"주인님, 이쪽은 끝났어. 그쪽 도울 거 있어?"

"아니, 나는 괜찮아. 다른 문관을 도와줘."

"오케이!"

아리사가 손이 느린 신인의 일을 중심으로 조금씩 빼앗아 처리했다.

"이게 집정관이 말했던 장부 귀신 아리사……."

"『아리사가 있으면 두 배의 일이 진행되는데』라고 집정관이 투덜거리는 것도 이해가 된다."

"엄청난 속도다."

문관들이 치트 주인공을 찬양하는 엑스트라 같은 말을 하면서 손이 멈췄길래, 자기 일을 진행하도록 타일렀다.

이대로 밤까지 진행하면 쌓여있던 결제가 모두 끝날 것 같지만, 정시에 문관들에게 퇴근하도록 지시했다.

"그러나, 아직 일이……."

문관들이 머뭇거렸지만, 강권을 발휘하여 돌려보냈다.

리나 양 정도는 아니지만, 문관도 다들 피로가 쌓여있어서 효율이 저하된 느낌이었거든.

◆

“죄송합니다. 오래 쉬어버려서.”

“결국 이틀만에 다시 나와버렸네요.”

리나 양이 예정보다 빨리 복귀했다.

안색이 좋아졌고, AR표시되는 상태도 통상으로 돌아왔으니 괜찮겠지. 젊음이란 건 좋구나.

“덕분에 완전히 건강해졌어요— 어라? 이상하네요, 분명히 여기에…….”

자기 책상에 앉은 리나 양이 서류를 확인하고 당황했다.

“뭔가 없어졌나요?”

어제까지 이리사가 썼으니까, 서류나 비품의 장소가 바뀌어 있나?

“아뇨, 보류해뒀던 서류가 한 장도 안 남아있어서.”

“그거라면 모두 처리해버렸어요.”

“네? 정말인가요? 철 같은 건 무노 시에서도 부족했는데, 어떻게?”

“그거라면 보르에하르트 시장인 도리알 씨에게 융통해달라고 교섭했습니다.”

아킨도우로 변장해서 사토의 대리로 도리알 씨와 직접 교섭을 했거든.

최종 결정권을 가진 도하루 노인의 심증이 좋아지도록 사토로서 단조한 최고걸작 미스릴 검과 무노령에서 채굴한 미스릴 광석 상자도 넘겼다. 전자는 내가 대장장이의 연마를 계속하고 있다는 것의 증명, 후자는 도하루 노인에 대한 선물이다.

도착까지 시간이 걸리니까, 긴급하게 필요한 자재는 내 스토리지에 대량 보존되어 있는 것을 방출했다. 물론 「마법의 가방(매직 백)」을 경유해서.

목재 부족은 크하노우 백작령에 발주했고, 당장 필요한 분량은 밤중에 벌채한 나무들을 미아의 마법으로 건조시켜 준비했다. 석재는 폐광도시에 발주했으니 얼마 안 있어 도착할 거야.

"어? 하지만, 편지도 도착 못하는 시간인데요?"

"요정족만 쓸 수 있는 비밀의 방법이 있어요."

이번에는 안 썼지만, 드라이어드에게 부탁하면 왕복할 수 있으니까.

"도적이나 마물도 퇴치했어요? 조사대도 파견 안했는데?"

"그건 리자 자매를 보냈습니다."

"타마는 조사의 프로인 거예요!"

옆 방에서 기다리고 있어야 할 포치가 어느샌가 옆에 있었다.

도적의 은신처나 마물의 행동범위는 맵 검색으로 좁히고, 현지 안내는 원거리 통화로 타마에게 부탁했다.

"혹시, 난항하고 있던 우물 증설도?"

"아뇨, 그건 아직입니다."

"그렇군요."

놀란 표정으로 말하는 리나 양에게 말하자, 조금 낙담하면서도 납득한 표정을 지었다.

"그건 지금부터 미아랑 둘이서 해결하고 올게요."

"미사날리아 님하고요?"

"네. 미아는 정령술사니까요."

운디네를 통해 수맥을 찾는다.

"자작님, 취수 다툼이 몇 갠가 보류되어 있었습니다만—."

"보류하고 있던 장소에도 우물을 만듭시다. 진정을 보니, 강의 수량을 고려할 때 마실 물이 따로 있으면 문제가 없는 느낌이니까요."

"아아, 분명히 그렇, 네요."

리나 양이 진정서류를 확인하고 납득한 표정을 지었다.

몇 갠가 질문에 대답하고, 다음 서포트는 아리사에게 맡기고 집무실을 나섰다.

"태수님, 호위를 데리고 가세요."

미아의 정령으로 날아갈까 생각했는데, 그쪽에서 태수라는 걸 설명하는 것도 귀찮을 것 같으니 기마 병사들만 데리고 마을로 갔다.

개척 마을에는 충분한 우물을 준비했으니, 가는 마을들은 모두 기존의 마을들이다.

"미아, 운디네를."

"응, ■■■……."

처음 마을에 도착해서, 마을 사람이 촌장을 부르러 간 사이에 영창을 했다.

"대장님, 오늘은 어떤 용건이신지요?"

"오늘은 태수 각하의 호위다."

"태수님, 이십니까?"

"그래. 이 분이 브라이튼 시의 태수 펜드래건 자작님이다."

호위대장이 말하고 나를 촌장에게 소개했다.

근린의 유력자를 초대하여 태수 취임의 기념축전을 안 했으니까, 이렇게 안면을 익힐 필요가 있군. 귀찮다고 하지 말고 취임 파티를 열어서 얼굴을 알려두는 편이 좋을지도 모르겠어.

그런 생각을 하는 사이에도, 촌장과 마을 사람들이 엎드려 나에게 인사했다.

"태수님을 만나게 되어 황공무지**소로**이다."

촌장은 어려운 존댓말이 서투른지 미묘하게 말투가 이상하다.

촌장의 소개를 듣고서, 그들을 일으켜 세웠다.

크리에이트 운디네
"……■ 물 정령 장소."

영창을 하고 있던 미아가 물의 의사정령 운디네를 소환했다.

투명한 물로 만들어진 미녀가 출현하자, 촌장과 마을 사람들이 놀라서 소리를 지르며 후퇴했다. 그중에는 다리에 힘이 풀려 버린 사람까지 있었다. 가만 보니 호위하는 병사들까지 겁을 먹었군.

"이건 미아가 소환한 정령입니다. 여러분에게 해를 끼치는 일은 없어요."

나는 놀란 사람들에게 말하고, 미아를 돌아보았다.

"미아, 수맥을 찾아줘."

"응, 운디네."

미아의 지시를 받은 운디네가 천천히 주위를 둘러보고, 산 쪽을 가리킨 손을 숲 쪽으로 움직였다. 아무래도 그 라인에 수맥이 있나 보군.

“마을의 결계주 범위 안이면, 이쯤인가?”

“그래.”

미아가 끄덕였다.

일단 그 장소까지 이동하여, 운디네에게 재확인을 하고 송환했다.

“이 바로 아래에 수맥이 있는 것 같습니다.”

“정말로 감사하옵니다. 그러면, 여기를 마을 사람들이 파도록 하겠습니다.”

촌장 일행은 반신반의의 낌새다.

맵으로 확인하니, 수맥의 위치가 꽤 깊어.

“미아, 게노모스를 불러줄래?”

“응, ■■■……■ 땅 징령 창조(크리에이트 게노무스).”

마을 사람들과 우물에 대해 의논하는 촌장을 흘깃 보면서, 이번에는 대지의 정령인 게노모스를 소환했다.

“미아, 여기에 수맥까지 통하는 깊은 구멍을 파줘.”

“게노모스, 해.”

미아가 명하자, 폭 1미터 반 정도의 구멍이 생겼다.

내 흙 마법 「함정(피트) 파기」로 파는 게 더 빠르지만, 남들 앞에서 화려한 마법을 쓸 수는 없으니 미아의 게노모스에 의지했다.

“태, 태수님, 이것은?”

“완성까지는 못 돕지만, 수맥까지 구멍을 파는 공정은 해뒀습니다.”

주변의 벽을 굳혀뒀으니까, 다음은 벽과 바닥까지 석재를 사용해서 보강만 하면 된다.

"고맙사옵니다. 아가씨께선 대단한 실력의 마법사님이시군요."

촌장이 칭찬하자 미아가 작은 가슴을 쭉 펴고 잘난 척하는 표정을 지었다.

답례를 하고 싶다는 촌장의 요청을 거절하고, 다음 마을을 돌면서 같은 작업을 했다. 개중에는 나이든 사람들이 「감사하옵니다 감사하옵니다」라고 말하면서 절을 하거나, 마을의 작물을 답례로 떠넘기기도 했다.

그 중에 하나로—.

"이건, 박 열매인가?"

원령 요새였던 곳에서도 키워서, 박고지 같은 겨울용 보존식으로 가공했었지.

"네, 이 근처의 숲에 잔뜩 있습니다."

그렇게 말하길래 확인해 보니, 이 주변의 마을에서도 겨울 전에 박고지처럼 가공한다고 했다.

진정서에 있던 특산품으로, 이 박고지를 더할 수 없을까?

개인적으로 박고지를 사용한 김말이 초밥을 가볍게 살 수 있게 되면 기쁘다. 스스로 만드는 건 나름대로 수고가 든단 말이지.

김은 오유고크 공작령에서 수입해야 하지만, 다른 재료는 영지 안에서 입수할 수 있을 것 같단 말이지.

무노 시 근처라면, 강의 수량이 충분하니까 논도 만들 수 있을 거야.

이동하면서 루루에게 원거리 통화로 그 건을 상담한 다음에,

태수관으로 돌아가서 리나 양에게 이야기를 해봤다.

"네에? 그렇게 많은 우물을?!"

본론과 다른 걸로 놀라네.

외출하기 전에 마을들에 우물을 파러 간다고 말을 했었는데?

"미아가 우수하니까요."

내가 말하자, 미아가 피스 사인을 보였다.

그런 미아의 머리를 쓰다듬고, 본론을 다시 한번 말했다.

"—다시 말해서, 박고지라는 말린 야채가 특산품이 된단 건가요?"

"네. 무노령 밖에서는 본 적이 없으니까요."

기왕이니, 리나 양에게 시식을 권해봤다.

루루를 불러 박고지를 사용한 김말이 초밥과 박고지 조림 등을 의뢰했다.

"이게 박고지?"

조리하기 전의 샘플을 보고, 리나 양이 회의적인 시선을 보냈다.

뭐, 그 마음은 이해한다.

"기다리셨습니다."

"고마워, 루루."

보고를 한 차례 마쳤을 무렵에, 루루가 박고지를 사용한 요리를 가져왔다.

시간이 걸릴 법한 것까지 있다. 이동하면서 원거리 통화로 루루와 상담을 했을 때 금방 준비를 시작해준 덕분이겠지.

"맛있어요. 박고지에 육수의 맛이 잘 스며들었네요. 그리고 식감도 별나서 재미있어요."

꽤 고평가군.

"태수님, 저도 맛보고 싶습니다."

"저도 맛보기를 희망합니다."

"부디, 저도."

집무실에 있던 다른 문관들도 흥미진진하길래, 다 함께 맛보기를 했다.

"맛있어요! 이건 특산품이 되겠습니다."

"맛있는 건 루루 님의 실력이 좋아서 그런 거 아냐?"

"그걸 빼고서도, 이건 팔릴 거라고 생각한다."

"동감이다. 건조시킨 박고지는 가벼우니까, 운송에 방해가 되지도 않을 거야."

"그래, 상인들도 가볍게 다룰 수 있으니 기뻐할 거야."

호평인 것 같으니, 뒷일은 문관들에게 맡기자.

"역시, 자작님은 굉장하세요. 저희 집을 구해주신 것처럼, 브라이튼 시의 문제도 자작님이 전부 해결해주셨습니다. 저는 아직 멀었군요……."

리나 양이 조금 어두운 표정으로 자조했다.

어이쿠, 너무 많이 참견했나. 자신을 잃지 않도록, 커버를 해야겠어.

"리나 씨, 그건 아니에요."

"……아닌가요?"

"네. 리나 씨가 태수 대리로 조직을 단단히 정비해줬기 때문에, 우리가 『리나 씨 대신』을 맡을 수 있었던 겁니다."

"하지만, 그건 당연한 일이고—."

"그 당연함이 큰 거야. 수수하지만 그걸 할 수 있는 사람이 별로 없어. 리나는 자랑스러워해도 돼."

리나 양이 눈가에 눈물을 짓고 이쪽을 보았다.

"네, 아리사 말이 맞아요. 당신은 최고의 태수 대리입니다."

오히려 그녀를 태수로 앉히고 싶은데.

"고맙습니다, 자작님."

리나 양의 눈물샘이 붕괴하여 눈물이 주르륵 흘렀다.

그녀의 눈가를 손수건으로 누르고, 상냥하게 어깨를 끌어안아 등을 두드려 주었다.

중간에 「성희롱」이란 문자가 뇌리에 떠올랐지만, 어린애 상대이고 그녀가 혐오감을 품는 기색도 없으니 문제 없겠지. 아리사의 길티 판정도 없다.

문득 돌아보자, 보좌관들도 덩달아 울면서 얼싸안고 있었다.

그 자리가 진정된 무렵, 다른 동료들이 귀환했다.

"마스터, 귀환했다고 보고합니다."

"어서 와, 나나, 리자. 가도의 순찰은 어땠니?"

"예스 마스터. 도적의 마지막 거점을 처리했다고 보고합니다."

나나가 보고하고, 리자가 보고서를 담당 문관에게 건넸다.

"수고했어. 다친 데는 없니?"

"노 마스터. 리자가 부상당했다고 보고합니다."

"—리자가?"

"조금 스친 것뿐입니다. 이미 마법약으로 완치했습니다."

그래도 도적 따위에게 리자가 부상을 입는 건 예상 밖이다.

어디 안 좋은 게 아닐까?

AR표시되는 상태는 이상이 없는데, 조금 걱정이다.

""""마스터!""""

문을 벌컥 열고서, 나나와 같은 얼굴의 소녀들이 뛰어들어왔다.

들어온 것은, 왕도에 있어야 하는 나나의 자매들이다.

"당신들! 문을 열기 전에 노크를 하라고 말을 했죠!"

""""예스 아진. 반성한다고 고합니다.""""

나나 자매가 장녀 아진에게 혼나고 있었다.

"에이, 아진. 그 정도로 해둬. 야호~, 이치— 사토."

마지막에 들어온 것은 평행세계의 소꿉친구인 히카루다. 그녀는 수백 년 전에 시가 왕국을 건국한 왕조 야마토 본인이기도 하다.

"오랜만이야. 자매를 배웅하러 온 거야?"

"응. 나도 용건이 있었으니까. 자, 이거."

히카루가 두툼한 종이다발을 건네주었다.

"—이건?"

필적이 익숙하군.

"존 군이 보냈어. 스마트폰의 답례라고 했어."

존— 존 스미스는 르모크 왕국에서 소환된 일본인으로 추정되는 인물로, 히카루와 나나 자매랑 아는 사이다.

"그 스마트폰은 역시 그 친구 거였어?"

"응. 받자마자 해제했어. 그 다음에 스마트폰의 정보를 보면서

엄청 종이에 기술을 적었어."

서류의 페이지를 넘겨보자, 지구의 기술— 하버-보슈법이나 내연기관의 구조 따위가 자세히 적혀있었다.

"아아, 『금기』에 관해서는 제대로 주의를 한다고 했으니까 안심해."

존 스미스는 금기에 대해 경고하는 메모를 제대로 본 모양이군.

"그래. 그러면 안심이네. —오, 피아노 설계도가 있다."

"정말?"

미아가 굉장한 속도로 반응했다.

최우선으로 만든다고 미아와 약속해서 해방된 다음, 다른 페이지도 확인했다.

그 안에는 이미 어둠의 옥션에서 낙찰한 절반의 메모장에 실려 있던 기술도 꽤 있었지만, 모르는 정보도 적지 않았다. 시간을 내서 자세히 봐야겠군.

"아~, 나중에 공도에서 세—."

"저, 저기, 자작님!"

히카루가 뭐라고 말하려는 타이밍에, 뒤에서 눈가가 빨개진 리나 양이 말을 걸었다.

조금 긴장한 느낌이다.

"그 여성은 자작님의 지인이신가요?"

"미안. 자기소개를 안 했네. 나는 히카루. 공도에서 하숙집 관리인을 하고 있어."

"하숙집 관리인? 자작님과는 어떤 관계가?"

"나는 사토의—."

히카루가 괜한 말을 하기 전에, 리나 양에게 「그녀는 미츠쿠니 여공작 각하입니다」라고 신분을 말했다.

"내 동료가 그녀에게 신세를 지고 있어요."

내가 말하고 나나 자매들을 보았다.

"마스터, 위트가 히카루를 챙기고 있다고 고합니다."

"트리아도! 트리아도 그렇게 생각합니다."

"정확하지 않아."

막내 위트와 3녀 트리아의 발언을 차녀인 이스난이 짧은 말로 비평했다.

"그렇네요. 히카루 씨를 돕고 있습니다만, 우리도 수련과 숙박으로 신세를 지고 있으니까요."

장녀인 아진이 말하자, 다른 자매들도 수긍했다.

"뭐 그런 관계입니다."

"그런, 거군요?'

적당히 이야기를 마무리 지은 탓에, 리나 양이 잘 모르겠다는 느낌이다.

"태수 대리, 공작님을 세워두고 계십니다."

"그랬어요! 죄송합니다, 공작님! 금방 응접실을 준비하겠습니다!"

보좌관의 지적을 받은 리나 양이 뛰어오르며 당황하더니, 금방 지시를 내리기 시작했다.

"신경 안 써도 되는데."

"그럴 수는 없지."

금방 응접실 준비가 끝나고, 나는 히카루 일행과 함께 그쪽에서 이야기를 나누기로 했다.

리나 양도 함께 오려고 했지만, 일을 방해하면 미안하니까 나랑 동료들이 대응했다.

"그래서, 존 스미스의 답례를 건네러 오기만 한 건 아니지? 아까 뭐라고 말하려다 말지 않았어?"

"응? 그건 됐어. 말하지 말라고 했던 걸 까먹고 있었어."

"그래?'

"응, 소녀의 비밀이야."

공도에서 뭐라고 했었으니까 아마 세라 관련 일일 거라고 생각하지만, 말의 느낌으로 무리하게 캐물을 일은 아닌 것 같군.

"그러면, 그건 됐어."

"그래? 그게, 어디까지 말했었지? —그렇지."

히카루가 조금 생각하고서 이야기를 되돌렸다.

"이쪽에 위트 일행이 오고 싶어 한 것도 있지만, 세테가 이치로 오빠한테 직접 듣고 싶다고 부탁을 했거든."

"요워크 왕국의 마왕 토벌 건?"

내 물음에 히카루가 고개를 끄덕였다.

참고로 세테는 시가 왕국 국왕의 애칭이다.

무노 백작 경유로 보고서는 올렸지만, 일부러 히카루를 파견했다면 내 입으로 상세하게 듣고 싶은 거겠군.

나는 히카루에게 마왕 토벌을 했던 일련의 흐름을 이야기했다.

"뮤데라면 『환도원』의? 그 녀석들은 정말로 어느 시대든 제대로 된 짓을 안 하네."

히카루가 지긋지긋하단 기색으로 말했다.

그러고 보니 그녀가 현역 용사였던 시대에도 「환도원」이 민폐를 끼쳤다고 했었지.

"그건 그렇고 『인조 마왕』이라…… 환도원이 방법을 확립한 걸까?"

"그건 아닐 거야."

환도원의 아지트를 샅샅이 조사했지만, 그걸 시사하는 자료는 없었다.

"이번에는 인조 마왕이라고 해야 할지, 위왕으로 변한 기기라와 뮤데라는 현지인에 더해서, 일본인 같은 남성이 같은 유니크 스킬을 가지고 있었어."

"어? 그건 과거의 기록에 없었을 거야. 전에 무슨 타이밍에 사가 제국 용사 신전의 사전 같은 사람이 부정한 걸 들은 적이 있는걸."

히카루가 그렇게 말한 다음, 뭔가 깨달은 표정을 지었다.

"기다려. 그래서 그 세 명이 합체해서, 진짜 마왕으로 변했다고 했지?"

"응. 그 인식이 맞아."

"그러면, 본래 하나였던 유니크 스킬을 무슨 방법을 통해 셋으로 분할하고, 방금 그 세 명에게 깃들인 거 아닐까?'

히카루도 나랑 같은 생각을 한 모양이군.

"문제는 그걸 누가 했는가, 인데."

"응. 마족이라면 할 것 같지만, 아니면 시즈카 같은 유니크 스킬을 가진 전생자가 있었을지도 몰라."

“부정할 수 없지만, 적어도 요워크 왕국에는 없었어.”

하지만, 그 가능성은 머리에 넣어두는 편이 좋겠다.

“방금 이야기를—.”

“응, 세테한테 말해서 사가 제국에도 공유해둘게.”

“부탁해.”

히카루가 이심전심으로 부탁을 이해해주었다.

“그래서, 합체한 인조 마왕을 이치로 오빠가 쓰러뜨렸어?”

“인조 마왕을 몰아붙인 건 사가 제국의 새로운 용사 두 사람이야. 다만, 쓰러뜨리기 직전에 예상 밖의 일이 있었지.”

히카루에게 「따르지 않는 것」이 나온 흐름을 이야기했다.

“또 나왔어? 신들의 조력도 없이 용케 쓰러뜨렸네.”

“비장의 수가 있어서 다행이었지.”

두 번 있었던 이상, 세 번째 「따르지 않는 것」이랑 만날 수도 있다. 그렇게 생각하면 신검 말고 다른 대처 방법도 찾아두는 편이 좋을지 모르겠다. 전에 벽령의 이계 유적에서 발견한 대신(對神) 마법 같은 것의 연구를 진행해야지.

“그렇지! 무노 백작한테 편지를 받아왔어.”

히카루가 가져다준 편지에는, 오유고크 공작령과 동방소국군에서 사관 희망자와 노동자가 잔뜩 왔으니까 문제 없어 보이는 사람들을 절반 정도 보낸다고 적혀 있었다.

“고마워, 히카루. 이걸로 브라이튼 시의 일손 부족도 한숨 돌릴 수 있겠다.”

“아하하, 나는 편지를 가져온 것뿐이야.”

나는 문 밖에서 기다리는 방의 메이드에게 말해서, 이 편지를 태수 대리인 리나 양에게 보냈다.

"얼마 정도 느긋하게 지낼 수 있어?"

"2~3일 정도."

듣자하니, 여기까지 오는데 쓴 왕가의 소형 비공정을 반납해야 한다고 했다.

"몇 대 더 왕국에 기부할까?"

"아하하, 그건 됐어. 이번엔 어쩌다가 예약이 밀려 있던 것뿐이니까."

공력 기관에 사용하는 괴어(에어 피쉬)의 지느러미는 대괴어(토부케제라)의 것도 포함해서 스토리지에 상당히 사장되어 있단 말이지.

"그리고, 너무 기숙사를 비우면 아이들이 쓸쓸해하니까."

그러고 보니 왕도에서 기숙사 관리인을 하고 있었다.

"마스터! 나나에게 재미있어 보이는 사건 이야기를 들었다고 보고합니다!"

뛰어들어온 것은 호기심 왕성한 위트와 자기주장이 강한 3녀 트리아가 아니고, 양 사이드를 시뇽으로 묶은 6녀 시스였다.

"사건?"

"달밤에 정체불명의 짐승이 날뛰는 사건이라고 보고합니다!"

"헤~, 재미있어 보이는 사건이네."

"그러고 보니 여러 나라를 여행하던 시절에, 달이 뜬 밤에 늑대인간으로 변신해서 날뛰는 비슷한 사건이 있었어."

히카루가 건국 시기의 사건을 가르쳐 주었다.

"늑대인간이라는 건 늑대 수인이랑 다른 거야?"

"응. 인간이 라이칸슬로프라는 병인지 저주에 걸려서, 늑대인간이 되는 거."

"히카루, 사건을 추리하기 전에 스포일러를 하는 것은 아니라고 비판합니다."

시스가 무표정하게 뚱한 분위기를 풍기며, 히카루에게 항의했다.

"미안미안. 하지만, 이번 사건이 그거라고 단정할 수는 없잖아?"

"우선 사건의 목격자에게 탐문부터 해야 할까?"

"예스 마스터! 시스 수사관에게 맡겨주세요라고 주장합니다!"

"알았어. 이 사건을 시스 수사관에게 일임한다."

굉장히 기합이 들어간 분위기라서, 그녀에게 맞춰주기로 했다.

짐승의 정체가 라이칸슬로프라면 병이나 저주를 풀 필요가 있다. 일단 만능약이면 되겠지. 그걸로 안 되면 돌아오라고 시스에게 말해뒀다.

"그렇지, 시스. 조수로 다른 자매를 써도 되니까, 같이 다녀오렴."

"예스—"

""""예스 마스터!""""

동의하려던 시스의 목소리를, 문에서 엿보던 다른 자매들이 소리를 모아 뒤덮었다.

"엿듣기는 안 좋다고 고합니다."

"노 시스. 새치기는 더욱 안 좋다고 트리아는 생각합니다!"

시스가 항의했지만 트리아의 지당한 주장에 져서, 그녀들을 조수로 임명하여 사건 현장에 탐문을 하러 갔다.

결과적으로 히카루의 예상이 맞았지만, 시스 일행의 모험은 미스터리에서도 코미디에서도 통할 정도의 유쾌한 에피소드가 되었다. 대모험을 한 시스 일행도 이야기를 들은 우리도 대만족이었다.

그리고 남자를 늑대인간으로 바꾼 라이칸슬로피라는 주병(呪病)은 광견병 같은 증상을 가진 저주와 병의 복합적인 것이었지만, 내가 시스에게 맡긴 만능약으로 문제없이 해제되었다.

주병의 원인은 마족이나 수상쩍은 주술사의 짓이 아니라, 남자가 잔혹하게 학살한 애완동물들의 원령들이 복수를 한 모양이다. 물론 동물들의 영은 브라이튼 시의 사제들이 정성스레 추모를 해주었다.

당연하지만 남자는 세간을 소란스럽게 하고 상해와 기물 파손을 한 죄로 감옥에 갔고, 더욱이 비싼 만능약의 청구와 고액의 벌금이 겹쳐서 벌금을 지불하지 못해 노예가 되었다고 한다.

그 사건이 결판이 난 이튿날, 히카루는 왕가 전용의 비공정을 타고 왕도에 돌아갔다.

◆

"주인님, 브라이튼 시에 종속되어 있는 마을들에서 순행 희망이 왔는데, 어떡할 거야?"

살롱에서 포치와 타마랑 담소를 하고 있는데, 아리사가 그런 이야기를 했다.

"순행~?"

"순행이 뭐인 거예요?"

"분명히 높은 사람이 여기저기 방문하는 거면, 되는 거였지?"

간단히 말해서 시찰이다.

"그래. 이번 경우, 높은 사람이라는 건 주인님을 말하는 거지."

아리사가 내민 편지 다발을 확인했다. 대개의 편지는 마을 지원에 대한 감사로 시작하여 길게 본문이 이어진 다음, 태수의 행차를 부탁한다는 내용이었다.

이것이 정형문일지도 모르지만, 뭔가 진정하고 싶어서 현재 상황을 봐달라기보다는 「이렇게 멋진 마을이 됐습니다. 부디 한 번 보러 오세요」 같은 뉘앙스를 느꼈다.

"아리사, 리나 양은 순행에 갈 수 있겠어?"

"응. 긴급한 일도 없어졌으니까 아마 갈 수 있을 거야."

"그러면, 피크닉을 겸해서 다 함께 가자."

"와~아~."

"해냈다~인 거예요!"

타마와 포치가 춤을 추며 기뻐했다.

얼마간은 서류 일이 대부분이라, 그다지 놀아주질 못했으니까.

순행을 정한 다음 진행은 빨랐다.

리나 양이 서류 작업을 천칭에 걸었지만, 보좌관들이 권해서 동행에 동의하고 다음날에는 마차와 호위가 준비되어 순행 루트까지 확정되었다. 문관들도 일처리가 빠르군.

"참으로 잘 오셨습니다!"

처음 돌아본 곳은 가장 가까운 곳에 있던 기존의 마을이다.

촌장과 마을 사람들이 다 모여 맞이해 주었다. 아직 마른 사람이 많지만, 전처럼 아사 직전의 위험한 모습인 사람은 없었다. 아이들은 혈색 좋은 얼굴로 뛰어놀고 있다.

"태수님과 엘프님! 덕분에 우물 공사가 순조롭사옵니다."

미아의 정령 마법으로 우물의 굴착을 한 마을에 가자, 나랑 미아를 발견한 촌장이 기뻐하며 경과를 보고해 주었다.

그리고, 우물하고는 인연이 없는 첫 방문인 마을에서는—.

"백작님이 파견해주신 마법사님이 밭을 넓혀주셔서, 앞으로는 전보다 많은 작물을 납세할 수 있습니다."

이런 느낌으로 거의 넙죽 엎드려서 무노 백작에 대한 감사를 표했다.

개척 마을과의 격차가 생기지 않도록 쿠로의 모습으로 기존의 마을들도 경작지를 확장해뒀단 말이지.

덤으로 「집 제작(크리에이트 하우스)」의 마법을 써서, 공동 창고나 마을의 집회소 같은 공공시설도 만들었다. 넝마라고 불러도 될 노후화된 집도 많길래 다시 지어줄까 했는데, 거기까지 하면 이번엔 도시 생활자가 불평을 할 것 같아 자중했다.

아리사가 지나치면 안 된다고 타일렀지만, 겨울을 못 버틸 것 같은 집이 있을 때는 판잣집 같은 걸 몇 개 만들고 뒷일은 촌장에게 맡겼다.

"뭔가 곤란한 일이나 부족한 건 없나요?'

"아뇨, 그럴리가요! 농지도 늘려주셨고, 물레방아가 달린 수로까지 정비를 해주셨습니다. 보십시오, 마을을 수호하는 골렘까지 배치를 해주셨어요. 이걸로 불평을 하면 벌을 받습니다."

전에 이 마을에서는 곡식을 인력으로 빻고 있었단 말이지.

듣자하니 아주 옛날에는 물레방아가 있었는데, 장소가 마을 밖인 데다가 노후화랑 마물 피해의 더블 펀치로 쓰지 못하게 됐다고 들었다.

"정말 그렇지! 특별한 비료까지 배합을 해주신 덕분에 올해는 지금까지 본 적도 없을 만큼 작물이 잘 자랐어!"

이 비료는 내가 서방 소국에 있는 도시국가 카리스오크의 「예지의 탑」에서 획득한 이론으로 만든 거다. 마법약을 병용하니까 그 레시피도 함께 무노 백삭에게 전했다.

"이놈! 귀족님에게 그런 말투를 쓰면 되나!"

"미안, 귀족님. 나는 존댓말을 잘 몰라서. 그래도 어떻게든 내 입으로 감사를 하고 싶어서……."

덩치 큰 마을 사람이, 촌장에게 혼나고 어깨를 웅크리며 위축됐다.

"아뇨. 감사의 말을 분명히 들었습니다. 반드시, 무노 백작께 전할게요."

그런 그의 어깨를 툭 두드려주고, 그의 눈을 보면서 약속했다.

"고맙사올시다. 고맙사올시다."

남자가 넙죽 엎드리며 인사를 반복하자, 다른 마을 사람들까지 고개를 숙였다.

내년 이후의 비료는 지도원을 파견해서 자작하게 될 예정이다. 물론, 배합하는 마법약은 무노 백작이 각 마을에 하사하겠지만.

이어서 조금 오지에 있는 개척 마을에도 시찰을 갔다.

"태수님! 잘 오셨습니다!"

이민 비공정이나 무노 성에서 봤을 때는 전장에 가는 각오를 굳힌 표정을 짓던 사람들이 많았지만, 나를 맞이한 사람들은 기존의 마을 사람들보다 들뜬 목소리와 미소로 맞이해 주었다.

"이곳 생활에는 익숙해졌나요?"

"아직 아닙니다!"

그 대답은 예상 못했다.

"이 바보야! 그래선 말이 이상하잖아!"

"아 그게~, 이런 푹신푹신하고 부드러운 밭을 일굴 수 있는 데다가, 훌륭한 우물과 용수로! 덤으로 귀족님이 사는 것 같은 집에서 살 수 있거든? 이런 사치스런 환경에 그리 쉽게 익숙해지겠나!"

"정말 그렇지! 수호상님들 덕분에 마물이나 늑대한테 떨지 않고 살 수 있는 것도, 마을 생활에서는 있을 수 없을 정도로 고마워."

"농기구랑 가구까지 준비를 해주셔서, 정말로 크게 도움이 됩니다."

"창고에는 수확까지 버틸 충분한 식량도 있지! 이걸로 불평을 하면 벌을 받아요!"

개척민들이 뜨거운 어조로 개척 마을의 근사함을 열변했다.

"그러고 보니 낙뢰로 식량고가 불탔다고요?"

"낙뢰가 아닙니다! 그건 마물이라니까! 번개의 마물이 식량고를 태웠어!"

"아직도 그런 말을 하는 거야? 그건 낙뢰야. 번개의 마물 같은 건 너 말고는 아무도 못 봤잖아!"

목격자의 주장을 촌장이 싹둑 내쳤다.

"기다리세요. 그『번개의 마물』이란 것은?"

목격자의 이야기를 듣자, 아무래도 크하노우 백작령에서 들은 「뇌수」의 소문과 아주 닮았다. 시기적으로도 영지 경계의 요새나 크하노우 백작령의 목격 시기보다 전이다. 시간 순서도 모순되지 않아.

유감이지만 뇌수의 모습은 멀어서 정확히는 모른다고 했다.

"그러면, 역시 잘못 본 게 아니구만?"

"네. 다른 영지에서도 목격 정보가 있었어요."

눈빛을 반짝이는 목격자와 어색한 표정을 지은 촌장에게, 또 목격하면 브라이튼 시에 알려달라고 부탁해뒀다.

"야채를 수확하면 맨 먼저 보내겠습니다!"

"그래! 콩이 이제 수확시기니까 가져가 주세요! 처음 수확한 걸 태수님도 맛보시면 좋겠습니다!"

"그래! 그게 좋겠다! 타고사."

"그래! 금방 따올게! 따라와라, 고페."

남자들이 둘이서 밭으로 달려갔다.

"죄송합니다. 성급한 녀석들이라."

"아뇨. 마음은 대단히 기쁩니다."

리나 양과 함께, 촌장의 안내를 받아 개척마을의 각 부분을 시찰했다.

어른들이 열심히 농작업을 하고, 아이들이 활기차게 뛰어다닌다.

"물고기를 잡을 거면 이런 함정이 좋아."

마을을 한 바퀴 돌고 오자, 아리사가 아이들에게 강에서 물고기 잡는 함정이나 풀놀이를 가르치는 모습이 보였다.

여전히 아이들에게 인기만점이야. 옆에 있는 나나와 자매들이 조금 부러운 기색이었다.

"주인님, 주변 조사를 하고 왔습니다."

"이상 없음~?"

"마물은 한 마리도 없었던 거예요."

주변 순찰을 하러 간 리자 일행이 돌아와서, 이 마을 시찰을 마치고 다음 마을로 간다.

그런 느낌으로 시찰을 간 우리가 브라이튼 시로 돌아오자, 손님이 기다리고 있었다.

◆

손님은 폐광도시의 지배자인 코볼트 수장— 오빠 코볼트였다.

"우리들은 무노의 가신인 『과실 베기』 나리와 무노의 딸 카리나 님의 무용을 인정하고, 정식으로 무노의 깃발 아래 순종할 것을 선언하러 왔다."

오빠 코볼트는 그 중개를 나에게 부탁하려는 모양이다.

나는 무노 백작에게 먼저 전령을 보내고, 코볼트 일행을 데리고 무노 시에 갔다.

동료들은 물론, 나나 자매도 함께다. 나나 자매를 소르나 양에게도 소개하고 싶으니까.

"—뭔가 전보다 사람이 늘지 않았어?"

아리사의 말처럼, 무노 시는 전보다 훨씬 활기가 늘어났다.

여기저기 건축이 진행중이고, 여러 대의 마차와 짐차가 메인 스트리트를 다니고 있었다.

그 이유는—.

"오유고크 공작령과 보르에하르트 자치령에서 상인과 기술자가 끊임없이 오거든."

아리사의 의문에, 니나 집정관이 대답해 주었다.

"바쁘겠네."

"뭐, 그렇지. 덕분에 주거지나 점포의 건축에 쓸 자재가 부족해서 준비하느라 큰일이야."

무노 시에서도 브라이튼 시와 비슷한 문제가 일어나는 모양이군.

물론, 이쪽은 니나 씨가 이미 준비를 했다고 한다. 과연 민완 집정관이야.

"여러분, 이제 곧 무노 백작님이 오십니다."

소식을 전하러 간 시종이 보고하자, 코볼트들이 의자에서 일어나 바닥 위에 무릎을 꿇었다.

무노 백작은 코볼트들의 태도에 놀라 안절부절하면서 말을 걸려고 했지만, 니나 씨가 말없이 그걸 제지하며 그대로 자리에 앉으라고 지시했다.

응접실에 들어온 그의 등뒤에, 차기 무노 백작인 적자 오리온 군을 비롯한 일족의 사람들이 따랐다.

"카리나인 거예요!"

"헬로헬로~?"

포치와 타마가 오랜만에 본 카리나 양에게 손을 흔들었다.

"조용히 하세요."

"네잉."

"네, 인 거예요."

리자가 타이르자, 두 사람은 금방 입에 지퍼 포즈를 취했다.

두 사람이 소파 한가운데를 비워서 좌판을 두드렸다. 카리나 양이 거기에 앉아, 두 사람과 친교를 다졌다.

"두 사람 다 건강했나요?"

"네, 인 거예요! 포치는 언제나 건강한 거예요!"

"타마도 언제든지 활기발랄~?"

카리나 양의 질문에 포치와 타마가 반사적으로 대답하자, 리자가 말 없이 입에 지퍼 제스처로 타일렀다. 두 사람이 착한 아이 자세로 앉아 얼버무리는 사이에, 무노 백작이 코볼트들의 맞은편에 앉았다.

"고개를 들어주— 고개를 드시오."

무노 백작이 평소와 같은 정중한 어조로 말하려다가, 중간에 니나 씨의 눈짓을 깨닫고 어조를 부하에게 하는 것처럼 바꾸어 말했다.

"보르에프로스 씨족의 수장, 케이지. 무노 백작을 뵈오."

오빠 코볼트가 무인다운 어조와 목소리로 자기소개를 했다.

"정중한 인사 고맙네. 케이지 공, 그리고 일행들, 소파에 앉으시게."

무노 백작의 어조가 오빠 코볼트에 이끌려서 조금 이상하지만, 상황에는 맞으니까 니나 씨도 끼어들지 않고 지켜보았다.

"우리들은 정식으로 무노의 깃발 아래 들어설 것을 선언하러 왔소."

"조건을 들어보지—."

니나 씨가 조건을 확인하자, 오빠 코볼트를 따라온 영리해 보이는 문관 코볼트가 문서를 내밀어 제시했다.

"……그렇군. 폐광도시의 권리를 포기하는 대신, 영지 안에 새로운 도시를 세울 권리를 바란다는 건가?"

"우리들에게는 생활에 필요한 특수한 광석이 있다. 그리고 그것을 채취할 수 있는 광산을 새롭게 발견했지. 그 광산을 중심으로, 새로운 도시를 세우고 싶다."

"코볼트에게 필요한 광석— 청정이니? 그거라면 미스릴도 채굴할 수 있지. 틀렸니?"

오빠 코볼트는 말을 흐렸지만, 니나 씨는 간단히 그것을 말해버렸다.

"과, 과연 집정관 나리. 잘 아시는군."

"우리는 청정에 대해서는 관여하지 않는다. 그 대신, 미스릴과 다른 광석에는 왕국법에 따른 세금을 요구할 거다. 미스릴 광석은 드워프들— 보르에하르트 자치령에 수출을 하고 싶으니, 당신들이 직접 소비하는 것 말고는 우리들에게 융통을 해줘야겠어. 물론, 시세대로 대가를 지불할 거야."

"그렇다면—."

"기다려 주세요. 그 조건에 더해, 새로운 도시의 건축에 관한 원조를 받고 싶습니다."

오빠 코볼트가 즉답하려는 것을 문관 코볼트가 제지했다.

"그렇게 나오는구나—."

"니나, 상세한 부분은 나중에 정하지."

무노 백작이 흥분한 니나 씨를 말리고, 전체적인 이야기를 먼저 진행했다.

문관 코볼트와 니나 씨의 소선 설정이 끝나는 대로 무노 백작이 폐광도시로 가서 도시 핵(시티 코어)을 수중에 넣고, 그 자리에서 오빠 코볼트를 서작하여 태수 대리로 임명하게 됐다.

우리는 무노 백작의 호위로 함께 폐광도시에 갈 예정이다.

그건 좋은데—.

"혼담?"

"음. 내 여동생을 무노 백작에게 시집 보내고 싶다."

오빠 코볼트가 공주 코볼트의 시집을 타진했다.

"혈연 외교는 융화의 기본이지만, 코볼트와 인간족 사이에는 아이가 안 생기잖아?"

"알고 있다. 그러나, 다른 씨족의 산하로 들어갈 때 족장끼리 혈족을 아내로 맞는 것이 관습이다."

"나는 안돼. 나는 아이샤를, 아내를 사랑하니까."

애처가인 무노 백작이 고개를 옆으로 저었다.

"무노 백작이 안된다면, 후계자라도 상관없다."

"—내가?"

화제가 된 오리온 군이 당황하여 말했다.

"그래. 내 여동생을 처로 맞아다오."

"처로 맞으라 해도, 얼굴조차 본 적이 없는 상대와 결혼할 수는 없어."

"우리들은 가족에게만 얼굴을 보인다만……."

"형님, 소생은 후계자 나리에게라면 상관없다."

공주 코볼트가 말하고 오리온 군에게만 보이도록 개 머리의 가면을 들어 얼굴을 보였다.

코볼트에게는 부끄러운 행위인지, 뒤에서 보이는 공주 코볼트의 귀가 새빨갛다.

"주인님, 남자는 눈을 돌려야지."

아리사의 주의를 받고, 무노 백작과 문관 코볼트들을 고개를 돌렸다.

"이거면 되겠나."

"어, 어어. 알았다."

오리온 군이 멍한 표정을 지어서, 뮤즈 양에게 「오리온 님, 정신 차리세요」하고 작은 소리로 주의를 받았다.

"이걸로 맞아주겠는가?"

"아— 아니, 기다려."

수긍하려던 오리온 군이, 옆에 앉은 뮤즈 양의 모습을 깨닫고 제동을 걸었다.

뮤즈 양은 불안해 보이는 표정으로 오리온 군의 소매를 잡고 있었다.

“나는 뮤즈와 결혼한지 얼마 안 됐어. 지금 당장 다음 부인을 맞는 것은 너무나 불성실해.”

그건 얼굴을 보기 전에 말해야지.

“그러면, 내가 무노의 딸을 처로 맞는 방법도 있다. 보통은 강한 쪽에 시집을 가지만, 약한 쪽에 적령기의 딸이 없는 경우는 그런 선택지도 있다.”

“저는 하우토랑 결혼이 정해져 있으니까—.”

“저는 싫답니다!”

거절의 말을 하는 소르나 양의 말을 가로막고 카리나 양이 일어서서 외쳤다.

그대로 도움을 청하듯 나를 필사적인 눈으로 보았다.

“관습을 지키는데, 족장 가문끼리 혼인하는 것 말고 방법은 없나요?”

“있다.”

내 물음에 오빠 코볼트가 간단히 답했다.

“제일의 전사가 처로 맞는 방법도 있다.”

오빠 코볼트의 말에, 주변의 시선이 나에게 모였다.

“『과실 베기』 나리라면, 나도 여동생도 이견은 없다.”

“제일의 전사라면, 제가 아닙니다.”

나는 문관이라고.

"달리 있는 건가?"

"그거라면 무관 필두 조틀 경입니다."

내 발언에 무노 일가가 납득한 표정을 지었다.

조틀 경은 아내도 없고, 연애 관계가 된 사람도 없을 거야.

"그 조틀이란 남자의 실력을 확인하고 싶다."

"소생도 확인을 희망한다."

남매 코볼트가 말하길래, 조틀 경이 있는 영지군 주둔지로 이동했다.

"저 남자가 조틀이군."

백호 기사와 싸우고 있던 조틀 경을 보고, 오빠 코볼트가 성큼성큼 다가갔다.

"결투다. 나와 싸워라, 제일의 전사."

"제일의 전사?"

오빠 코볼트의 말에, 조틀 경이 무슨 말이냐는 표정으로 보았다.

아무도 설명하려 하질 않아서, 내가 조틀 경에게 경위를 설명했다.

"코볼트의 공주님을 아내로? 나—저는 이제 막 귀족이 된 보잘것없는 사작입니다만?"

"조틀 군은 마음에 정한 사람이 있나?"

"아뇨, 그런 사람은 없습니다만……."

조틀 경은 내키지 않는 느낌이다.

그때, 훈련소에서 싸우고 있던 병사들의 무기가 부러져서 공주 코볼트 쪽으로 날아왔다.

"위험하다!"

조틀 경이 끼어들어 날아온 무기를 튕겨내고, 몸을 던져 파편에서 공주 코볼트를 지켰다.

"—앗."

"괜찮나—어?"

기세가 지나쳐서, 공주 코볼트의 가면이 어긋나 조틀 경에게 얼굴이 보여버렸다.

"괘, 괜찮습니다."

공주 코볼트가 당황해서 가면을 깊숙하게 다시 썼다.

조틀 경이 넋나간 표정으로, 망연하게 공주 코볼트를 내려다보았다.

"—가, 가련하군."

조틀 경이 잠꼬대처럼 중얼거렸다.

보아하니, 조틀 경의 취향에 맞나 보군.

"여동생을 지켜주었지만, 봐주지는 않는다."

"봐줄 필요는 없다. 한 수 배우지, 처형."

—조틀 경, 성질도 급하셔라.

"처형, 이라고? 벌써 이겼다고 생각하는가!"

성질이 급한 오빠 코볼트가 개시 신호도 안 기다리고 시합을 시작했다.

전투는 레벨이 높은 오빠 코볼트가 우세하게 진행됐지만, 조틀 경이 검술의 기량이 뛰어나서 어떻게 아슬아슬하게 막아내고 있었다.

"형님과 호각의 전사……."

공주 코볼트가 집중하면서 시합을 보았다.

일진일퇴의 손에 땀을 쥐는 싸움도 끝이 가까운 모양이다.

양자 모두 피로가 격렬하다.

"허억허억……. 이제 그만 끝내지."

마지막 도박에 나선 오빠 코볼트가 맹공을 걸었다.

연속기로 조틀 경의 자세가 크게 무너졌다.

후지산 버스터
"—영봉 청강 베기!"

그 틈을 놓치지 않고, 오빠 코볼트가 필살기를 시전했다.

클로우리 바이트
"인권열진(刃巻裂陣)."

그것을, 조틀 경의 카운터 필실기가 요격했다.

오빠 코볼트의 필살기를 흘려내면서, 청강의 검을 휘감아 부러뜨리고자 했다.

하지만 검이 부서지는 소리가 나고, 강철이 흩어졌다.

"승부가 났다! 승자, 케이지 공!"

심판의 목소리와 동시에, 조틀 경이 절망의 표정으로 무릎을 짚었다.

조틀 경의 카운터는 완벽한 타이밍에 발동했지만, 무기의 강도 차이로 져버린 모양이군.

그는 방금 전까지 훈련중이었으니까 훈련용으로 날을 죽여놓은 양산품 검을 쓰고 있었거든.

"일어서라, 제일의 전사."

오빠 코볼트가 조틀 경에게 다가가 손을 내밀었다.

"시합은 내가 이겼을지도 모르지만, 승부는 너의 승리다."

"—케이지 공?"

"패검의 차이로 승리를 차지하는 것은, 코볼트 전사에게는 불명예—. 샤르살."

오빠 코볼트는 일으켜 세운 조틀 경 곁으로 여동생을 불렀다.

"네, 형님."

"너는 제일의 전사 조틀에게 시집가라."

"알겠다. 소생은 제일의 전사 조틀에게 시집간다."

오빠 코볼트의 명을 받은 공주 코볼트가 즉답했다. 그녀의 꼬리가 즐겁게 흔들리는군.

아무래도, 공주 코볼트는 시합을 보고 조틀 경이 마음에 든 모양이다.

"전사 조틀, 모자란 몸이지만 잘 부탁한다."

"그, 그래."

공주 코볼트의 말에, 조틀 경이 어긋난 음정으로 대답했다.

"조금 더, 재치 있는 말은 못하니?"

"그런 말을 하면 안 되지. 조틀 경 답지않아?"

니나 씨와 무노 백작이 그렇게 말했다.

조금 떨어진 장소에서 오리온 군이 조틀 경을 보며 조금 부러운 표정을 지어서, 새색시인 뮤즈 양에게 꼬집혔다.

"그러면, 혼인 문제도 정리됐으니 정식으로 조건을 협상해야지."

니나 씨가 말하고, 문관 코볼트를 데리고 갔다.

훗날 우리는 무노 백작의 호위로 폐광도시에 가서, 도시 핵의 방에서 권리 양도의 모습을 증인으로서 지켜보았다.

이렇게 폐광도시도 정식으로 무노 백작의 휘하에 들어오고, 무노 백작은 정식으로 후작으로서 최소한의 조건을 갖추었다.

그리고 며칠 뒤.

브라이튼 시의 정무도 거의 다 정리됐고, 다음은 리나 양에게 맡겨도 괜찮은 상황으로 만들 수 있었다.

여기까지 해두면, 리나 양과 직원들의 다크서클이 짙어지며 좀비 상태가 되는 일은 없을 거야.

어깨의 짐을 내려놓고 연구나 공작의 나날로 돌아가려는 참에, 타마와 포치가 달려왔다.

"쥔님~."

"주인님, 도와줘인 거예요!"

리자의 고민

"사토입니다. 조직의 관습이나 상식을 바꾸는 것은 작은 그룹이나 가정마저도 적지 않은 노력이 필요합니다. 그것이 커다란 조직이나 사회 그 자체가 되면, 필요한 노력은 터무니없을 정도가 틀림없어요."

"둘이서, 무슨 일이니?"

나한테 도움을 청하러 온 타마와 포치에게 이야기를 들었다.

"리자가 이상한 거예요!"

"이상해? 어떤 식으로 이상해?"

"좀, 언뉴이~?"

—언뉴이? 울적해?

맵으로 리자의 마커 위치를 확인하고, 그쪽으로 갔다.

"시끄러워! 이 몸한테 명령하지 마라!"

리자가 있는 주둔지 쪽에서 그런 매도의 소리가 들렸다.

"이 몸은 요루스카에서 최강의 마사냥꾼이다! 이런 잔챙이들하고는 다르다고!"

인파를 헤치고 나아가자, 덩치 큰 인간족 남자가 리자를 노려보고 있었다. 남자의 발치에, 엉망으로 두들겨 맞은 수인들이 쓰러져 있었다.

"아인 따위, 사람과 동물의 결함품이다!"

남자가 인종차별 발언을 하면서 발치에 넘어진 수인의 얼굴을 짓밟았다.

"그 발을 당장 치우세요."

리자가 분노를 억누른 목소리로 남자에게 명했다.

"뭐? 이런 어중간한 놈들은, 고기 방패로도 못 써먹—"

조롱의 말을 뱉던 남자가, 그 자리에서 사라졌다.

다음 순간 굉음과 함께 가까이 있는 건물 벽이 무너졌다.

그곳에선 멱살을 잡은 리자가 분노 서린 눈동자로 남자를 내려다보고 있었다.

"그만해."

남자를 때리려던 리사의 손을 붙잡아 말렸다.

반사적으로 리자가 살의가 담긴 시선을 보냈지만, 상대가 나라는 걸 깨닫자마자 분노가 흩어졌다.

"더 이상 하면 죽어버리니까."

나는 남자의 멱살을 잡고 있는 리자의 손을 천천히 떼어 주었다.

언제나 냉정침착한 리자가, 이렇게 이성을 잃고 분노하다니 여간 해선 없는 일이다.

"죄송합니다, 주인님."

"사과 안 해도 돼. 그는 옛날부터 아는 사이니?"

"아뇨, 방금 만난 참입니다."

뭔가 인연이 있는 상대인가 했는데 아니었군.

일단, 근처의 병사에게 남자를 의무실로 옮기도록 지시했다.

“자아, 시험을 계속합니다! 사관 후보자들도 줄을 서세요.”

여성 병사가 짝짝 손뼉을 치고, 구경꾼이 된 병사나 사관 후보자의 주의를 모았다.

“리자~.”

“포치가 함께인 거예요.”

울 것 같은 표정의 타마랑 포치가 리자의 다리를 끌어안았다.

“미안해요. 걱정을 끼쳤군요.”

리자가 두 사람의 머리를 상냥하게 쓰다듬었다.

아직 우울한 느낌이지만, 아까보단 진정했군.

“저쪽 방을 빌리자.”

나는 리자를 재촉하여, 주둔지의 회의실 하나를 빌려 이야기를 듣기로 했다.

◆

“무슨 일이 있었니?”

“대단한 건 아닙니다.”

회의실에 앉히고, 차를 한 잔 마시면서 이야기를 꺼냈다.

“정말로?”

“조금 말다툼을 한 겁니다.”

중간부터 들었는데, 말다툼 정도로 리자가 격이 낮은 상대에게 그 정도로 이성을 잃고 흥분할 것 같지는 않다.

리자는 말하기 싫은 모양이지만, 이건 그냥 넘어가면 안 되는 것 같아.

전에 도적을 상대로 부상을 입은 일도 있었으니까.

"도저히 말하기 싫다면 안 물어보겠지만, 아니라면 말해줄래?"

되도록 명령 같지 않도록 상냥하게 말을 걸었다.

"리자아~."

"말해줘인 거예요."

타마랑 포치가 리자에게 매달렸다.

리자는 망설인 다음, 나에게만 말한다는 조건으로 말해주게 되었다.

"말다툼이 이유라는 건 정말입니다."

둘만 남자, 리자가 어떻게 말해야 할까 망설인 다음 무거운 입을 열었다.

"그 남자가 함부로 수인은 사람이 아니라고 내뱉고, 고기 방패로도 못 쓴다고 말한 것을 용서할 수가 없었습니다."

응, 분명히 그 남자는 그런 말을 했지.

"지독한 차별이야. 나도 그 남자의 생각은 경멸하지만, 이유는 그것뿐이 아니지?"

내 물음에 리자가 퍼뜩 표정을 바꾸었다.

"주인님은 뭐든지 아시는군요."

리자가 조금 달관한 표정을 짓고서, 이유를 알려주었다.

그것은 얼마 전, 우리가 세류 시에 있던 무렵으로 거슬러 올라간다.

◇◇◆◇◆◆

그날, 리자는 전부터 알던 노예들과 오랜만에 친교를 다지기 위해 그 주인인 요나 할멈의 집을 방문했다.

"아무도, 없군요……."

모두 함께 수리한 요나 할멈의 집은 오래도록 사람이 살지 않은 것처럼 삭아있고, 사람의 모습이 안 보였다.

무슨 일이 있었는지 의문스러워하는 리자의 귀에, 작은 소리가 들렸다.

"거기 숨어있는 자, 나오세요!"

기백이 가득한 리자의 목소리에, 숨어있는 누군가가 몸을 움츠리는 기척이 느껴졌다.

"해를 끼치지 않는다고 약속합니다. 나오세요."

리자가 가볍게 심호흡을 하여 마음을 진정시킨 다음, 상냥하게 말을 걸었다.

이예요
"정말, 이에오?"

숨어있다가 나온 것은 개 수인 노예와 고양이 수인 노예 아이들이었다.

"당신들은 요나 공에게 보호되고 있던 아이들이군요?"

주이인, 아는 하이, 에오
"주인님, 아는 사이, 예요?"

요나 할멈과 아는 사이라고 하자, 아이들이 안심하고 다가왔다.

"무슨 일이 있었나요?"

주이인, 주어버어, 어오
"주인님, 죽어버렸, 어요."

아이들의 말로는, 요나 할멈이 유행병에 걸려 쇠약해지고 노예들의 헌신적인 보살핌에도 회복하지 못해 사망했다고 한다.

뒤를 부탁받은 조카는 요나 할멈의 사후에 태도가 표변하여 수인 노예들을 혹사하기 시작했다.

마지막에는 이쪽이 더 돈벌이가 된다면서, 어른 수인 노예를 영지군에 팔아 치운 모양이다.

"영지군에, 말인가요?"

리자의 기억이 분명하다면, 영지군에 수인 노예 부대는 없다.

"성이나 주둔지에서는 보지 못했습니다만……."

다드. 미후. 이에오

"다들 미궁, 이에요."

"—미궁?"

따라온다는 아이들을 폐옥에 남기고, 리자는 홀로 미궁 앞의 영지군 주둔지로 갔다.

그러나 그곳에는 높은 벽이 서 있고, 중후한 문이 닫힌 채 중무장한 병사들이 지키고 있어서 안을 살펴볼 수가 없었다.

"누구냐!"

"꼬리? 네놈, 아인종인가? 노예가 무슨 용건으로 여기 왔나!"

문지기 병사들이 잘난 듯이 말했다.

"나는 노예가 아닙니다."

본래는 「나는 귀족이다」라고 말해야 할 때지만, 신분을 주장하는 것에 익숙지 못한 리자는 그렇게 말하는 것이 고작이었다.

"노예가 아닌, 아인?"

"수상한 놈! 타국의 간첩인가? 아니면 도적놈들의 동료냐?"

"수상한 자가 아닙니다."
리자가 말하고 신분증을 보였다.
"아인이 귀족증이라고?"
"어느 나라지?"
문지기들은 귀족증을 받지 않고 거칠게 소리쳤다.
신분을 증명한 것인데, 문지기들은 더욱이 의심스런 눈으로 노려볼 뿐이었다.
"시가 왕국입니다."
"말실수를 했구나! 시가 왕국에 아인 귀족은 없다!"
문지기 말처럼, 작년 리자 일행이 서작을 할 때까지 시가 왕국에 인간족이 아닌 귀족은 없었다.
"귀족님의 신분증을 위조하다니, 용서받지 못할 일이다."
"위조 따위 안 했습니다. 나는 리자 키슈레시가르자 명예 여준남작. 무노 백작령, 펜드래건 자작을 섬기는 자입니다."
흥분하는 문지기들에게, 리자가 올바르게 이름을 밝혔다.
"아인이 거창한 이름을—."
창을 겨누는 문지기 한 명이 말문이 막혔다.
"왜 그래? 아인의 헛소리에 겁 먹었냐?"
"—아니야. 지금, 성에 펜 무슨 귀족이 와있을 거야. 분명히 『마왕 살해자』라는 거창한 평판이 있는."
"뭔가 들어본 적 있군."
문지기들의 얼굴에 「위험하다」라는 조바심이 떠올랐다.
그 두 사람 등뒤에서, 옆문이 열리고 어엿한 군장의 중년 장교가 나왔다.

“맨손의 여자를 상대로 무슨 소란이냐.”

중년 장교가 문지기들을 질책했다.

“부관 나리! 아무것도 아닙니다!”

“그 아이는?”

“다른 영지의 귀족이라고 합니다.”

“다른 영지의 귀족?”

중년 장교가 리자를 보았다.

“펜드래건 경의 가신인가?”

“네, 리자라고 합니다.”

“무슨 용건인가?”

“아는 사람이 여기서 일하고 있다는 소식을 듣고 만나러 왔습니다.”

“아는 사람?”

중년 장교가 눈썹을 찌푸리고, 의심스런 표정을 지었다.

“인간족인가?”

“아뇨, 수인 노예입니다.”

“유감이지만 문 너머에는 관계자가 아니면 출입금지다. 통과시켜줄 수는 없어.”

“그렇다면 여기로 불러주실 수 있을까요?”

“그런 편의를 봐줄 수는 없다. 여기는 우리 영지의 중요한 시설이야. 안에서 일하는 자가 기밀 정보를 흘리면 큰일이니, 돌아가 주게.”

"한 번이면 됩니다. 그게 아니라면, 전언을 부탁할 수 있을까요?"

"안된다! 어떤 암호를 정해뒀을지 알 수 없어!"

리자가 끈질기게 매달렸지만, 중년 장교는 매정하게 그녀를 내몰았다.

쫓겨난 리자였지만, 어디선가 안쪽을 살필 수 없을까 싶어 미궁문을 둘러싼 성벽을 따라 걸었다.

그러자—.

"어이, 거기 여자."

숨어서 리자를 부르는 소리가 들렸다.

손짓하는 쪽으로 가자, 그곳에 누더기를 머리부터 뒤집어쓰고 두 발이 뿌리부터 없는 남자가 있었다.

"당신, 안의 수인 중에 아는 사람이라도 있나?"

"네, 그래요."

"나도 그래."

남자는 손가락이 부족한 손으로 누더기를 밀어 올리고, 쥐 같은 얼굴을 보였다.

말이 유창해서 깨닫지 못했지만, 남자는 인간족이 아니라 쥐 수인이었다.

"쥐 수인 분이었군요."

"그래. 나도 다리가 이렇지 않았으면 안의 녀석들처럼 영지군에 강제징병 당해서 끌려갔을 거야."

쥐 수인의 말로는, 미궁이 발견된 뒤 얼마 안 지나 미궁 임무에 나서는 영지군 병사의 소모율이 높은 것을 우려한 세류 백작이 수인들의 튼튼한 몸을 눈여겨보고 그들을 고기 방패로 이용하는 것을 떠올렸다고 한다.

“처음에는 덩치 큰 남자 수인 노예들뿐이었지만, 다음으로 다른 남자 수인 노예나 덩치 좋은 여자 수인 노예, 마지막으로는 걸을 수만 있으면 아이든 가녀린 여자 수인 노예든 가차없이 끌어모았지.”

“어째서, 그런…….”

“어째서긴, 부족하니까 그렇지.”

쥐 수인이 포기한 목소리로 말했다.

“이해하지? 아무리 튼튼해도, 제대로 된 갑옷도 안 입히고 마물 같은 걸 상대하면 어떻게 되는지.”

쥐 수인의 말에, 리자가 진지한 표정으로 고개를 끄덕였다.

모아들인 수인 노예는, 미궁에서 소모되는 것이다.

“어떻게 구해낼 수는 없나요?”

“관둬, 관둬. 당신이 다른 영지의 귀족님이라면 더욱 관두라고.”

“어째서인가요?”

“여기는 세류 백작의 금광산 같은 장소야. 그 내정을 알고 있는 노예를 내놓으라고 하면, 안에서 죽은 걸로 하는 게 고작이지.”

“그러나!”

“그렇게 매달리면 말이지? 당신이 재회하는 건 아는 사람의 시체야.”

정보가 누출되지 않도록 하기 위해서, 미궁 조사중의 사고로 꾸며서 당신이 아는 사람을 죽일 거라고 쥐 수인이 말했다.

"당신의 주인이나 높은 사람을 의지해도, 마찬가지야. 미궁에 있는 동료가 소중하다면, 아무것도 하지 말고 무사하길 기도하는 게 최대의 도움이야."

"그런……."

리자는 고뇌 끝에, 수인 노예들의 피해를 생각하여 물러났다.

하다못해 개 수인과 고양이 수인 아이들만이라도 보호하고자 요나 할멈의 집으로 갔지만, 도착했을 때는 어딘가로 가버려서 만날 수 없었다.

◆◆◇◆◇◇

"……그랬었구나."

리자의 고뇌가 어느 정도였을지, 그 마음을 생각하면 자신의 둔감함이 원망스럽다.

"잘 얘기해줘어."

"괜한 이야기였습니다. 노예 동료를 다음에 만나려고 했을 때 죽어있는 것 따위, 흔한 일이니까요……."

달관한 표정으로, 리자가 슬픈 말을 했다.

"아직 죽었다고 정해진 게 아니야."

리자 앞으로 이동하여, 그녀의 손을 잡으며 고개 숙인 그녀의 얼굴을 들여다 보았다.

"—주인님?"

"가자, 리자."

나는 리자의 손을 잡아 일으켜 세웠다.

"어디에?"

"뻔하잖아."

당황하는 리자에게, 나는 격려하듯 미소를 지었다.

"세류 시에 가야지."

그녀의 옛 친구들을 구하기 위해서.

◆

"우선 작전회의야!"

아리사가 돌 도리이 위에 서서 선언했다.

여기는 세류 시와 가까운, 돌 도리이 세 개가 쓰러져 있는 언덕이다.

전에 방문했을 때는 어린 시절의 꿈을 꿨지만, 이번엔 딱히 그런 신비로운 일은 없었다.

"마스터, 최우선 목적을 설정해야 한다고 제안합니다."

"예스 나나. 트리아도! 트리아도 그게 좋다고 생각합니다!"

여기 있는 것은 평소의 멤버에 더해서, 나나의 자매들까지 총 15명이다.

브라이튼 시에 없던 카리나 양을 무노 시에 두고 와버렸지만, 이번 세류 시 재방문은 그녀와 연관 없는 인간의 구출이 목적이니까 딱히 문제없을 거야.

"최우선 목적은 리자 씨 아는 사람들 구출, 이면 되는 거죠?"

"응, 중요."

루루가 리자에게 확인하고, 미아가 묵직한 태도로 수긍했다.

"포치가 곰 언니들을 사사사삭 구해내는 거예요!"

"타마가 그림자로 침입해~?"

"기다리세요, 두 사람. 그런 수단으로 나서서 주인님의 명예에 상처를 내선 안 됩니다."

억지 수단을 취하자고 주장하는 두 사람을 리자가 타일렀다.

"주인님, 다른 수인 노예들은 안 구해?"

아리사가 기대가 담긴 눈으로 나를 보았다.

그 말을 들은 아인 소녀들도, 말은 안 하지만 구해달라는 표정이다.

"사토."

미아가 내 이름을 부르며 결단을 재촉했다.

아인 노예를 몇 명 구출하는 것과 전부 구출하는 건 난이도가 완전히 다르다.

그러나—.

"그렇네. 미궁에서 소모되는 모두를 구할 방법을 생각하자."

아이들의 기대를 배신해서는, 보호자를 자칭할 수 없다.

그리고 리자 일행과 막 만난 무렵이라면 모를까, 지금은 구해낸 노예들을 받아줄 곳이 있다. 일손이 부족한 무노 백작령이라면 얼마든지 일할 곳이 있으니까.

"마스터, 제2목표의 설정을 확인했습니다. 구체적으로 어떠한 수단이 유효한지 검토할 필요가 있다고 제안합니다."

나나 자매의 장녀 아진이 의논을 촉진했다.

"정에 호소하는 건 어떨까요라고 묻습니다."

나나 자매의 6녀 시스가 제안했다.

"무리 아닐까? 세류 백작의 인품을 그렇게 많이 아는 건 아니지만, 굳이 따지자면 논리로 움직이는 타입이지?"

아리사가 시선으로 동의를 구하길래 수긍했다.

"마스터, 나나가 마스터는 세류 백작에게 혼인 외교 요청을 받고 있다고 말한 것을 고합니다."

나나 자매의 4녀 피아가, 이상한 타이밍에 뇌리에서 제외하고 있던 일을 지적했다.

"그건 안돼."

"네, 절대로 안돼요."

"응, 동의."

아리사가 딱딱한 목소리로 즉답하고, 루루와 미아가 그걸 따랐다.

"그밖에 대가로서 뭐가 좋을까 묻습니다."

"돈."

나나 자매의 5녀 퓐프의 물음에 미아가 답했다.

"예스 미아. 금전으로 매매하는 것은 유효하다고 평가합니다."

"하지만, 세류 시에서는 수인밖에 못하는 일을 하고 있는 거죠? 백작님이 금전으로 놓아줄까요?"

미아의 제안에 나나가 동의하고, 루루가 의문을 던졌다.

"위트는 대가에 걸맞으면 파는 것이 장사라고 주장합니다."

"아하하. 그러면, 예를 들어 위트가 엄청 배고파서 다음에 식량을 언제 구할지 알 수 없는 상황에서, 가지고 있는 밥을 팔아 달라고 하면서 시세의 세 배 정도 돈을 내면 팔 거야?"

"……안 판다고 추측합니다."

아리사의 알기 쉬운 예를, 자매의 막내 위트가 분한 기색으로 긍정했다.

"그럴 때는 상대의 입장에 서서 생각하는 게 좋아. ―그렇지? 주인님."

"그렇네. 세류 백작이 진정 바라는 것은 소모율이 적은 방어벽이겠지."

서투른 윙크를 하면서 이야기한 아리사에게, 내 생각을 말했다.

"소모율이 낮은, 인가요? 그러나, 수인 노예를 소모하는 고기 방패로 쓴다고……."

"응. 그러니까 현재 상황이 아니라, 『세류 백작이 진정으로 바라는 것』을 말하는 거야."

현재 상황과 다르다고 의문을 던지는 리자에게 답했다.

"본래는 영지군 병사를 썼지만, 그 소모율이 높으니까 난처해서 최전선의 병사 소모율을 억누르는 방안으로 수인 노예들을 동원한 거겠지."

모두 앞에서 말은 안 했지만, 세류 백작에게 소모해도 아까울 것 없는 코스트 퍼포먼스가 좋은 존재가 수인 노예였던 게 아닐까 싶어.

"그러면, 우리가 영지군 병사를 우수한 방어벽이 될 수 있도록 교육하면 되는 거지?"

"그래. 그걸 대가로 세류 백작과 교섭을 해볼게."

"마스터, 우선은 리자의 지인을 금전으로 사들일 수 없는지 타진해보는 것은 어떨까요?"

대략적인 작전이 정해졌을 때, 나나 자매의 장녀 아진이 제안해주었다.

"제1목표 확보가 최우선."

나나 자매의 차녀 이스난이 짧은 말로 아진의 의도를 보충했다.

"그렇네. 그쪽으로 교섭을 시작해서, 타협안이란 형태로 병사들의 육성을 제안해볼게."

내가 말하고, 더욱 세세한 작전 내용을 정했다.

"이거면 될까?"

"응, 딱이야!"

작전 내용을 확인하고, 다 함께 수긍했다.

"그러면, 세류 시로 가자."

"그쪽에 도착하면, 바로 세류 백작이랑 직접 담판이야!"

마차에 탄 아리사가 흥분에 몸을 떨었다.

그렇지—.

나는 리자를 돌아보았다.

"리자, 어린 시절에 신전 뒤에서 귀족 자제가 괴롭히고 있는데 여자애랑 남자애가 구해준 적 있니?"

"……네. 분명히 있습니다만, 주인님이 어떻게 그것을?"

리자는 신기하다는 기색으로 수긍했다.

아무래도 내가 생각하는 것보다 세상이 좁은가봐.

"사실은 말이지—."

나는 유켈 군에게 들은 무녀 오나와의 에피소드를 리자에게 말했다.

"그랬었군요……. 저는 제나 님뿐만이 아니고, 제나 님의 동생분과 무녀님에게도 구원을 받은 거군요."

리자가 감동에 빠져 중얼거렸다.

은혜 갚기를 할 기회는, 금방 찾아올 거야.

◆

"—수인 노예를 사고 싶다고?"

세류 시에 도착한 우리는 세류 백작에게 면회를 청해, 아리사와 리자 두 사람을 데리고 직접 교섭에 임했다.

다른 멤버는 요나 할멈의 집에 숨어있는 개 수인과 고양이 수인 아이들을 보호하러 갔다.

"네. 가신인 키슈레시가르자 여준남작의 지인이 미궁에서 일하고 있다고 들어, 세류 백작의 자비를 청하러 왔습니다."

"허어? 자비라?"

백작이 시치미를 떼면서 나에게 구체적인 이야기를 재촉했다.

"그녀의 지인이 수인 노예로서, 각하의 미궁에서 내일을 모르는 위험한 처지에 있다고 들었습니다. 그들의 신병을 매수하고자 해서요."

"요전에, 나의『부탁』을 매정하게 거절한 펜드래건 경이라고 생각하기 어려운 말이군."

상대가 선제 공격을 날렸다.

뭐, 백작영애인 무녀 오나와의 혼담을 거절한 거니까 그 점을 찌르는 건 예상하고 있었다.

"요전에는 실례했습니다. 그래서, 어떨까요? 부르는 값이라도 상관 없으니 양도해주실 수 있을까요?"

"흠. 펜드래건 경은 성급하군."

백작이 느긋한 동작으로 티컵을 입으로 옮겼다.

분명히, 조금 너무 서두른 걸지도 모른다.

"미안하지만 금전으로는 양도할 수 없어. 그들에겐 미궁에서 중요한 역할이 있다."

이 전개도 예상한 것 중 하나다.

"그『중요한 역할』이란, 미궁에서 마물의 방어벽이 되는 것인가요?"

여기서 굳이 직구로 물었다.

백작이 흥미로운 기색으로 한쪽 눈썹을 살짝 움직였다.

"바로 그거야. 인정이 깊은 펜드래건 경은 비정하게 생각할지도 모르겠지만, 소중하게 키운 병사가 소모되는 것과 비교하면 사소한 문제에 지나지 않아."

내 옆에서 리자의 살기가 살짝 고였다.

그것에 반응하여, 백작의 호위로 동석하고 있던 키고리 경을 비롯한 기사들이 검의 자루에 손을 올렸다.

그것을 백작이 한 손을 가볍게 들어 제지했다.

"그리 생각하지는 않는가?"

백작이 이쪽을 도발하는 표정을 만들었다.

아무래도, 그는 이쪽을 화나게 만들어서 냉정한 판단을 못하도록 유도하려는 모양이군.

너무나 예상대로의 전개라, 아리사가 씨익 웃어버릴 것 같은 얼굴을 숙이고 필사적으로 표정을 꾸몄다.

부탁이니 웃지 말아라.

"솔직하게 말하자면—."

나는 거기서 말을 끊고, 백작의 눈동자를 보았다.

여기서부터가 승부다.

"—너무나도 아깝습니다."

"수인의 목숨에 무게를 두는가?"

백작의 얼굴에 실망이 떠올랐다.

"아뇨, 경험치 자원을 낭비하고 있다는 말씀을 드리는 겁니다."

"—경험치 자원?"

백작이 예상 밖의 말에 흥미를 보였다.

나는 무심코 환성을 지르고 싶은 것을 참고, 고객에게 프레젠테이션을 하는 기분으로 말을 시작했다.

"마물을 쓰러뜨리고, 경험을 쌓으면 레벨이 오르는 것은 각하도 잘 아신다고 생각합니다만—."

그 귀중한 경험치를 노예들도 획득하고 있다는 것은 자명하며, 소모해서 죽게 만들면 그 귀중한 경험치를 쓸데없이 잃게 된다고 주장했다.

"그것은 필요경비 같은 것이야. 활의 훈련으로 화살이 소모되는 것과 다를 바 없지."

입으로는 그렇게 말하지만, 백작의 의도는 나에게 반론을 시켜서 보다 자세한 사항을 내뱉게 만들려는 거겠지.

그거야 뭐 바라는 바니까, 나는 순순히 대답했다.

"그럴까요? 만약, 고기 방벽 따위 쓰지 않고도, 영지군 병사가 소모되지 않고, 마물과 최전선에서 싸울 수 있다면?"

"가능하다면 최선인 것은 어린아이라도 알지. 그러나, 그것은 현실적이지 않아."

백작이 실망했다는 표정을 만들면서, 나의 진의를 캐고 있다.

너무 뜸을 들여서 역정을 사도 본말전도니까, 한 박자 쉬고서 이야기를 계속했다.

"아뇨, 가능합니다. 과할 정도의 장비를 내리고, 고레벨 호위를 붙여서 변수를 제거하고, 마법약과 회복술사를 준비하여 연전을 한다—."

내가 세리빌라 미궁에서 동료들을 단련했을 때의 수법이다.

그러나, 이것만으로는 설득력이 좀 부족하군.

백작은 내 동료들의 강함을 가까이서 실감한 적이 없을 테니까.

그래서, 히카루의 네임밸류와 사기 스킬의 도움을 빌어 한 마디 덧붙였다.

"그것이, 미츠쿠니 여공작 각하께 배운 수법입니다."

내가 거기서 말을 끊고, 백작이 내용을 곱씹는 것을 기다렸다.

이윽고, 그가 한 명의 인물을 떠올렸다.

"—제나인가?"

"네, 훌륭한 추측이십니다. 마리엔텔 양은 미츠쿠니 여공작 각하의 훈련 방법으로 단련했지요."

그것이 바로, 제나 씨가 단기간에 고레벨이 된 비밀이라고 말없이 고했다.

"마리엔텔 양에게는 듣지 못하셨나요?"

히카루가 입막음을 하지는 않았을 테니까 성실한 군인인 제나 씨라면 백작에게 보고를 했을 거다.

"제나에게 어떤 식으로 싸웠는지는 들었다."

"그러면 빠르게 진행할 수 있겠군요. 저희들은 미츠쿠니 여공작 각하께, 그 훈련 방법을 전수 받았습니다."

"**그** 미츠쿠니 여공작에게? 펜드래건 경은 **그 분**과 어떤 관계인 것이지?"

평행세계 출신의 소꿉친구 같은 느낌인 애요.

물론, 그런 것을 솔직하게 말할 수는 없다.

"제 가신이, 어느 유적에서 여공작 각하와 인연이 생겨서요."

나나 자매들이 존 스미스와 함께 몽정영묘에 잠들어 있는 히카루를 깨웠다는 에피소드를 이용했다.

"어느 유적…… 그렇군, 왕— **그 분**의 각성을 지켜본 것이군."

백작이 「왕조」라고 말하다가 얼버무렸다.

그도 히카루의 정체가 「왕조 야마토」라는 걸 아는 모양이군.

"그래서, 귀공은 수인 노예**따위**를 해방시키기 위해서, 그분께 배운 훈련 방법을 내놓겠다고 하는 건가?"

일부러 「따위」 부분을 강조한 것은, 나를 도발하기 위해서일까?

"유감이지만, 훈련 방법 자체를 내놓을 셈은 없습니다."

"―뭐라고?"

백작이 의문스런 표정으로 나를 노려보았다.

"그것은 미츠쿠니 여공작 각하께 허가받지 못했어요. 제가 전수하는 훈련 방법을 다른 사람에게 시행하는 것은 허가를 받았습니다만, 훈련 방법 자체를 누군가에게 전수하는 것은 금지되어 있습니다."

"그렇군……."

백작이 턱에 손을 대고 묵고했다.

"……그러면 강요할 수는 없겠군."

히카루의 네임밸류가 굉장하기 때문인지, 그녀가 금지했다고 허세를 부린 것만으로 백작이 질척거리지 않고 납득해주었다.

"몇 명까지 훈련할 수 있는가?"

백작이 이야기를 진행시켰다.

"그것은 양도해주시는 수인 노예의 수에 따라 다릅니다."

"한 명이 아니군."

"네. 고작 한 명의 수인 노예를 얻기 위해서 이 정도의 패를 내지는 않지요."

사기 스킬의 도움을 빌어 거창하게 말하자, 백작이 납득하여 고개를 끄덕였다.

"에두르는 건 성미에 안 맞는다. 귀공의 희망조건을 말하게."

“그 전에, 훈련 방법은 두 종류 있습니다. 하나는 제 동료들과 마리엔텔 양이 받은 특별한 훈련. 또 하나는 만인에게 이용할 수 있는 하위호환의 훈련입니다.”

전자는 영지군에서 소질이 보이는 젊은 기사에게, 후자는 수인 노예 대신 최전선에서 싸우는 방패병이나 중장보병에게 시행할 생각이다.

“전자는 훈련 한 명당 수인 노예 100명, 후자는 훈련 1명에 수인 노예 10명을 대가로 받고 싶습니다.”

“제법 강하게 나오는군.”

백작이 사나운 웃음을 지었다.

그의 표정 탓인지, 살짝 보이는 치아가 맹수의 송곳니처럼 보였다.

“그럴까요? 마리엔텔 양 정도의 성장을 바랄 수 있다면, 수인 노예 100명 정도는 저렴한 것이라고 생각하지 않으십니까?”

내가 말하자, 백작이 입을 다물었다.

아마, 타당하다고 생각한 거겠지.

“좋—잠깐.”

좋다고 말하려다가, 도중에 뭔가 깨달은 백작이 말을 끊었다.

“키슈레시가르자 여준남작의 지인이 그렇게 많은 건가?”

눈치를 챘구나.

흐름을 타고서 영지 안의 수인 노예를 확보하고 싶었는데, 그렇게까지 무르지 않군.

“아뇨, 어른이 셋, 아이가 일곱 명입니다.”

이건 솔직하게 말하자.

요나 할멈의 집에 숨어있던 아이들도 포함한 수다.

"10명 뿐인가…… 그것으로는 방금 전 이야기도 그림의 떡이군."

백작이 불복하는 것처럼 말했다.

일반병을 유용한 방패병으로 단련시킨다고 해도, 한 명으로는 거의 의미가 없으니까.

"물론, 그 열 명 말고 다른 수인 노예도 같은 비율로 받아들이겠습니다. 백작 각하의 희망 훈련 인원을 말씀해 주시죠."

"상한은?"

"영지 안에 존재하는 수인 노예와 교환할 수 있는 인원이라면 몇 명이든."

영지 안의 광산도시에는 세류 시보다 많은 수인 노예가 있지만, 합해도 3천 수백 명 정도다. 전부 일반적인 훈련을 한다고 해도, 훈련시킬 수는 3백 수십 명 정도가 되는군. 다섯 번인가 여섯 번으로 나누면 단련시킬 수 있을 거야.

"그 많은 수인 노예를 어쩌려는가?"

"무노 백작령의 개발에 쓸겁니다. 마족의 음모로 영지 안의 인재가 유출되어, 극도로 일손이 부족하니까요."

"그렇군. 그거라면 수인 노예가 좋겠지."

백작은 납득한 표정이지만, 혹사할 생각은 없어요. 인간족의 노동자랑 같은 취급입니다.

내심 그런 생각을 하는 사이에도 이야기가 진행된다.

"인원과 배당을 조금 생각하고 싶군."

이렇게 말하길래, 먼저 리자의 지인들은 전선에서 철수시키고

안전한 장소에서 보호하는 걸 조건으로 붙였다.

"좋다. 나중에 수인 노예의 이름을 실무 담당에게 전달하게."

어느 정도 합의는 됐으니, 이 다음은 아리사랑 그쪽 실무 담당의 교섭이 된다.

"그건 그렇고, 그 아가씨의 지인을 구하고 싶다는 것뿐이라면 이해하네만 펜드래건 경은 어찌 그렇게까지 수인 보호에 힘을 쓰는가?"

백작이 단순히 흥미본위란 느낌으로 물었다.

"수인들이 부당한 차별을 받는 것을 두고 볼 수가 없기 때문입니다."

"부당하다라…… 백성들과 가신들의 의견은 다를 거라 생각지 않나?"

"전 세대까지 수인들과 다투고 있었다는 이야기는 들었습니다."

"그러면서도, 부당하다고 하는가? 펜드래건 경은 전쟁이라는 것을 모르는군."

뉴스나 역사서나 픽션으로밖에 모릅니다.

"뭘 모른다는 건가요?"

"솔직하게 말해야 알겠나?"

"저는 그리 생각지 않습니다."

"미안하지만 의논할 생각은 없어. 그건 박애주의자를 상대로 논해주게나."

백작이 싹둑 의논을 잘라냈다.

"저는 『감정』에 이끌려 하는 말이 아닙니다."

“『이치』로 따진다는 건가?”

“아뇨. 『이득』입니다.”

내가 딱 잘라 말하자, 백작이 침묵했다.

조금 흥미를 끈 모양이군. 이대로 단숨에 가자.

“위정자가 피차별 계급을 방치하는 것은, 위정자나 특권 계급을 향한 민중의 불평불만을 돌리는데 일정한 효과가 있기 때문입니다.”

백작이 턱짓으로 말을 재촉했다.

“그것은 지금의 세류 백작령에는 필요없습니다. 미궁으로 경제가 활발해지고, 호황기가 도래하려고 하기 때문이죠.”

이 말은 반드시 진실은 아니지만, 백작이 깨닫기 전에 이야기를 진행했다.

“그러나, 아직 세류 시의 일반시민은 수인들을 타성으로 차별합니다. 그것은 백해무익한 일입니다. 그것은 수인이라는 인적 자원을 낭비하는 행위와 다름없어요.”

“인적 자원이라니, 크게 나오는군. 분명히 육체적인 소질은 인간족보다 뛰어나지만, 그뿐이야. 단순 노동력이라면 차별을 받는다 해도 상관없을 테지.”

백작이 이야기를 꽤 좋은 느낌으로 이끌어준다.

“그것이 낭비라는 겁니다.”

나는 딱 잘라 말하면서, 백작에게 미소를 지었다.

“나를 우롱하는가?”

백작이 도발에 넘어간 시늉을 하면서 노려보았다. 살기가 담기지 않았으니, 이야기를 원활하게 진행하기 위한 신호가 틀림없어.

"제 가신인 키슈레시가르즈자 세자매가, 그 좋은 예입니다."

"세자매? 장녀인 리자, 공의 무용은 들은 적이 있다만, 그것은 개인의 자질과 노력의 결과가 아닌가?"

백작이 리자를 그냥 부를 뻔했는지, 「공」을 붙이는 게 조금 늦었다.

다른 영지의 귀족이며, 명예 여준남작인 리자를 그냥 부르는 것 남들이 보기에 안 좋단 말이지.

"그럴지도 모릅니다. 그러나, 미궁 사건에 휘말렸을 때 행운이 없었다면 그녀는 무의미하게 죽었을 겁니다."

내 옆에서 리자가 여러 번 고개를 끄덕였다.

"시가 8검 필두인 쥬레바그 공마저 눈여겨보는 그녀가?"

"네. 마리엔텔 님께서 구해주시지 않았다면, 저와 여동생들은 마족에게 선동된 사람들에게 돌팔매를 맞아 무력하게 죽었음이 틀림없습니다."

백작이 리자에게 시선을 돌리길래, 그녀 자신이 대답하게 했다.

"리자가 100명에 한 명 정도의 재능 가졌다고 해도, 그 재능을 발견할 수 없었다면 소모되는 다른 수인 노예들과 같은 길을 걸었겠죠."

정신적인 자유와 교육은 중요한 거라고, 나는 백작에게 호소했다.

"영지 안의 수인에 대한 인식을 개선할 것을 약속해 주신다면, 그 대가로 특별한 훈련을 시행하는 인원을 세 명까지 받겠습니다."

이번 거래로 저변의 일을 떠맡고 있는 수인 노예를 모두 방출해줄 리 없으니, 세류 백작령에 남은 자들의 처우 개선을 제안했다.

수인 노예 300명분의 서비스다.

"좋네. 처우 개선에 대해서는 인원이 정해졌을 때 제시하도록 하게. 노예에서 해방되어 인간족과 같은 취급, 이라는 몽상가 같은 말을 하지 않는 한 생각해보지."

백작이 양보할 수 없는 포인트를 주장했다.

나도 처음부터 그렇게까지 파고들 생각은 없다.

"이 서류를 보시죠."

미리 다 같이 생각해둔 처우 개선안을 백작에게 제출했다.

"흥. 다 노린 것이었던가?"

재미없다는 표정의 백작을, 애매한 미소로 흘려 넘겼다.

처우 개선안의 내용은—.

하나, 아인에게 부당한 폭력을 휘두르지 않는다.

둘, 아인에게 차별적인 발언을 공공연하게 하지 않는다.

셋, 아인 노예를 인간족 노예와 동급으로 다룬다.

넷, 재판에서 아인과 인간족을 평등하게 다룬다.

이 네 가지뿐이다.

"네 번째는 기각하지. 그것 말고도, 내가 강제한다고 해도 귀족이나 평민들이 지킨다고 장담은 못하네만?"

"알고 있습니다. 백작 각하와 치안을 지키는 자들이 그것을 준수하고, 공공연하게 위반하는 자들을 벌해주신다면 충분합니다."

"엄벌은 어려워."

그렇게까지는 기대 안 한다.

"저지른 죄에 합당한 벌이면 충분합니다."

그걸로 「차별은 나쁜 일이다」라는 것을 사람들에게 알리고, 세대를 거듭하면서 차별이 완화되어 가는 것을 기대하고 싶다.

"좋아. 경의 속셈대로, 계약에 넣어두지."

백작이 은혜를 베푸는 것처럼 말했다.

이건 기대에 응답하라는 압력이겠지.

니나 씨가 주입한 아리사의 가차없는 교섭력이 발휘되어, 최종적으로 1,200명의 수인 노예를 양도 받게 되었다.

다만 이것은 제1진의 특별 훈련 세 명, 일반 훈련 30명의 성과가 기대치를 넘었을 경우라는 조건이 달려있었다.

솔직히 좋은 기회니까 특별 훈련 대상에 유켈 군을 밀어봤지만, 세류 백작에겐 「고려해보지」라는 대답밖에 못 들었다. 뭐, 선고에서 빠져도 따로 단련시킬 생각이야.

"괜찮을까요?"

"괜찮아, 리자 씨. 결과가 안 나와도, 시험의 대가로 리자 씨의 지인은 해방되도록 했어."

과연 아리사. 격렬한 공방을 펼치면서도 제1조건을 사수하는 것은 잊지 않는다.

"그리고, 말야."

아리사가 나를 보았다.

세류 백작의 희망조건을 확인했는데, 미궁도시의 탐색자 학교 교육 프로그램을 이용하기만 해도 충분히 클리어할 수 있다.

"우리들이라면 여유야. 오히려 저쪽 기대를 웃돌아서, 훈련 참가 인원을 늘리고 싶은 기분으로 만들자."

리자를 보고 웃었다.

"……네, 주인님."

리자의 눈가에서 눈물이 한 방울 흘렀다.

그러나, 그것은 슬픔의 눈물이 아니다. 수인들의 미래를 확신한 환희의 눈물이다.

훈련

"사토입니다. 남성으로서 살다 보면, 젠더 평등이라고 해도 감이 안 오는 일이 많습니다만, 옛날 남존여비가 짙었던 시대의 이야기를 읽어보면, 그 존귀함을 실감할 수 있는 것 같습니다."

"이건 예상 밖이네……."

세류 백작과 계약이 성립된 뒤 금방 미궁에서 수인 노예의 낭비를 정지시켰지만, 기사들과 병사들의 육성이 난항을 겪고 있다.

세류 백작이 고른 기사들은 20대 후반부터 30대 전반의 서른 줄 세대라—.

"여자와 아이, 하물며 아인 따위에게 배울 생각은 없다."

—이런 느낌으로, 나 말고 다른 멤버를 완전 거부한 것이다.

전에 리자와 키고리 경의 연습 시합을 봤을텐데, 어쩌면 봤기 때문에 인간족의 프라이드가 방해를 하는 건지, 완고하게 지도를 거부하고 있었다.

병사 쪽은 10대 후반부터 40세까지 폭넓지만, 고참 멤버가 기사들과 마찬가지 말을 꺼내면서 우리들의 지도를 거부했다.

유감이지만, 내가 추천한 유켈 군은 선발되지 않은 모양이다.

"세류 백작이 훈련을 받으라고 명하지 않았나요?"

"명령을 받았으니까 여기에 있다. 그렇기에, 젊은 귀하의 지도를 받으려는 것이다."

백작의 이름을 꺼내 압박을 걸었지만, 나에게 직접 지도를 받는다면 모를까, 여성이나 연하에게는 지도를 받을 수 없다고 단언했다.

"빚은 만들고 싶지 않은데—."

이대로는 시간이 낭비되겠어.

그렇게 생각하여 백작에게 우리 애들의 지도를 받도록 명해달라고 요청하기 위해 성으로 갔는데, 타이밍 안 좋게도 백작은 소형 비공정으로 이웃인 카게우스 백작령에 가 있었다.

"—공주님의 충견은 오늘도 건강하십니까요?"

포기하고 돌아가는 도중, 병사 숙소 근처에서 귀에 거슬리는 소리를 엿듣기 스킬이 포착했다.

"이봐이봐, 사작위를 잇자마자 우리는 무시하냐아~?"

"무슨, 용건 있나?"

익숙한 목소리가 신경 쓰여서 시선을 움직이고 있는데, 질 나쁜 종자들이 유켈 군에게 시비를 거는 모습이 보였다.

"어이, 기사님. 공주님이 다른 영지로 시집가게 됐다잖아?"

"그런 이야기는 모른다. 근거도 없는 소문으로 오나 님을 모욕한다면—."

유켈 군이 허리의 검에 손을 올렸다.

"오~, 무서워라. 나 지릴 것 같아."

"거짓말 마라, 기사님. 키만 남작님의 측근인 숙부님한테 들었어. 『저주받은 영지』의 귀족이랑 선을 본다던데?"

"그건……."

유켈 군이 씁쓸한 표정으로 입술을 깨물었다.

"그러면 결정이잖아."

"그렇지 않다!"

심술을 부리는 종자의 말에, 유켈 군이 과민하게 반응했다.

"있다니까. 귀족의 선이란 건 그런 거잖아?"

"뭐야? 벌써 차인 거야?"

"유감이구나, 충견도 졸업인가."

종자들이 더욱 밀어붙이자, 유켈 군이 반박하지 못하고 이를 갈았다.

"울지 말라고. 첫사랑은 안 맺어진다잖아."

"그래그래. 본래 신분 차이가 있었으니까."

"처음부터 그냥 놀이 상대였던 거지."

머뭇거리는 유켈 군을 보고, 종자들이 더욱이 비꼬는 말을 했다.

아무리 그래도 가여우니까, 도와줘야지.

그렇게 생각했는데, 내가 나서는 것보다 빨리—.

"그쯤 해둬라."

""""키고리 경!""""

세류 백작령 최강의 기사인 키고리 경이 끼어들었다.

"중간부터 들었는데, 아가씨의 선 말인가? 그거라면 무산됐다. 백작님이 말했지."

키고리 경이 위압하며 둘러보자, 종자들은 용건을 떠올렸다고 하면서 열심히 도망갔다.

"……신분 차이가 나는 건 알고 있습니다."

"그러냐―. 뭐, 포기하는 게 현명한 방식이긴 하지."

중얼거리듯 말하는 유켈 군의 어깨를, 키고리 경이 격려하듯 두드렸다.

어쩐지 구경꾼 같은 기분이 들어서, 구경꾼이 되는 건 그만두고 그 자리에서 물러났다.

훈련장으로 돌아가자, 일반 훈련에 참가 예정인 젊은 병사가 몇 명인가만 남아있고, 다른 자들은 아무도 안 보였다.

"어라? 수강생은?"

"붙잡기는 했는데, 저 사람들 말고는『오늘 훈련은 없나 보다』하면서 돌아가버렸어."

그렇군. 내가 자리를 비운 틈에 보이콧을 한 건가.

"내일은 아침 1각부터 훈련을 할 거니까, 여기에 집합하라고 말을 해주세요."

나는 남아있는 병사에게 전했다.

백작이 돌아올 때까지는 이런저런 이유를 들어서 거절할 것 같으니까, 내일부터 런닝과 일반 훈련 메뉴를 전원에게 시켜야지.

"알겠습니다……."

전언을 부탁한 성실해 보이는 청년 병사가, 망설이며 나를 보았다.

"뭔가 할 말이 있다면 들어줄 텐데?"

"네! 송구하지만, 오늘 훈련은 안 하는 건가요?"

어이쿠, 뜻밖의 대답이군.

“그렇군. 예정으로는 한나절 정도 도시 외곽을 달릴 생각이었는데, 그건 내일 하지.”

“달리는, 건가요?”

“그래. 지구력을 키우는 데 가장 좋으니까.”

성실해 보이는 그에게는 말할 수 없지만, 도망치는 속도도 중요하거든.

“그것이 펜드래건 각하의 강함의 비결인 거군요!”

“우리도 훈련을 계속하면 각하처럼 『마왕 살해자』 같은 위업을 이룰 수 있는― 걸까요?”

병사들이 반짝반짝 빛나는 눈빛을 보낸다.

“그 사람들은 주인님의 팬이라고 해.”

아리사가 조금 자랑스레 말했다.

“팬?”

“행상인들한테 소문을 듣고서 팬이 됐대.”

“……그렇구나.”

나는 병사들 쪽에 시선을 보냈다.

“펜드래건 각하를 만나 영광입니다!”

“나, 나는, 음유시인이 이야기하는 펜드래건 각하의 영웅담을 듣고서, 각하를 동경하게 됐습니다!”

“나도 각하를 목표로, 언제나 미궁의 최전선을 지원하고 있어요!”

“그렇군, 고마워.”

감격하여 악수를 청하는 병사들에게 응답하면서, 본론에 들어갔다.

“이 훈련은 『마왕 살해자』의 기초 중 하나지만, 어디까지나 첫 시작에 지나지 않아. 너희들이 거기에 도달하려면, 그 걸음을 멈추지 않고 계속 단련할 필요가 있다.”

아무리 그래도 간단히 보증해줄 수는 없다.

의욕이 생기는 건 좋지만, 격이 높은 마물이나 마족에게 돌격해서 죽으면 곤란하니까.

그들의 열의가 무거워서 화제를 돌리기로 했다.

“이제부터 미궁을 보러 갈건데, 흥미가 있다면 같이 가겠나?”

그리고 우리만 가는 것보다는, 영지군 병사인 그들이 함께 가는 편이 귀찮은 일이 없어서 좋다.

“네, 함께 하겠습니다.”

청년 병사가 말하고, 그와 남아있는 다른 병사들도 이구동성으로 참가를 표명해서 함께 가기로 했다.

내 예상대로 미궁 앞에서 막아섰지만, 동행한 병사들이 대신 설명해준 덕분에 괜한 문답을 하지 않고 미궁에 들어갈 수 있었다.

◆

“이 지하 광장에도 방어 설비가 있군요.”

“전에는 여기에 마족 아저씨가 있었던 거예요!”

“예스~, 보물상자로 변신했어~?”

아인 소녀들이 「악마의 미궁」의 최초의 광장에서 감개에 빠져 주위를 둘러보았다.

나는 주위를 관찰하는 시늉을 하면서 「모든 맵 탐사」 마법으로 미궁의 최신 정보를 갱신했다.

"여기는 미궁 안의 최종 방어 거점입니다."

함께 온 청년 병사가 가르쳐 주었다.

나는 거기에 귀를 기울이면서 「모든 맵 탐사」의 결과를 확인했다.

―이건.

미궁이 전보다 10배 이상 확장되어 있었다.

아마 「미궁의 주인(던전 마스터)」이 한 짓이겠지만, 이만큼 거대화했을 줄은 몰랐다.

게다가 맵에 그려진 통로가 몇 군데인가 끊어져 있다. 아마도 세리빌라 미궁처럼 다른 맵으로 갈라진 거겠지.

미궁 사건 때 본 「시원의 마물」이라는 칭호를 가진 마물이 격감했고, 그 칭호를 가진 마물은 고레벨이 되어 있었다. 고독처럼 서로를 포식해서 레벨업을 한 걸지도 모른다.

다만, 고레벨의 마물 수가 적으니까 일정 이상의 레벨 올리기에는 적절하지 못한 느낌이다.

"주인님, 저건 뭘까요?"

루루가 가리키는 곳에 울타리가 달린 우물 같은 구조물이 있었다.

"저건 승강기입니다. 본래 있던 수직굴을 써서 전진 기지까지 물자를 나르고 있어요."

"아아, 그거군……."

마족전 직전에, 죽음의 짐승과 함께 낙하한 수직굴이다.

"가끔 수직굴에 마물이 있어서 전투가 벌어지는 일도 있다고 하는데요, 저는 아직 경험이 없습니다."

"전에 몇 번인가 그 수직굴에서 마물이 습격한 적도 있다고 해요."

청년 병사 옆에 있던 다른 병사들이 가르쳐 주었다.

"그건 위험하군요. 메우지 않는 건가요?"

"아진의 의견에 찬동. 도시 방어의 약점이 될 수 있다."

나나 자매의 아진이 의문을 제기하고, 평소에는 말수가 적은 이스난이 문제점을 명확하게 지적했다.

"지당한 의문인데요, 저걸 메울 수가 없어요."

"웅?"

"메워도 며칠 만에 돌아가 버리거든."

고개를 갸웃거리는 미아에게 청년 병사가 이유를 설명했다.

"승강기는 부서지지 않는 건가요라고 묻습니다."

"지금은, 그런 이야기는 못 들었으니까, 괜찮을 거라고 생각합니다."

나나의 질문에 청년 병사가 자신 없는 목소리로 대답했다.

뭐, 일개 병사가 그렇게 뭐든지 알고 있을 리 없지.

"곰~?"

"아~! 쥐도 있는 거예요!"

승강기로 올라온 수인들을 보고, 타마와 포치가 달려갔다.

"리자도 다녀와."

리자도 가고 싶어하길래 동행을 허가했다.

"아는 사이인가요?"

"네, 가신들의 지인입니다."

신기한 표정을 짓는 청년 병사에게 대답했다.

전에는 그냥 얼굴만 봤으니 기억이 안 나는데, 그녀들이 아인 소녀들의 지인이 틀림없다.

코아히! 캐호! 크히고 도마핸도

"고양이! 개도! 그리고 도마뱀도!"

상대도 타마와 포치를 발견했군.

여전히 알아듣기 어려운 발음이라, 머리속에서 보정했다.

"포치는 포치인 거예요!"

"타마는 타마~?"

"그랬었지. 나는 아베다. 잊지 마라?"

"나는 쥐라도 괜찮지만, 요나 할머니가 붙여준 케미란 이름으로 불러줘."

"아이아이 서~."

"네인 거예요. 아베랑 케미라고, 잘 부르는 거예요."

먼저 달려간 포치와 타마가 곰 수인과 긴 털 쥐 수인 두 사람과 친교를 다졌다.

"오랜만입니다, 아베, 케미. 큰 상처는 없는 것 같군요."

"도마뱀—이 아니라, 리자였지? 요전까지 죽을 것 같은 지경이었지만, 오늘은 짐 나르기야. 편한 일이지."

"나도 그래. 갑자기 배치가 바뀌었지. 혹시 뭔가 커다란 작전의 조짐일지도 모른다고, 노예 동료들이랑 이야기를 하고 있어. 너는 왜 그런지 알고 있어?"

리자가 이쪽을 보았다.

"조금 섬세한 이야기니까, 내가 말할게."

그렇게 말하고, 그녀들 앞에 섰다.

"요나 씨 집에 있던 노예들을, 내가 맡기로 했습니다."

"우리를? 정말로? —아아 그게, 그건 정말이겠지만, 배치는 우리만 바뀐 게 아냐. 다른 녀석들도 고기 방패 역할이 면제됐어."

들어보니, 세류 백작이 제대로 약속을 지켜준 모양이군.

"다른 수인들도 맡기로 이야기가 됐습니다만, 그건 확정이 아니니까 다른 수인들에게는 말하지 말아주세요."

괜히 희망을 주면 미안하니까.

"다른 노예들도?"

"이디서 전쟁이라도 시작하는 거야?"

"아닙니다. 영지의 일손 부족을 해소하기 위해서죠."

이상한 착각을 하길래, 아베와 케미의 오해를 풀었다.

"케미, 표범 언니는 건강한 거예요?"

"치타는 취사장을 돕거나 운반을 하고 있어."

"아기도?"

"그래. 치타가 업고 있다. 냐이도 치타를 돕고 있을 거야. 하우하랑 다른 애들은 잘 도망친 모양이지만, 냐이는 다쳐서 도망을 못 쳤지."

"리자, 괜찮으면 하우하랑 아이들이 무사한지 확인해줄래?"

"걱정 없어~?"

"그런 거예요! 어제 리자랑 같이 발견한 거예요!"

"지금은 지인의 집에 맡겨뒀습니다."

맵 검색으로 금방 발견해서, 아인 소녀들에게 말해 어제 보호했다.

지금은 「해결사」 나디 씨에게 의뢰해서 맡아주고 있다. 호위로 나나 자매의 절반을 배치했으니까, 무슨 일이 있어도 괜찮아.

"어이! 거기! 얼른 옮겨라!"

작업 감독을 하고 있는 고참 병사가 잘난 기색으로 외쳤다.

"어이쿠. 미안하지만 작업을 계속 해야 돼."

"그래, 저녁을 안 주면 못 참아. 리자, 또 보자."

곰 수인과 긴 털 쥐 수인 두 사람이 커다란 짐을 지고 일하러 돌아갔다.

얼른 훈련의 성과를 내서, 해방을 해줘야겠어.

◆

승강기를 이용해 전진기지를 견학하고, 「멀리 보기(클레어보이언스)」 마법으로 파워 레벨링에 적합한 장소나 마물의 분포를 확인한 다음 지상으로 돌아왔다.

"펜드래건 경?"

지상으로 나오자 아는 사람이 있었다.

"안녕하세요? 오나 님, 인사가 늦어 죄송합니다."

지상에 백작 영애인 무녀 오나와 제나 씨의 동생 유켈 군이 있었다. 그 밖에도 여성 신전기사와 신관이 따르고 있었다.

"다른 영지의 손님이라는 것은 펜드래건 경이었군요."

갑작스런 방문이었으니까, 어제 만찬은 회식이 아니었단 말이지.

무녀 오나는 파리온 신전에서 생활하는 모양이니까 회식이 있었다고 해도 동석했을지 알 수는 없지만.

"혹시, 무녀 오나 님과 혼담 건으로 오신 겁니까?"

"유켈?"

안색이 안 좋은 유켈 군이 나에게 캐묻는 것을 보고, 무녀 오나가 당혹한 기색으로 그의 이름을 불렀다.

"그 건은 이미 끝났습니다."

오해를 풀고자 사실대로 말했다.

"정말입니까?!"

유켈 군의 얼굴이 가깝다.

정말이고 뭐고, 네 눈앞에서 거절했잖아.

아까 심술부리는 종자들이 시비를 건 탓에 의심이 늘었나?

"마리엔텔 경, 그건 펜드래건 각하께 실례입니다."

"정말 그렇습니다. 평소의 마리엔텔 경 답지않아요."

나랑 동행하고 있던 청년 병사들이 유켈 군을 타일렀다.

"크루트와 죠아? 어째서 너희들이 자작과 함께?"

"들어보세요! 우리들, 펜드래건 각하께 직접 가르침을 받을 수 있게 됐습니다!"

"굉장하죠! 『마왕 살해자』 각하께 직접입니다! 이런 기회는 이제 절대로 없어요!"

건강음료 같은 이름이었던 청년 병사들이 어린이 같은 얼굴로 유켈 군에게 자랑했다.

나이도 가까우니, 세 사람은 아는 사이인가 보군.

"펜드래건 경, 정말인가요?"

"네. 백작님과 계약을 해서—."

확인하는 무녀 오나에게, 기사와 병사의 훈련을 시행하는 일을 한다고 고했다.

수인 노예를 해방하기 위해서라는 이유는, 그것에 반대하는 귀족이나 세력이 듣고서 방해를 하면 안 되니까 비밀로 했다.

"어째서, 그런 일을 다른 영지의 귀족인 당신이?"

유켈 군이 캐물었다.

"조금 사정이 있습니다."

"사정이란 것은?"

"유켈, 그만 하세요."

심문하는 어조인 유켈 군을 무녀 오나가 혼냈다.

"죄송합니다, 오나 님."

"사과할 상대가 틀렸습니다."

"—윽. 죄송합니다."

무녀 오나에게 혼난 유켈 군이, 조금 주저한 다음 나에게 고개 숙이며 사과했다.

"펜드래건 경, 괜찮다면 가르쳐 주실 수 있을까요? 병사들에게 시행하는 훈련이란 것은, 제나를 육성한 것과 같은 건가요?"

"선발된 기사들에게 가르치는 것은 제나 씨와 같은 훈련 내용입니다. 병사들에게 가르치는 건 미궁에서 활동을 안정시키기 위한 방패술이 중심이군요."

무녀 오나의 질문에 답했다.

"누님과 같은 훈련……."

그렇게 중얼거린 유켈 군이 고개를 숙이고 생각에 잠겼다.

"펜드래건 경—."

무녀 오나가 그를 대신하여 나에게 말을 걸었다.

"어이, 거기 병사! 잠깐 와봐라!"

그 목소리를 가로막듯이, 건너편 천막에서 수염을 기른 중년의 병사가 잘난 태도로 청년 병사를 불렀다.

"오나 님, 방금 무슨—."

"—아뇨, 여기서는."

수염 병사의 목소리에 말을 멈춘 무녀 오나에게 되물었지만, 그녀는 주위를 둘러보며 머뭇거렸다.

아마, 지난번 방문했을 때 마지막에 말한 것처럼 유켈 군에게도 훈련을 시켜달라고 부탁을 하려 한 거겠지.

"그러면, 나중에."

내가 작은 소리로 속삭이자, 무녀 오나가 작게 고개를 끄덕였다.

청년 병사는 수염 병사에게 무슨 말을 듣고서 가까운 천막으로 가더니, 거기서 수인 노예 몇 명을 데리고 이쪽으로 돌아왔다.

"아베랑 케미랑 표범 언니인 거예요!"

"아기도 있어~?"

청년 병사가 데리고 온 것은 리자의 지인들이었다.

표범 머리의 모자와 고양이 수인 작은 여자애도 함께 있다.

"뭔가 이쪽으로 가라고 하던데."

"리자! 너희들이 뭔가 해준 거니?"

"아뇨, 제가 아니라 주인님이십니다."

아인 소녀들과 그녀들이 친교를 다지는 사이에, 청년 병사에게 사정을 물었다.

"이건?"

"위에서, 이 자들이 희망하신 수인 노예인지 확인하라는 명을 받았습니다."

종족적으로 맞는 것 같지만, 만약을 위해 리자에게 확인하자.

"리자, 여기 있는 다섯 명이 맞니?"

"네, 틀림없습니다."

리자가 긍정하는 것을 확인하고, 청년 병사에게 맞다고 전했다.

"이대로 데려가도 되는 건가?"

"아뇨, 확인이 끝나면 돌려보내라고 명을 받았습니다."

정말로 확인만 시키고 싶었던 건가?

만에 하나를 대비해서, 그녀들에게 마커를 달아두자.

"각하, 이제 그만……."

"알았어—. 리자, 가자."

아쉬운 기색의 아인 소녀들에게 말을 걸었다.

"각하, 제가 책임지고 데리고 가겠습니다만?"

"괜찮아. 조금 담당자와 이야기를 하고 싶어서."

청년 병사에게 말하고, 무녀 오나 일행 쪽을 돌아보았다.

"오나 님, 실례하겠습니다."

"펜드래건 경은 수인과 거리가 없군요."

"네, 그런 교육을 받았으니까요."

—차별은 안 돼, 절대.

그리고 폭신폭신한 털은 귀여우니까.

무녀 오나 일행에게 인사를 하고, 수인 노예들이 나온 천막으로 갔다.

천막 안에 들어서자, 병사 몇 명이 바쁘게 일하고 있었다.

그 중에 목적한 인물을 발견해서 말을 걸었다.

"기다리셨습니다."

"확인은 끝났— 용건이 있으십니까?"

수염 병사는 거만하게 말하다가, 상대가 귀족인 걸 깨닫고 말을 고쳤다.

"아니, 세류 백작에게 그녀들을 양도받도록 이야기가 됐거든. 그녀들을 보살펴주는 자와 만나보고 싶었어. 자네가 담당인가?"

"그렇지요. 직접 담당은 부하가 합니다만."

"얼마간이지만, 그녀들을 잘 부탁하지."

나는 일부러 귀족다운 거만한 말투로 부탁하면서, 그의 손에 금화를 쥐어주었다.

"……이, 이것은."

"내 마음이야. 물론, 인수할 때 **제대로 된** 답례도 따로 할 거다."

뇌물을 받은 수염 병사의 입가가 씰룩거린다.

"부디 잘 부탁하지."

"예, 예! 맡겨 주십시오!"

수염 병사가 척 경례를 했다.

이거면 임무가 완료될 때까지, 수인 노예들을 함부로 다루지는 않겠지.

미궁에서 용건을 마치고, 리자는 해결사에 수인 노예들의 상황을 전하러, 포치와 타마는 유니를 만나러, 아리사 말고 다른 멤버는 그걸 따라서 동행했다.

모두와 헤어진 다음, 나랑 아리사는 무녀 오나와 만나기 위해 파리온 신전으로 갔다.

"주인님, 내일부터 훈련 계획을 다시 세워야겠네."

"그렇네. 훈련생들이 리자의 훈련을 받도록 할 방법을 생각해야겠어."

"최악의 경우, 나나 자매라도 괜찮겠어."

그걸 위해서도 단기간에 성과가 나오도록, 미궁 내부에 파워 레벨링 전용 양식장을 준비해야지.

◆

"펜드래건 경, 수고를 끼쳤습니다."

영빈관으로 돌아가기 전에 신전을 방문하자, 금방 응접실로 안내되었다. 사람을 물린 무녀 오나가 인사도 적당히 하고 본론에 들어갔다.

미궁 앞에서 내밀한 이야기가 있었던 것 같았으니까.

"용건은 역시—."

"네. 펜드래건 경의 훈련에, 유켈을 참가시켜주십사 합니다."

무녀 오나가 수긍하고, 예상한 부탁을 했다.

본래 그럴 셈이었고, 훈련 장소가 미궁도시 세리빌라에서 세류시로 변한 것뿐이다.

"그건 상관 없습니다만, 조건이 둘 있습니다."

무녀 오나가 긴장한 표정으로 나를 보았다.

리자가 받은 은혜가 있으니 그녀와 유켈 군을 위해 행동하는 것은 좋지만, 매끄러운 협력을 위해서 조금 조건을 붙였다.

"이번 훈련은 세류 백작에게 영내의 수인 노예를 양도받는 대가로 실행합니다. 그러니까 훈련 대상은 백작의 허가가 필요해집니다."

"알겠습니다. 반드시 허가를 받아내겠어요."

기합이 들어간 표정으로 무녀 오나가 고개를 끄덕였다.

"두 번째 조건은, 수인의 차별 제거와 지위 향상에 협력해 주세요. 이건 훈련의 대가로 백작에게 부탁을 했습니다만, 오나 님도 협력을 부탁드립니다."

"아버님이 양해하신 건가요?"

"네, 조건부지만 승낙하셨습니다."

"알겠습니다. 저도 파리온 신전을 동원해서 그 활동에 협력하겠어요."

무녀 오나만이라도 좋았지만, 그게 가능하다면 신자들도 수인의 차별 제거와 지위 향상에 좋은 영향을 줄 것 같다.

"성에 갑니다. 당장이라도 아버님의 허가를 받아야겠어요."

어이쿠, 무녀 오나는 성질이 급해.

백작이 이웃 영지에 있다는 말을 하자, 그러면 유켈 군의 상사인 기사대장 키고리 경에게 허가를 받는다고 하면서 기염을 토했다. 사랑에 빠진 소녀는 강하군.

등성 준비를 하는 무녀 오나와 헤어지고, 우리는 산책을 하면서 성으로 가는 길을 걸었다.

"어머? 제나 아냐?"

성 앞 광장 옆에 있는 마법 상점에서, 종이 봉투를 끌어안은 제나 씨가 나왔다.

그 뒤에서 훈남 청년이 나왔다. 저건 제나 씨가 사사하고 있는 벼락 영감의 손자였지 아마.

"희한한 현장이네~. 질투 나?"

아리사가 농담 같은 표정으로 내 얼굴을 들여다 보았다.

"안 하거든?"

다소 어색하긴 하다.

"—사토 씨?"

제나 씨가 우리를 깨달았다.

"저기, 이건— 아니에요!"

뒤에 있는 벼락 영감의 손자 쪽을 신경 쓴 다음, 굉장히 조바심 내는 표정을 지으며 필사적으로 말했다.

"괜찮습니다. 알고 있으니까요."

"그 표정은, 모르고 있어요! 정말로 오해니까요!"

분명히 알고 있는데, 제나 씨가 믿어주질 않아.

"진정하세요. 수련에 필요한 물건을 사러 온 것뿐이죠?"

"네! 그거예요!"

진정하도록 말하고, 상황을 파악하고 있는 걸 말로 드러냈다.

"과연 그럴까?"

"—루돌프 공!"

휘저으려는 벼락 영감의 손자에게, 제나 씨가 항의했다.

"꽤 여유로운 태도인데—."

"그만하세요!"

나에게 시비를 걸려던 벼락 영감의 손자를 제나 씨가 제지했다.

"세류 시에 돌아오셨군요."

"네. 어제 도착한 참입니다. 친가와 영지군 쪽에 편지를 보냈습니다만—."

"죄송해요. 수련을 위해 스승님의 탑에 있어서 이쪽으로 돌아오질 않았었어요."

아무래도 엇갈린 모양이군.

"제나 공. 용린분(드래곤 파우더)을 구하지 못한 이상, 얼른 돌아가서 할아버님께 보고를 해야 한다."

"—앗, 그랬어요."

벼락 영감의 손자가 재촉하자, 제나 씨가 유감스런 표정을 지었다.

"질투 많은 남자는 인기 없거든?"

"이 아이는 뭐지?"

아리사의 비꼬는 말을 들은 벼락 영감의 손자가 깔보는 시선을 아리사에게 보냈다.

“루돌프 공, 내 가신이 실례했습니다.”

아리사의 도발적인 시선을 감추듯, 그녀 앞에 나섰다.

“사과를 받아들이지. 다만, 서두르고 있는 건 사실이야. 실례하지. 가지, 제나 공.”

“어, 저기.”

“—기다려 주세요.”

제나 씨가 아쉬워하길래, 두 사람을 불러 세웠다.

“뭐지? 용린분을 대신할 물건을 찾아야 하는데.”

“용린분은 무엇에 사용하는 건가요?”

“탑의 수호결계 강화야. 영지에 들어오는 분량은 미궁을 도시 안으로 침입시키지 않기 위한 결계에 쓰고 있어서 이쪽으로 오질 않거든.”

“그렇군요. 그런 용도라면 하급룡의 비늘이라도 상관없군요?”

내가 말하고, 수납 가방(아이템 백) 경유로 스토리지에서 하급룡의 비늘을 꺼냈다.

사룡 일가에게 받은 비늘 중에서, 손바닥 사이즈의 작은 비늘을 골랐다.

“용의 비늘? 진품인가?”

“네, 세리빌라에서 손에 넣은 진품입니다.”

“미궁도시라면 신기할 것 없군. 그 땅에도 결계는 필요할 테니.”

비늘을 본 벼락 영감의 손자가 놀라고, 비늘을 보면서 중얼중얼 말했다.

"사토 씨, 이렇게 귀중한 것을 양도해주셔도 되는 건가요?"

"네, 상관없어요."

스토리지에 잔뜩 있으니까.

"필요하다면, 몇 장 더 꺼낼까요?"

"더, 더 있는 건가?!"

서비스로 말했더니, 벼락 영감의 손자가 입을 쩍 벌리고 놀랐다. 잘생겼는데 꽝이잖아.

"아뇨, 이렇게 큰 비늘이면 한 장으로 충분할 거예요."

제나 씨에게 비늘을 건네고, 시세라는 금액을 받았다.

돈은 필요 없었는데 벼락 영감에게 맡은 거라고 하면서 건네주었다.

"나는 얼마간 일로 세류 시에 있으니, 시간이 생기면 영빈관에 전언을 남겨주세요."

"네! 반드시 시간을 내서 찾아갈게요!"

제나 씨가 해님 같은 미소를 지으며 말했다.

응, 역시 제나 씨는 이런 표정이 잘 어울린다.

"감사한다, 펜드래건 자작. 그러나, 그것과 제나 공의 일은 별개야."

"루돌프 공! 무슨 말을 하는 건가요!"

"아니, 그러나."

"저는 그럴 생각 없어요. 사토 씨, 오해하지 말아주세요!"

"나는 포기하지 않는다아아아아."

"정말! 그만 하세요."

미묘하게 삼류악당 같아진 벼락 영감의 손자를, 제나 씨가 질질 끌면서 데리고 갔다.

"소란스런 녀석이었네."

"뭐, 나쁜 사람은 아닌 것 같아."

기왕이니 마법 상점에 들러서 용백석 같은 상품을 뒤져보고, 세류 시에 부족하다는 하급룡의 비늘을 몇 장 팔았다.

세류 백작과 교섭에도 쓸 수 있을 것 같지만, 용도를 볼 때 부족하면 미궁 근처에 사는 민중에게 피해가 생길 것 같으니까.

영빈관으로 돌아온 우리는 내일부터 시행할 훈련 계획을 다시 세우고, 빈 시간에는 훈련에 도움이 될법한 튼튼한 목마검을 비롯한 도구류를 제작했다.

◆

"이 정도면 될까?"

해가 떨어진 다음 나는 몰래 미궁에 숨어들었다.

번식력이 높은 벌레 마물을 붙잡아서 「함정(피트) 파기」 마법으로 깊고 깊은 구멍을 파서 풀어놓고, 그 안에 가보 열매나 스토리지에 있는 쓸 길이 없는 마물의 내장 따위를 먹이 삼아 던져두었다.

세리빌라 미궁에서 한 것과 같은 작업이니까 그다지 시간이 안 걸리고 끝났다.

"만약을 위해서—."

맵의 공백지대를 확인해두자.

다행히 이 「악마의 미궁」은 상층과 하층 두 개뿐이다.

제각각 「계층의 주인」이 있고, 상층이 레벨 55의 해골 아룡(본 데미드래곤)이고 하층이 레벨 66의 왕위 곱등이(킹래피도포리다에)의 두 종류였다.

유감이지만 「미궁의 주인」은 발견하지 못했다. 세리빌라의 미궁에서도 그랬으니까, 어딘가 특별한 장소에 있는 거겠지.

용건을 마쳤으니, 귀환전(리턴)이를 써서 요나 할멈의 집으로 이동했다.

여기서부터는 평범하게 걸어서 성에 돌아간다.

"젊은 나리! 오랜만이잖아!"

"정말이다. 젊은 나리잖아! 오랜만에 마시자고!"

환락가를 지날 때, 2인조 상인이 기분 좋게 아는 체를 했다.

얼굴은 흐릿하지만, 처음 세류 시에 왔을 때 알게 된 사람들일 거야. 루루의 약을 사러 나갔다가, 그들의 권유로 환락가를 즐긴 기억이 있다.

"그렇네요. 오늘은 제가 살게요."

이 다음은 자기만 하면 되니까, 조금 정도는 놀다 가야지. 정보 수집은 중요하다.

"그러면, 늘 가는 가게에—."

"『호접의 샘』 말야? 너 거기 좋아하지."

"냅둬라."

사이 좋은 상인들의 권유로 술집에 갔다.

예쁜 언니들이 접대해주는 타입의 가게다.

"크하하하, 가장 좋은 술 가져와라!"

가게에 들어가자, 안쪽 개인실에서 품위 없는 큰 소리가 들렸다.

"꽤 씀씀이가 좋은 손님이군."

"죄송합니다, 소란스러워서. 성의 기사님이 오셔서요."

안내하는 언니가 미안한 기색으로 사과했다.

"마왕 살해자아~? 그런 허풍을 믿는 게 제정신이 아냐."

"정말 그렇다. 그런 애송이가 그런 위업을 이룰 수 있겠나."

"어차피 용사님의 공적을 자기가 한 거라며 떠벌리고 다니는 거겠지."

개인실의 문이 열려 있는 탓인지, 기사들의 큰 소리가 들렸다.

"죄송합니다. 잠깐 다녀올게요."

우리를 자리에 안내한 언니가 개인실로 가서 문을 닫고 돌아왔다.

그때 힐끔 보였는데, 저 얼굴은 특별 훈련을 보이콧한 기사 중 한 명이다.

"젊은 나리도 장사하러 왔어?"

"아뇨, 조금 아는 사람을 만나러 왔어요."

"그래? 상인이라면 장사도 소홀히 하면 안 돼."

"지금 세류 시는 미궁 경기로 풍족하거든!"

그러고 보니 당시는 행상인이라고 했었지.

상인들과 세류 시의 시장 이야기를 하면서, 엿듣기 스킬로 개인실의 소리를 포착했다.

"남작님한테 건배!"

"남작님의 바보 아들한테 건배! 크하하하."

—남작?

상관 없는 이야기로 바뀌어 버렸군.

참고로, 세류 백작령의 남작 가문은 다섯 개 있다.

"젊은 상인 나리도 마셔요."

스킨십이 과다한 언니가 술을 따라주었다.

"잘 마시네요. 멋져요. 나도 한 잔 주실 수 있어요?"

목이 조금 말라서 단숨에 들이키자, 언니가 나를 칭찬하면서 빈틈없이 술을 조르길래 「자, 여기」 하고 건성으로 대답했다.

그렇지—.

"저기, 남작님의 바보 아들이라고 알고 있어?"

"자미엘 님 말야?"

즉시 이름이 나오는 걸 보니, 상당한 문제아로군.

맵 검색을 해보니, 환락가의 다른 가게를 놀러 다니는 걸 발견했다. 맵 정보에 따르면 키만 남작 가문의 적자이며— 거기까지 조사하고 생각났다. 이 바보 아들은 면식이 있어. 지난번 방문 만찬 때, 무녀 오나에게 접근했던 통통한 청년이군.

"분명히 태수님 아들이었지? 어떤 사람이야?"

"씀씀이가 좋은 손님이야. 가끔 가게에 와서 전세를 내고 소란을 떨어주지. 조금 밝히지만."

사람됨은 어쩐지 알 것 같다.

"아까 그 기사님들이랑 사이가 좋아?"

"글쎄? 손님 이야기를 너무 하면 혼나버리거든."

내 허벅지를 손가락으로 쓸면서 언니가 올려다 보았다.

그 손에 내 손을 겹치고, 살며시 은화 한 닢을 쥐어주었다.

"또 한 닢."

"내용이 마음에 들면."

더 요구하는 걸 흘리고, 이야기를 재촉했다.

"사이가 좋은 거랑은 다른 것 같아. 남작님 일당에서, 편리하게 이용하는 느낌이었어."

"기사들은 언제나 저런 식으로, 씀씀이 좋게 마시러 와?"

"설마아. 자미엘 님이랑 같이 올 때 아니면 정말 쩨쩨하기 짝이 없는 남자들이야. 술은 자기 것만 마시고, 과일이나 안주도 최소한으로만 주문하거든."

언니가 펄펄 화를 내는 표정으로 불평을 했다.

그러니까, **평소와 다른 무언가**가 있다는 거군.

"오늘은 자미엘 님의 외상으로 마시는 모양이야."

"에~, 멋대로 그런 짓을 하면, 저 기사님들 위험하지 않아?"

새로운 술병을 가져온 다른 언니가 우리들 대화에 끼어들었다.

"그게, 자미엘 님의 허가를 받았다고 하더라."

"정말로~?"

"잘은 모르지만, 뭔가 포상 같은 거래."

"포상? 그 기사님들이?"

"듣자니, 이상한 소리를 했었어. 『땡땡이만 쳐도 포상을 받을 수 있다니, 좋구만』이라고. 의미를 모르겠어."

—땡땡이치면 포상?

그 묘한 말이, 내 뇌리에서 낮의 보이콧을 끄집어냈다.

바보 아들이 내 임무를 방해하는 이유는 뭐지?

"—젊은 나리?"

어이쿠 사고에 몰두해서 상인들에게 걱정을 끼쳤군.

"아뇨, 아무것도 아니에요."

미소를 지으며 대답하고, 안주를 먹었다.

크래커처럼 얇게 구워서 양의 간을 사용한 페이스트를 바른 것인가 보다. 조금 냄새가 남았지만, 페이스트에 섞은 몇 종류 허브의 효과로 그렇게 신경 쓰이지는 않는다.

언니가 따라준 사가 제국산 위스키에 잘 맞는군.

"젊은 나리, 이렇게 좋은 술만 부탁해도 되는 건가요?"

"네, 여러모로 이야기를 들려주신 답례입니다."

가끔은 돈을 써야지. 쌓이기만 하거든.

어느샌가 개인실의 대화가 에로 방면으로 아무래도 좋은 이야기가 되었으니, 함께 온 상인들과 장사 관련 이야기를 하면서 즐겁게 마시기로 했다.

—퐁.

특징적인 소리에 시선을 돌리자, 작은 실프가 내 쪽으로 날아왔다.

"귀여워~."

"얘 뭐야? 젊은 나리 아는 사이~?"

언니들이 주정뱅이 특유의 하이 텐션으로 작은 실프에게 손을 뻗었지만, 작은 실프는 기민한 움직임으로 그 손을 피했다.

『주인님, 발견.』

아리사에게 원거리(텔레폰) 통화가 왔다.

맵 정보에 따르면, 미아랑 리자와 함께 환락가 입구에 있는 모양이다.

"죄송합니다. 일행이 마중을 나와서요."

"그러면, 이제 그만 나갑시다."

"오늘은 여러모로 흥미로운 이야기 고마워요."

"아니아니, 우리야말로 이렇게 잔뜩 사줘서 미안하지."

"아뇨. 그 이상의 정보를 받았으니까요."

상인들과 악수를 나눈 다음 가게 앞에서 헤어지고, 골목에 슬쩍 들어가 술 냄새와 향수 냄새를 지웠다. 덤으로 빨리 갈아입기 스킬로 다른 옷으로 갈아입었다. 스킨십이 많아서 옷에 언니들 화장품이 묻었거든.

바람 핀 걸 들키지 않으려 하는 기혼 남성 같은 행동을 하고, 레이더의 광점을 의지하여 아리사 일행과 합류했다.

"주인님, 마중 나왔습니다."

"정말! 돌아오는 게 늦는다 싶더라니, 이런 장소에 와 있었다니!"

"금지."

동료들이 삼자삼색으로 나를 맞이해 주었다.

"오해야. 정보수집을 했어."

땡땡이 기사들 이야기를 전달했다.

인과의 순서가 반대인 건 비밀이다.

"흐~응. 그 무슨 남작이 방해를 시킨 거야?"

아리사가 팔짱을 끼고 신음했다.

"어떤 이유일까?"

"아무리 그래도 그 이야기는 안 했어."

다른 가게에서 놀고 있던 남작의 아들도 「멀리 듣기」 마법으로 대화를 도청했지만, 바보 같은 이야기만 하고 관련된 정보는 없었다.

심야 영업의 노점에서 먹을 걸 좀 사고, 수인 노예 아이들을 맡긴 「해결사」에 들렀다.

"마스터, 유생체의 안전은 저희가 확보했다고 선언합니다."

"마스터, 유생체가 말랑말랑복슬복슬해서 아주 귀엽다고 고합니다."

나나 자매들이 개 수인과 고양이 수인 아이를 끌어안고 들떠 있다. 얼굴은 무표정하지만, 분위기나 움직임의 뉘앙스가 그런 느낌이야.

""""마시타.""""

나나 자매에게 안겨있는 아이들이 버둥버둥 움직이길래 「너무 예뻐하면 미움받는다」라고 주의를 줬더니, 나나 자매의 얼굴에 절망의 표정이 떠오르길래 「적당히 하렴」하고 덧붙였다.

바다사자 아이들 같은 나의 호칭은, 아마 나나 자매 중 누군가가 가르친 거겠지.

"점장님, 나디 씨, 폐를 끼치지는 않았나요?"

"기우."

"네. 열심히 도와주기도 하고, 참 착한 아이들이에요."

점장이 평소처럼 담백하게 답하고, 나디 씨가 그것을 커버하듯 명랑한 목소리로 보증해 주었다.

"이건 선물입니다. 다 함께 드세요."

"어머나, 고맙습니다. 오늘은 벌써 늦었으니 내일 낮에라도 먹어야겠어요."

나디 씨가 받은 선물을 부엌으로 가져갔다.

밤에 먹는 간식은 건강에 안 좋으니까.

"그렇지. 냐이랑 치타 이야기는 들었니?"

"응, 들었어."

"리자한테."

"주인님, 보고가 늦어 죄송합니다. 이 아이들에게는 이야기했습니다."

"아니, 고마워, 리자. 도움이 됐다."

미궁에 갔을 때 만난 수인 노예들 건은, 리자가 이미 전한 모양이다.

여기서 해야 할 일이 끝났으니, 다음은 나디 씨와 나나 자매에게 맡기고 이번에도 빌리고 있는 성의 영빈관으로 돌아갔다.

◆

"주인님, 누가 있습니다."

영빈관 앞에서 리자가 작은 소리로 경고했다.

가까운 곳에서, 기사복의 젊은이— 유켈 군이 모습을 드러냈다.

"……펜드래건 자작님."

"이런 밤늦은 시간에, 무슨 일인가요?"

"나는—."

궁지에 몰린 표정의 유켈 군이 검의 자루에 손을 올린 채, 내 쪽으로 걸어왔다.

"—아뇨, 저도."

입 다물고 있던 유켈 군이 갑자기 고개를 들었다.

"저도 당신의 훈련을 받을 수 없을까요?"

"훈련을?"

무녀 오나에게 들었나?

"네, 저에게도 누님과 같은 훈련을 받게 해주십시오!"

유켈 군이 초조한 표정으로 애원했다.

"그건 상관 없습니다만—."

"정말인가요?!"

유켈 군이 민감하게 반응하여 물었다.

"허가는 받았나요?"

"허가, 인가요?"

"오나 님에게 못 들었나요?"

"아뇨—."

아무래도, 무녀 오나는 아직 유켈 군에게 이야기를 안 한 모양이군.

그는 제나 씨의 동생이고 리자의 은인이기도 하니까 백작의 계약하고 별개로 훈련시켜줘도 괜찮지만, 나름대로 시간이 필요하니까 영지군의 기사인 그를 멋대로 넣을 수는 없다.

하다못해 상사의 허가를 받은 다음에 해야지.

"죄송합니다만—."

"—주인님."

내가 이유를 고하려고 입을 열자, 리자가 그것을 막고 조심조심 말했다.

"이분에게 훈련을 해주실 수 없을까요?"

"—리자?"

리자가 나에게 뭔가 자기 요구를 하다니 드문 일이다.

"그건 상관없는데……."

내 말에, 유켈 군의 얼굴이 기대로 빛났다.

"—주인님."

아리사가 내 어깨에 손을 올리고 당겼다.

몸을 기울여 그녀의 이야기에 귀를 기울였다.

"이참에 일석이조를 노리자. 그러니까—."

귓속말을 하는 아리사의 안을 그대로 채용했다.

이야기를 다 들은 나는 고개를 들고, 유켈 군의 눈을 바라보며 입을 열었다.

"조건이 둘 있습니다."

내가 말하자, 유켈 군이 진지한 표정으로 고개를 끄덕였다.

무녀 오나 때와 같은 말투가 되어버렸지만, 내용은 조금 다르다.

"하나는 당신에게 훈련을 시행하는 것이 내가 아니라 리자입니다."

"이 자들이?"

유켈 군이 놀라서 소리를 냈다.

기왕이니, 아인 소녀들의 유능함을 증명하는 역할을 맡겨야지.

"네. 훈련에 관해서는 나보다도 그녀들이 더 뛰어나니까요. 여자와 아이에게 가르침을 받기는 싫은가요?"

"그렇지는 않습니다. 누님이나 오나 님의 예를 들 것도 없이, 남성보다 뛰어난 여성이 있는 것은 알고 있습니다."

다행이야. 제1라인 클리어.

"두 번째 조건은, 세류 백작에게 훈련 참가 허가를 받는 겁니다."

"백작님께……."

유켈 군의 목소리가 불안하게 흔들렸다.

영지군의 상사에게 허가를 받으라고 할 셈이었는데, 잘못해서 백작이라고 말해버렸군.

기왕 이렇게 된 거, 유켈 군의 각오를 들어보자.

"자신이 없나요?"

"그, 그렇지 않아! 성 앞에 진을 치고서라도 허가를 받아내 주겠어."

유켈 군이 주먹을 쥐면서 말했다.

응, 좋은걸. 무녀 오나도 노력하는 보람이 있겠어.

"그러면 열심히—."

인사치레를 말하고 헤어지려는 때, 뭔가 뇌리에 걸렸다.

—키만 남작님의 측근인 숙부님한테 들었어.

그렇지. 유켈 군에게 시비를 걸었던 심술 종자들 중에 한 명이 그렇게 말했었지.

—남작님의 바보 아들한테 건배!

—땡땡이만 쳐도 포상을 받을 수 있다니, 좋구만.

내 훈련을 보이콧한 기사들의 술 취한 목소리가 겹쳤다.

그렇지. 임무 방해 건도 있고, 키만 남작의 바보 아들과 유켈 군의 인연을 확인해두자.

"유켈 공, 조금 물어보고 싶은 것이 있습니다."

나는 어떻게 말을 꺼낼까 조금 망설였지만, 직구로 물어보았다.

"오늘 오전에, 성에서 종자들이 당신에게 시비를 거는 걸 봤어요."

"……부끄러운 모습을 보였습니다."

유켈 군이 수치심을 참으면서 대답했다.

"그들은 평민이죠? 귀족 가문 당주인 당신에게 시비를 걸다니, 뭔가 깊은 인연이라도 있는 건가요?"

보통은 명확한 신분 차이가 있는 상대에게 시비를 걸지는 않으니까.

"그들은 영지 안의 유력 귀족을 섬기는 직신이라 내 가문 정도의 하급 귀족은 무서워하지 않을 겁니다."

유켈 군은 키만 남작의 이름을 꺼내지 않고 말했다.

"그 유력 귀족과 인연이?"

"당주 본인은 아닙니다. 적자 나리에게 미움을 받아서……."

키만 남작의 바보 아들에게 미움받는 모양이군.

"유켈 공 같은 분이 말인가요?"

유켈 군을 잘은 모르지만, 제나 씨나 무녀 오나를 보면 그가 제대로 된 인간이라는 건 알 수 있다.

"내가 어머니 덕에 오나 님과 가까운 것이 마음에 안 드는 모양입니다."

"그렇군요, 자미엘 공은 유켈 공을 연적으로 생각하는 거군요."

공인된 연인은 아니니까 그건 또 아닌가?

그건 그렇다 치고, 바보 아들이 만찬 뒤의 정원에서 무녀 오나에게 착각이 폭발했었는데 그건 술에 취해서 그런 게 아니라 전부터 그랬다고 한다.

"누구인지 알고 계셨군요……. 그러고 보니 전에, 그분이 폭주했을 때 계셨지요."

무심코 바보 아들의 이름을 꺼낸 식으로 꾸며서 조금 떠봤더니, 유켈 군이 긍정해줘서 인물 관계가 확정됐다.

아마도 나에게 무녀 오나와 혼담이 있는 걸 알게 된 바보 아들 혹은 그 부모인 키만 남작이, 훈련을 받는 기사나 종자에게 보이콧을 제안한 거겠지.

"유겔 공, 방금 진의 조건 말입니다만—."

이 참에, 소녀의 연심과 본래의 목적을 방해하는 녀석에게 앙갚음까지 일석삼조를 노리자.

"두 번째 조건을 변경합니다. 백작님의 허가가 아니라도, 직속상사에게 허가를 받을 수 있다면 당신의 참가를 인정하죠."

"정말인가요? 소대장— 아니, 기사대장 키고리 님의 허가를 받겠습니다."

백작과 직접 담판을 짓겠다는 남자다움을 보여주는 것도 좋지만, 그보다도 그가 얼른 훈련에 참가해줘야겠어. 무녀 오나가 이미 행동을 해주고 있을 거고, 만찬에서 키고리 경의 느낌을 보면 확실하게 허가를 해주겠지.

그리고 그 예상은 적중하여, 다음날에 유켈 군은 특별 훈련의 수강생이 되었다.

◆

"허억허억, 이런 훈련에 무슨 의미가?"

"미궁에서 가장 필요한 겁니다. 미궁도시 세리빌라에서는 성인 전의 아이들도 하는 기본이죠."

이튿날, 유켈 군의 훈련을 리자에게 맡기고 미궁으로 보낸 뒤 나는 훈련생 기사나 병사를 데리고 도시 외곽 마라톤을 하고 있었다.

포치랑 타마와 나나 자매의 절반이 같이 달리고 있으며, 미아와 루루 둘이 정문 앞에서 대기중이다.

리자, 아리사, 나나 세 사람은 유켈 군과 함께 미궁에 갔고, 아리사의 호위로 골렘 몇을 붙여뒀으니까 사람 수가 부족해도 위험하지는 않을 거야.

참고로 나나 자매의 나머지 절반은 「해결사」에서 아이들을 호위하고 있었다.

"죽어죽어, 죽을 거야아아아아아."

"뜨거뜨거뜨거."

개중에는 농땡이를 하려는 건지 설렁설렁 달리려는 자도 있었지만, 집단에서 탈락하면 미아가 소환한 의사정령 샐러맨더가 가차없이 불꽃으로 구워버리기 때문에 다들 신분 차이 없이 필사적으로 달리고 있었다.

"말을 하면 더 지치는 거예요!"

"힘내~."

동행하고 있는 포치와 타마가 양을 모는 양치기 개처럼 훈련생과 나란히 달렸다.

아이들이 가볍게 달리는 모습에 프라이드가 자극을 받았는지, 훈련생도 차츰 우는 소리를 안 하게 됐다.

세류 시의 영지군은 정예라고 불리는 만큼 성실하게 달리기 시작한 뒤로 탈락하는 일 없이 달리고 있었다.

"힘내요! 이제 정문이 보입니다!"

지형상 세류 시 외곽 코스는 한 바퀴에 9킬로 정도의 거리가 있다.

골이라고 착각을 했는지, 훈련생들의 얼굴에 해냈다는 표정이 떠올랐다.

"그래요, 그겁니다. 그러면 두 바퀴째 갑시다!"

희망이 절망으로 바뀌는 훈련생들을 보면서 조금 죄책감이 들었지만, 오늘의 목적은 지구력을 단련하는 것과 자신의 한계를 아는 것이니까 쓰러지기 직전까지 시킬 셈이다.

"아진, 수분 보급."

"예스 마스터."

탈수 증상을 보이려는 사람들이 많길래 자매와 협력해서 수통을 나눠줬다.

"다, 달리면서 마시라는 거야?"

"무, 물이 아닌데?"

"달면서 짭짤한 게 맛있다."

"이상한 맛인데, 왜 맛있게 느껴지지?"

훈련생들이 불평을 하면서도, 스포츠 드링크풍 경구보수액을 들이켰다.

"다 마시면, 수통은 그 자리에 버리세요."

수통의 처리를 어떡해야 하나 고민하는 훈련생들에게 말했다.

"회수~ 회수~."

"포치는 폐품 회수의 프로인 거예요!"

타마와 포치가 내던진 수통을 주워 모아서, 나한테 가져온다. 어쩐지 굉장히 즐거워 보이네.

개중에는 심술을 부려서 멀리 던지는 성격 안 좋은 자도 있지만, 타마와 포치는 신이 나서 모았다.

"풀 난 거 발견~?"

"먹을 수 있는 풀 발견한 거예요!"

더욱이 달리면서 약초나 식용 들풀을 채취하는 여유를 보이는 두 사람에게, 훈련생들이 남자의 프라이드를 자극받고 있었다.

그래도 프라이드로 달릴 수 있는 건 두 바퀴째가 한계였는지, 젊은 훈련생들이 다운되기 시작하면서 차례차례 무릎이 꺾이고 땅바닥에 드러누웠다. 세 바퀴째를 다 달린 건 2할 정도다. 중간에 쓰러진 훈련생을 따라 달리던 마차가 회수했다.

"첫날의 마라톤은 이 정도로 해두죠."

내가 말하자, 세 바퀴째를 완주한 훈련생들도 안도의 표정을 짓고 땅바닥에 주저앉았다.

"벌써, 끝~?"

"포치는 아직 부족한 거예요."

타마와 포치가 그 자리에서 발 구르기를 했다.

"그러면, 한 바퀴 더 돌고 오렴."

"아이아이 서~."

"네 인 거예요! 가속장치인 거에요!"

아리사가 포치에게 옛날 애니메이션 소재를 불어넣었는지, 어금니를 부딪히더니 순동을 거듭하며 굉장한 스피드로 달려갔다.

"타마도 안 져~?"

타마도 순동을 거듭하지만 포치를 따라잡지 못해서, 중간부터 인술까지 병용하여 문자 그대로 날듯이 그 뒤를 따라갔다.

"빠르구민, 진짜."

"속도가 뭐 저래."

"거짓말이지? 순동을 연속으로 사용할 수 있는 거냐?"

"마, 말도 안 돼……. 키고리 님도 중요할 때밖에 못 쓴다고 했던 비기를, 저렇게 가볍게?"

병사들이 빠르기에 놀라는 것에 비해, 기사들은 순동의 연속 사용에 놀라고 있었다.

타마와 포치가 조금 걱정이라, 「멀리 보기」와 「멀리 듣기」 마법을 발동해서 두 사람을 지켜보았다.

『타마, 인술은 반칙인 거예요.』

『아니야~? 닌닌~.』

『포치는 안 지는 거예요! 포치는 앞으로 두 번 변신이 남은 거예요!』

『그러면, 타마는 세 번 남았어~?』

『흉내 내면 치사한 거예요! 포치는 사실은 네 번 남은 거예요.』

『타마는 다섯 번 스르르~.』

둘이 대화하면서 즐겁게 달린다.

괜찮아 보이니까, 이번에는 마법의 타깃을 미궁에 있는 유켈 군에게 맞추었다.

『리자 씨, 스톱. 유켈 군 레벨이 올랐어.』

『그러면, 나머지 마물은 제가 쓰러뜨리죠.』

우리가 마라톤을 하는 동안, 유켈 군의 레벨이 13에서 15로 올랐다.

스킬도 「회피」와 「받아 흘리기」 둘이 늘었다. 사전의 계획대로 순조롭게 진행되고 있군.

『……굉장하다. 저만한 수의 마물을 이렇게 간단히.』

『이 정도는 아무것도 아닙니다. 당신도 금방, 이 정도는 할 수 있게 됩니다.』

리자가 필살기를 안 쓰고 레벨 15 전후의 마물을 순살하는 걸 보고, 유켈 군이 놀랐다.

『정말인가요?』

『네, 물론입니다.』

반신반의하는 유켈 군에게, 리자가 힘차게 고개를 끄덕였다.

『그보다, 무기에 위화감은 없나요?』

『네, 괜찮습니다. 이건 대체 무슨 나무인가요? 마물이랑 치고 받는데도 부러지거나 패이지도 않다니.』

유켈 군이 세계수제 목마검을 들어올리며 물었다.

『재료는 모릅니다. 주인님은 강철보다도 튼튼하다고 하셨습니다.』

『휴식은 이제 그만해도 되지 않아? 다음 단계로 가자.』

『그렇군요. 다음은 무기에 마력을 흘리는 훈련을 합니다. 이걸로 마력 조작을 배우고, 최종적으로 마인을 배우는 것이 목표입니다.』

『마인? 내가 마인을 쓸 수 있게 되는 건가요?』

『당신의 노력에 달렸습니다. 자, 훈련을 시작하죠. 우선 그 목검에 마력을 주입하여 붉게 빛내는 것부터입니다.』

『네, 리자 스승님!』

유켈 군이 기합이 들어간 목소리로 목검을 쥐었다.

역시 기사에게 마인을 쓸 수 있다는 건 커다란 스테이터스로군.

"허억허억허억, 이런 훈련을 내일도 하는 건가……."

의식을 되돌리자마자, 훈련생의 불평이 들렸다.

"내일이 아니라, 오후부터 또 하는데요?"

"—오후부터?"

훈련생의 얼굴에 절망의 표정이 떠올랐다.

뭘 그렇게까지……라고 생각했는데, 주변의 다른 훈련생들도 같은 표정을 짓고 있었다.

"불평인가 보군요? 익숙해지면 하루종일 달릴 수 있게 됩니다만……."

"자작님, 우리는 병사야. 전령이나 배달원이 아니라고."

고참병이 불평을 하자, 절반 정도의 훈련생들도 그것에 동조하여 불평을 했다.

“여러분은 착각을 하고 있어요.”

손뼉을 쳐서 주의를 끌고, 하고 싶은 말을 간결하게 전했다.

“착각, 이라고?”

“그래요. 마라톤은 지구력. 다시 말해서 지속 전투 능력을 단련하는 기본입니다.”

고참병이 끈질기게 매달려 주었다.

“여러분은 미궁에서 대량의 마물이 끊임없이 공격해오는 상황에 처한 적이 있나요?”

그런 일이 있던 것 자체는, 사전에 히어링을 해뒀다.

일부 훈련생이 「싫은 기억이 떠올랐다」라는 표정을 지었다.

“그럴 때 『지쳤으니까 못 싸운다』라고 하면, 그다음은 죽음뿐이죠. 마라톤은 그럴 때 필요한 버티는 힘을 키워줍니다.”

“—정말이야! 내가 봤다니까!”

내 연설을 가로막는 외침은, 정문 쪽에서 들렸다.

그쪽으로 시선을 돌리자 등에 커다란 짐을 진 인부 같은 차림의 남자가 문지기에게 필사적으로 뭔가 말하고 있었다.

“정말이야! 번개가 옆에서 날아오더니, 오두막을 날려버렸어!”

“오두막을? 너는 왜 그런 곳에 있었지? 사냥꾼도 숯쟁이도 아니잖아?”

“나, 나는 산에서 산채나 장작을 모으러 갔어.”

“그렇게 큰 짐을 지고서? 잠깐 보여봐라.”

"그, 그만둬."

문지기가 남자의 짐을 끌자, 풀썩 무거운 소리를 내면서 땅에 떨어지고 짐 안에서 하얀 가루가 흘러나왔다.

"소금 밀수인가!"

당황해서 도망치려는 남자를 문지기들이 억눌렀다.

조금 흥미가 있어서, 그들에게 다가가 조금 이야기를 들었다.

"—소금은 공작령에서 사들였어."

"아니, 그쪽이 아니라『번개가 옆에서 날아와, 오두막을 날려버렸다』라고 했습니다만, 그 이야기를 들려주세요."

"자작님, 이런 녀석이 하는 말은 그냥 헛소리일 게 분명합니다. 노사의 마법이 날려버린 거 아닐까요?"

내 질문에 문지기 젊은이가 반쯤 웃으며 대답했다.

"아냐! 주변에 마법사는 없었다! 옆에서 날아온 번개가 오두막을 부수고, 나무 위에 모인 다음에 어디론가 날아갔어!"

남자의 목격정보를 자세히 들어보니, 아무래도 그가 목격한 것은 크하노우 백작령이나 무노 백작령에서 목격된「뇌수」같았다.

맵 검색을 해봤지만, 그럴듯한 마물은 안 나온다.

"그 번개는 어떤 모습이었나요?"

"네 발 달린 괴물이야!"

유감이지만 뇌수의 모습은 잘 안 보였는지, 네 발 짐승이라는 것밖에 몰랐다.

나는 크하노우 백작령이나 무노 백작령의 목격정보를 문지기에게 말하고, 위에 보고하도록 부탁했다.

지금은 낙뢰 정도의 피해밖에 없는 모양이지만, 이게 이어진다면 커다란 피해가 나오기 전에 뭔가 대처하는 게 좋을지도 몰라.

"피유~웅~."

"도착인 거예요!"

타마와 포치가 흙먼지를 피우면서 엄청난 속도로 돌아왔다. 거의 동시다.

"두 사람, 어서 오렴."

타마와 포치에게 물이 든 컵을 건네고, 목에 타월을 걸어줬다.

"벌써 돌아왔어?!"

"거짓말이지? 너무 빨라."

훈련생들이 기이한 속도에 놀랐다.

"니헤헤~."

"이 정도는 대단하지 않은 거예요."

타마와 포치가 몸을 꿈틀거리며 부끄러워하는 모습이 귀엽군.

"이 두 사람은 한나절 정도 계속 싸울 수 있는 스태미나가 있으니까요."

"더 할 수 있어~?"

"그런 거예요! 중간에 휴식하면 사흘 정도는 멀쩡한 거예요!"

나랑 같이 있을 때는 그렇게까지 하드한 스케쥴이 없었으니까, 동료들끼리 수해 미궁을 공략했을 때 일이겠군.

"이런 어린 아이가?"

"그러나, 그 거리를 달리고도 팔팔하잖아."

"그 말을 듣고 보니……."

"우리는 아인 꼬맹이 이하인가?"

자기들과 함께 달리고 있던 걸 떠올린 훈련생들이 입을 다물지 못했다.

"이제 호흡이 진정됐죠? 훈련을 재개합니다."

불평을 할거라 생각했는데, 훈련생들은 내키지 않는 태도긴 했지만 아무 말 없이 일어섰다.

타마와 포치에게 지고 있다는 사실이 그들의 프라이드를 자극한 모양이다.

"그러면 낮까지 시간이 별로 없으니까 순발력을 단련하는 훈련을 합니다."

나는 그렇게 말한 뒤, 그들에게 엎드린 상태에서 100미터 달리기를 하는 훈련을 지시했다.

"또 달리는 건가……."

"이건 미궁 안에서 허를 찔렸을 경우에, 재빨리 적에게서 거리를 벌리고 유리한 위치를 잡기 위한 훈련입니다."

고참병에게 신호를 보내, 내가 실제로 해봤다.

"이건 기본형입니다. 익숙해지면—."

이번엔 타마와 포치를 시켜봤다.

"—이런 느낌이 됩니다."

"순동? 그렇다고 해도 너무 빠르지 않나?"

나이가 있는 기사가 납득이 안 된다는 표정으로 중얼거렸다.

마라톤 때는 순동을 가볍게만 썼지만, 단거리인 지금은 순동을 전력으로 썼으니까 위화감을 느낀 거겠지.

"그러면 다섯 명씩 합니다. 전력으로 달린 다음엔, 곧장 돌아오세요."

나는 달리기를 반복시켰다.

세 번 정도 하자 우는 소리가 들리고, 열 번째부터 탈락자가 나오기 시작해서, 조금 예정보다 이르지만 끝내기로 했다.

"수고하셨습니다. 오전 훈련은 이걸로 끝입니다."

그렇게 선언하는 것과 동시에, 훈련생들이 환성을 질렀다.

"끝났다아."

"오전이라니, 아직 오전이야?"

"말도 안 돼. 낮부터 또 그 지옥이 기다리는 거냐."

너무 거창하네.

"그러면 점심을 먹죠. 고기랑 빵과 수프로 간단한 것이지만, 양은 듬뿍 준비했으니까 마음껏 드세요."

루루가 준비해준 천막 쪽으로 모두를 데리고 갔다.

배급과 밑 준비는 성의 메이드나 일꾼들이 도와주었다.

"고기~."

"포치는 고기라면 얼마든지 먹을 수 있는 거예요!"

타마와 포치가 신이 나서 산더미 같은 고기 점심 세트에 손을 뻗었다.

"으엑, 나는 수프만 먹을래."

"나도 빵만 먹어야겠다."

"식욕이 없으니까 필요 없어."

훈련생이 식욕이 없나 보군.

"제대로 안 먹으면 낮의 훈련을 못합니다. 과일도 있으니까 그것만이라도 먹으세요."

"과일? 모르는 과일이 많네…… 맛있어!"

"차가운 박의 과즙이 좋구만."

"껍질이 두껍지만 맛있네."

"그 노란 건 벗기고 먹는 거 아냐?"

바나나를 몰랐는지 껍질째로 깨문 훈련생도 있었지만, 총명한 자가 깨닫고 올바르게 먹는 법을 알려주었다.

"미안, 수프 더 먹을 수 있을까?"

"네, 잔뜩 있으니까요. 잔뜩 드세요."

"고맙구먼."

"그렇게 맛있냐?"

"그래. 보기에는 그냥 별거 없는 야채 수프인데, 이상하게 맛있다."

"그럼 나도."

수프를 고른 훈련생이 더 먹는 걸 보고, 다른 훈련생도 손을 대기 시작했다.

"혹시, 고기도 맛있나?"

"예스~?"

"아주아주 델린저러스인 거예요!"

"맛있다. 고기, 맛있다. 더 줘."

타마와 포치가 권해서 먹어본 훈련생이, 작은 고기 조각을 먹더니 곧장 덩어리를 획득했다.

그리고 훈련생들이 식사에 몰려들고, 빵 한 조각, 고기 한 조각, 수프 한 방울도 안 남기고 깔끔하게 해치워 버렸다.

오후 훈련을 잊고서 한계까지 먹어버린 자도 있길래, 식사 뒤 휴식을 조금 길게 잡았다. 낮부터는 중량물 운반 훈련과 두 조로 갈라져서 방패술 교습을 중점적으로 했다.

"—능숙하군요."

"이래봬도 평소에는 중장비로 와이번의 공격을 받아내니까요."

선발된 인원인 만큼, 기본적으로 방패술은 충분히 하고 있었다.

일반적인 「방패」 스킬은 병사 모두가 가지고 있고, 몇 할은 「받아 흘리기」 스킬을 가졌다. 「돌 가죽」이나 「철벽」 등의 방어 강화 스킬을 가진 자도 몇 명 있었다.

이거면 내일 낮부터 미궁에서 실전도 하고, 그들의 스킬 습득과 레벨업을 노려도 되겠어.

◆

훈련이 끝난 뒤 훈련생들과 커뮤니케이션을 취하려고 술자리를 권해봤는데, 훈련이 너무 힘들어서 미움받았는지 모두 거절했다.

뭐, 성과가 보이게 되면 태도도 바뀌겠지.

『주인님, 그쪽은 어때? 이쪽은 유켈이 흰자위 드러내고 뻗었으니까 오늘은 철수할 거야.』

『이쪽도 끝났어.』

아리사의 연락을 받고, 미궁 앞에서 합류하기로 했다.

나나 자매는 해결사 쪽에 가버린 다음이라, 나머지 멤버들만 데리고 갔다.

『유켈 군은 괜찮니?』

『레벨업 멀미랑 피로가 겹쳐서 기절해 버렸어. 지금은 잠들어 있어.』

저레벨대라지만 레벨이 하루에 4나 올랐으니까 레벨업 멀미를 일으켜도 신기할 것 없다.

오전에 확인한 「회피」 스킬과 「받아 흘리기」 스킬에 더해서, 예정대로 「마력 조작」 스킬을 얻었다. 덤으로 「자기 회복」 스킬을 얻은 것을 보니 리자의 훈련이 상당히 가혹했나 보군.

미궁 앞으로 가자, 이미 아리사 일행이 미궁에서 나와 천막 하나에 들어가 쉬고 있었다.

"주인님, 수고했어."

마침 잘 됐군.

유켈 군이 기절한 틈에 그의 손을 잡고 체내 마력 경로를 조율해두자.

"……딱딱하네."

유켈 군의 몸에 가볍게 마력을 주입해보니, 예상 이상으로 저항이 크다.

그는 지금까지 의식적으로 몸에 마력을 흘리지 않았던 모양이군. 기사라면 신체강화 스킬을 얻기 위해서 훈련을 했을 텐데, 아직 젊으니까 먼저 몸을 만드는 걸 우선했을 지도 모른다.

"뭐, 방해가 되는 것도 아니니까 해버리자."

나는 예정대로 체내 마력 경로의 조율을 시작했다.

외부에서 마력을 주입해 마력 경로를 조율하는 것은 부하가 있는 모양이군. 유켈 군이 몇 번인가 커다란 잠꼬대를 해서 사람이 왔으니까, 중간부터 방첩용「밀담 공간(시크릿 필드)」마법을 사용했다.

"이러면 될까?"

괜찮은 느낌으로 마력이 흐르게 되었다.

이걸로 내일부터는 마인 습득 훈련도 잘 진행되겠지.

"마스터, 다음은 저라고 고합니다."

양손을 펼친 나나가「자」하고 말하는 표정으로 나를 보았다.

아무래도, 유켈 군에게 마력을 주입하는 것을 보고 부러워진 모양이군.

"마스터, 안되나요라고 묻습니다."

"조금만이야."

"예스 마스터."

호쾌하게 옷을 벗으려는 나나를 미아와 아리사가 말리고, 루루가 내 얼굴을 끌어안듯이 눈을 가렸다.

"—후후후."

"리자가 웃었어~."

"웃은 거예요!"

여태까지 어쩐지 팽팽하던 리자의 미소를 보고, 타마와 포치가 함박웃음을 지으며 기뻐했다.

"이상한가요?"

"안 그런 거예요!"

"아주 굿~?"

"네, 인 거예요. 포치는 조금 걱정한 거예요."

"그랬었나요. 두 사람에게 걱정을 끼치면 안 되겠죠."

끌어안은 타마와 포치의 머리를, 리자가 상냥한 손놀림으로 쓰다듬어 주었다.

"부담 안 가져도 돼. 아베 일행은 반드시 해방해줄 거니까."

"네, 주인님."

리자가 말하고, 안심하여 눈을 깔았다.

자, 큰소리만 치면 되는 게 아니니까 내일부터도 훈련 열심히 해야지.

◆

"좋은 아침입니다."

""""좋은 아침입니다!""""

이튿날 아침, 집합 장소에서 기다리고 있던 훈련생은 첫날에 함께 미궁으로 간 크루트 훈련생과 몇 명의 병사들뿐이다. 기사들이나 다른 병사들은 아무도 안 왔군.

오늘은 타마와 포치도 유켈 군의 훈련 쪽으로 갔으니, 여기에 함께 온 것은 루루와 미아와 나나 자매 절반뿐이다.

"뭐 들은 거 있나요?"

"……네."

내가 물어보자, 크루트 훈련생이 말하기 어려운 기색으로 입을 열었다.

"어제 훈련으로 다리를 다쳐서 쉰다고 합니다."

"모두 말인가요?"

맵 검색을 해보니, 훈련생 중에서 다리를 다친 사람은 한 명뿐이다.

"……고참병인 바크타가 방해를 하는 모양입니다."

"나도 몸을 잘 살피라고, 위압하는 조언을 들었습니다."

"조언? 그건 협박이잖아?!"

직접적으로 훈련을 쉬라고 명령한 건 아닌 것 같은데, 에둘러서 방해를 하는 모양이군.

"자작님."

12세쯤 되는 소년병이 달려와서, 나에게 경례했다.

"기사 핀카로의 『무릎을 다쳐서 오늘 훈련은 쉰다』는 말을 전하러 왔습니다."

"전언 고마워. 기사 핀카로에게 몸조리 잘 하라고 전해주세요."

"네!"

소년병이 달려가자, 다른 기사 두 명의 종자로 보이는 소년병이 차례차례 와서 결석을 보고했다.

"기사들도 바크타 공이 쉬도록 한 건가?"

"아뇨, 그건 아닐 겁니다."

병사가 기사의 행동을 제한할 힘은 없다고 크루트 훈련생이 말했다.

"가능성은, 기사 핀카로가 명했을지도 몰라요."

죠아 훈련생이 조금 주저한 다음에 입을 열었다.

"근거는 있나?"

"근거라고 할 정도는 아닙니다만, 어제 돌아가는 길에 기사 핀카로와 바크타 고참병이 몰래 이야기하는 걸 봤습니다."

근거로서는 약하지만, 맵으로 확인해 보니 그 두 사람이 그 바보 아들 자미엘과 만나고 있는 걸 발견했다.

"기사 핀카로와 바크타 공은, 키만 남작이나 자미엘 공과 가까운 사이인가?"

"바크타 고참병은 모르지만, 기사 핀카로의 아내분이 키만 남작의 친척이란 이야기는 들은 적이 있습니다."

"아, 나는 바크타 고참병이 쉬는 날에 자미엘 공의 경호원 같은 일을 하고 있는 걸 본 적이 있어요."

"그러고 보니, 용돈벌이라도 하는 거냐고 부대에 소문이 돌았었지."

내 질문에 훈련생들이 대답했다.

확증은 없지만, 아마도 자미엘의 방해공작이 틀림없겠군.

세류 백작이 돌아오면 해결될 것 같지만, 그때까지 방치하면 계약 조건을 양보하게 될 것 같아.

그럼, 어떡한다—.

"사토."

대항책을 생각하고 있는 내 소매를 미아가 쿡쿡 당겼다.

"저거."

미아가 가리키는 쪽에서, 병사들이 찾아왔다. 쉰다고 했던 훈련생들이다.

"저 녀석들, 어째서?"

"우리도 쉬라고 하려는 건가?"

크루트 훈련생과 죠아 훈련생이 험악한 표정으로 늦게 온 훈련생을 노려보았다.

"자작님. 늦어서 죄송합니다."

"쉬는 거 아니었어?"

나 대신 크루트 훈련생이 덤비듯 물었다.

"아~, 그게 말이지…… 마음이 바뀌어서."

"마음이 바뀌어? 바크타 고참병이 방해공작이라도 부탁했어?"

"아니, 바크타는 상관없어. 그게~, 뭐냐면……."

나이 든 병사가 부끄러운 기색으로 말을 흐렸다.

"뭘 창피해하냐."

"그래. 순순히 식욕에 졌다고 말해버려."

다른 병사들이 폭로해 버렸다.

듣자니, 훈련을 쉬어버리면 루루가 만든 점심을 못 먹게 된다. 그게 싫어서 바크타 고참병의 요청을 무시하고 훈련 참가를 정한 모양이다.

"—루루."

나는 루루를 칭찬했다.

아무래도, 내 위기가 루루의 내조로 해결된 모양이다.

결국 오늘 쉰 것은 바크타 고참병과 친한 몇 명의 병사와 기사 세 명뿐이었다.

"그럼 준비 체조를 하기 전에 회복약을 마셔요."

"지금이요? 다치진 않았는데요?"

"피로가 쌓여있으면 다칠지도 모르니까요."

피로가 쌓인 상태로 움직일 수 있도록 하는 훈련은 조금 나중에 할 예정이다.

"가능하면 어제 마시고 싶었어……."

"아하하, 어제는 기껏 훈련한 성과가 사라져 버리니까요."

근육 피로에 의한 초회복 효과를 볼 수가 없어.

그런 것을 설명하면서 회복약을 먹이고 준비 체조, 마라톤 순서로 오늘 메뉴를 소화한다.

이틀째라서 그런지 같은 거리를 달려도 어제만큼 진이 빠지진 않는다.

가볍게 휴식을 끼우고 순발력 훈련을 시행한 다음, 마지막으로 짐을 멘 상태에서 달리는 훈련을 하여 마무리를 지었다.

"어쩐지 다리가 가벼운 것 같다."

그런 말을 하는 병사는, 혼자서 「질주」 스킬을 얻었다. 그레이아웃 된 상태니까, 이제 막 습득한 게 틀림없어.

솔직히 말해 「지구」나 「험로 주파」 같은 스킬을 바랐기 때문에 조금 꿍꿍이를 벗어나버린 느낌이다. 임의로 스킬 포인트를 배당할 수 없는 현지인의 어려움이란 거군.

점심 식사 시간에, 「멀리 보기」와 「멀리 듣기」 마법으로 미궁에 간 리자 일행의 모습을 살폈다.

『리자 스승님! 방금 벤 감각이 뭔가 달랐습니다.』

『어쩌면 마인의 조짐일지도 모르겠군요.』

『정말인가요?!』

『앞으로도 검 끝까지 마력을 흘리는 걸 의식해서, 한 번 한 번 소중하게 휘두르세요.』

『네, 스승님!』

유켈 군의 수련은 너무 순조롭다.

아무리 그래도 이틀 만에 마인을 익히지는 못하겠지만, 이대로 수련을 하면 우리가 육성을 끝낼 무렵에는 습득할 수 있을 것 같군.

『포치도 스승이라고 불리고 싶은 거예요.』

『타마도 스승 하고 싶어~?』

『아하하, 다음에 제자를 받아볼래?』

리자를 부러운 기색으로 보는 포치와 타마에게, 아리사가 괜한 한 마디를 해버렸다.

『굿 아이디어~.』

『그건 아주아주 명안인 거예요!』

『어, 정말로?』

『아리사, 책임이 막중하다고 고합니다.』

타마와 포치가 눈빛을 반짝이고, 제자를 받으려면 어떡해야 좋을지 아리사에게 물었다.

뭐, 위험한 방향으로 폭주할 것 같으면 말리자.

"마스터, 이제 곧 식사 휴식 종료 시간이라고 보고합니다."

나나 자매가 가르쳐주길래, 나는 리자 쪽 상황 살피는 걸 멈추고 훈련생을 이끌어 미궁으로 갔다.

◆

“마스터, 해결사의 상주 요원을 이스난과 시스로 변경하고 나머지 모두를 이곳에 소집했습니다.”

미궁 앞에서 재합류한 나나 자매의 장녀 아진에게 보고를 받고, 26명의 훈련생을 이끌어 미궁에 들어갔다.

“트리아는! 트리아는 어디서 훈련을 하는 건가요라고 묻습니다.”

“승강기의 제2정류소에서 내린 곳에 갈 예정이야.”

나나 자매의 3녀 트리아에게 대답했다.

양식은 아직 수가 부족하니까, 최종일 근처까지 꾸준히 할 예정이다.

평범하게 걸어가면 이동만으로 시간을 먹으니까, 승강기를 사용한 숏컷이다.

“자작님. 승강기는 여섯 명밖에 못 탑니다.”

“그러면, 나눠서 가자. 나랑 아진 자매들이 처음에 간다. 훈련생은 순서대로 나눠서 타줘. 루루랑 미아는 제일 마지막에.”

처음에 도착한 우리를 보고, 제2정류소의 전진기지에 있던 병사들이 술렁거렸다.

대장급은 이야기를 들었는지, 내가 자기소개를 하자 그 이상의 질문은 없었다.

“마스터, 한가하다고 고합니다.”

사람 수가 많아서 승강기로도 나름대로 시간이 걸리기 때문인지, 처음에 내려온 나나 자매가 지루해한다.

"정찰을 할까요라고 트리아는 묻습니다."

"정찰은 괜찮아. 장비 점검이라도 하고 있자."

"예스 마스터."

그렇게 대답하는 트리아 일행은 무표정하지만, 조금 실망한 기색이다.

겉으로 보기에는 어른이지만 알맹이는 어리니까, 가만히 있는 걸 못 참는 거겠지.

"도착."

"주인님, 기다리셨습니다."

드디어 훈련생 마지막 팀과 함께 탄 미아와 루루가 도착했다.

"전원, 장비를 확인해주세요."

금방 장비 체크를 마치고 보고를 했다.

"아진, 선두에 두 명, 최후미에 세 명을 배치해줘."

"예스 마스터. 트리아와 펀프가 선두, 나머지는 나와 최후미에 갑니다."

""""예스 아진.""""

"미아는 작은 실프를 소환해줘."

"응."

미아가 내 앞에서 양손을 펼쳤다.

영창하는 동안 내가 옮겨달라는 거군.

"그래그래, 공주님."

"썩 나쁘지 않구나."

미아가 사극 같은 공주님 놀이를 하면서 내게 안겼다.

“주인님, 저는 앞뒤 어디로 갈까요?”

“루루는 나랑 같이 가자. 약한 마물이 나오면 트리아랑 피아랑 같이 섬멸해줘.”

맵 정보에 따르면 레벨 한 자리의 벌레 마물이 많다. 그리고 정석에 따라 커다란 쥐나 박쥐 같은 것들이다. 내가 아인 소녀들과 「악마의 미궁」을 탈출하려고 했을 무렵과 비교해서, 약한 마물이 훨씬 늘었다.

훈련생은 레벨 7부터 12까지 좀 흩어져 있지만, 훈련에 사용하는 마물은 적어도 레벨 두 자리는 필요해.

“알겠습니다.”

만나는 마물은 세 명—이라기보다 루루가 불 지팡이 총으로 속사해서 접근하기 전에 쓰러뜨려 버린다.

“마스터, 트리아는 루루의 속사가 치사하다고 생각합니다.”

“트리아에게 찬성. 우리도 활약의 기회를.”

자매의 3녀 트리아가 불평을 하고, 자매의 4녀 피아가 기회균등을 주장했다.

“그래, 알았어. 루루, 두 사람이 대처할 수 있는 적은 방치 부탁한다.”

“네, 주인님. 미안, 피아, 트리아.”

루루가 너무 노력한 자신이 부끄러운지 볼을 물들였다.

“……■ 바람 정령 창조(크리에이트 실프).”

드디어 미아의 영창이 끝나고, 바람을 휘감은 실프가 모습을 드러냈다.

"분산."

—퐁.

실프가 손바닥 사이즈의 작은 실프로 분열했다.

"색적?"

"응, 부탁해."

"실프, 가."

—퐁.

작은 실프들이 앞다투어 미궁에 퍼졌다.

미아를 내려놓으려고 했지만, 싫어하길래 조금만 더 어리광을 받아주었다.

"전진하자."

동굴 같은 울퉁불퉁한 통로를 나아갔다.

잔챙이 마물은 나나 자매가 앞다투어 섬멸했다.

"굉장하다. 마물을 한 방에 쓰러뜨리고 있어."

"저 마물, 약한 건가?"

"그럴 리 있냐. 1대1은커녕, 한 마리에 둘이나 셋 정도는 덤벼야 크게 안 다치는 적이야."

훈련생들이 트리아와 피아의 활약을 보고 놀랐다.

루루의 경우는 훈련생들이 인식하는 것보다 빨리 쓰러뜨리니까 굉장함을 이해 못 한 모양이군.

"자작님, 이렇게 깊숙한 곳까지 와도 괜찮을까요?"

죠아 훈련생이 불안한 기색으로 말했다.

"이 부근은 키고리 경이나 선행 정찰대 말고는 온 적이 없을 겁니다.”

최연장 훈련생의 험상궂은 얼굴에 불안이 떠올라 있었다.

“괜찮아요.”

말하는 사이에 적당한 마물이 나타났다.

레벨 15의 사마귀 같은 마물이다. 훈련생보다 격이 높은 적이지만, 독도 없으니까 위험해지거든 개입하면 될 거야.

“마침 좋은 게 왔네요.”

레이더로 확인하면서 이동 속도를 조정했으니까 마물과 만난 것은 집단 전투가 가능한 광장이다.

“전투 준비를 하세요.”

나는 트리아와 피아에게 쓰러뜨리지 말라고 한 뒤, 훈련생들에게 전투용 대열을 짜도록 명했다.

“싸우란 건가?”

“저렇게 커다란 마물이랑?”

“와이번보다는 약하니까 괜찮아요.”

겁먹은 훈련생을 격려했다.

이 마물은 그들이 원정에서 쓰러뜨리는 와이번보다 훨씬 격이 낮다.

“비교 대상이 잘못됐어요!”

“여기에는 기사님도 마법사도 없는데요?”

“죽었다. 난 벌써 죽었다.”

“진정하세요.”

훈련생들이 패닉 직전이다.

이대로는 사고가 무섭군. 처음에는 조금 약화시키자.

"마스터, 섬멸할까요?"

"아니, 내가 조절할게."

나나 자매는 쓱싹 쓰러뜨려 버릴 것 같아.

나는 요정검을 뽑아 마물의 송곳니와 손톱을 커팅하고, 채찍처럼 공격해오는 두 개의 촉수 같은 다관절의 뿔을 잘라냈다.

마지막으로 뒷다리 한쪽을 절단해서 공격력을 반감시켰다.

"우선 이걸로 해보죠."

전투력을 경감시킨 마물 앞에서 물러나, 훈련생들 쪽을 돌아보았다.

어째선가 훈련생들이 경악한 표정으로 굳어있었다.

"우-웅?"

그런 훈련생들의 반응에 미아가 당황한 표정이군.

"……이게 『마왕 살해자』."

"키고리 님도 저 정도는 아냐."

그렇게 놀랄 일은 아니다.

나나 자매들도 할 수 있고, 키고리 경도 이 정도는 가볍게 할 거야.

"여러분, 전투중입니다."

짝짝 손뼉을 쳐서 주의를 끌고, 소리를 쳐서 전투 대열로 이행을 재촉했다.

"각반의 반장을 따르라! 최전열은 우리반이다!"

최연장 훈련생이 외치고, 다른 반장들도 자기 반원에게 말을 걸었다.

방패반은 일곱 명씩 세 열로 갈라지고, 최전열이 무너지면 두 열째가 앞으로, 두 열째가 무너지면 세 열째라는 식으로 순서를 바꾸며 최전열을 갱신하는 격상 시프트다.

공격반 다섯 명은 방패병이 마물의 돌진을 막은 틈에 안전한 위치에서 약점을 노린다.

"—앗."

마물의 돌진을 받아낸 최전열의 다섯 명이 볼링핀처럼 날아가 버렸다.

"돌진을 받을 때는 다리와 몸에 마력을 흘리는 걸 의식하세요."

그렇게 조언을 했지만, 두 열째 이후에도 겁을 먹어서 차례차례 유린당했다. 패주 직전의 엉망인 상태가 되길래 마물을 쓰러뜨리고 다시 정비했다.

"자작님, 저런 괴물이 상대면 목숨이 몇 개 있어도 부족합니다."

최연장 훈련생이 나에게 항의했다.

"걱정 안 해도, 죽을만한 상대하고는 안 싸워요."

"아니, 죽는다니까요! 방금 보셨잖아요? 저런 커다란 상대는 도저히 방패로 받아낼 수가 없습니다."

"할 수 있어요. 전투중에 말한 조언을 실행하면 가능합니다."

"다리나 몸에 마력을 흘린다, 말인가요? 전투중에 그런 재주 좋은 일을 할 수 있으면, 진작에 기사로 천거됐습니다."

그렇게 특수한 일인가?

무기 따위의 마력을 흘리는 게 어려운 건 알겠지만, 자기 몸에 흘리는 것 정도는 누구든지 할 수 있을 것 같은데.

"그러면, 그 훈련도 해야겠네요."

"하루아침에 할 수 있는 게 아니라고 생각하는데요……."

"익숙해지면 돼요. 몸에 마력을 흘리는 것이 익숙해지면, 이런 것도 할 수 있게 되니까요."

나는 그렇게 말하고, 병사에게 빌린 철검에 마인을 만들어봤다.

"마인이다!"

"철검으로는 마인을 못 만드는 거 아냐?"

"굉장해. 초대 용사님 이야기에 나오는『최강의 범인(凡人)』오디 같다!"

마인에 대한 동경은 일반 병사도 강한 모양이군.

오디라는 사람의 에피소드는 조금 신경 쓰이니까, 그들과 술 한잔 하러 갈 때 물어봐야지.

그런 눈앞의 당근이 효과가 있었는지, 두 마리째의 마물과 전투할 때는 상당히 나아졌다.

"기합을 넣어라!"

""""오오!""""

사기도 높고, 방금전과 마찬가지로 마물이 상대라도 겁먹는 사람이 적어졌다.

그렇지만, 갑자기 호각으로 싸울 수 있는 게 아니니까—.

"앞반이 무너지면 커버하러 들어가!"

""""오오!""""

방패반의 병사들이 몇 번이나 날아가면서도 불굴의 투지와 미아의 회복 마법으로 전선에 복귀했다.

전투중에 몇 번인가 마물이 도망치려 했지만, 내 「이력의 손(매직 핸드)」과 트리아가 설치한 트랩과 루루의 견제 사격으로 저지했다.

그리고, 전투 소리에 이끌려 모여든 마물은 동료들이 쓰러뜨렸다.

"토벌 완료를 확인. 훈련생은 피해 보고를."

"……해냈다."

"살아있어……. 나, 살아있어!"

피아가 지시를 하지만, 훈련생들은 삶을 곱씹고 있어서 그녀의 이야기가 안 들리는 모양이다.

그중에는 안도한 나머지 주저앉은 사람도 있다.

"마스터."

피아가 무표정하게 당혹한 분위기를 띠우고 나를 보았다.

"그들은 걱정 안 해도 괜찮아. 금방 익숙해질 거야."

전투 종료 때 미아가 중급 회복 마법을 사용했으니 괜찮을 거다. AR표시에 뜨는 그들의 체력 게이지도 가득하거나 약간 줄어든 정도니까.

"사토."

미아가 나를 불렀다.

—퐁.

아무래도 작은 실프가 다음 마물을 데리고 온 모양이다.

"다음이 와버렸네요."

루루나 난처한 표정으로 말했다.

"거짓말이지?"

"무리라니까."

"방금 쓰러뜨렸는데?"

"죽어. 이번에야말로 죽어어어어."

당황한 훈련생들이 허둥거렸다.

이대로 전투를 하면 큰 부상을 입는 사람이 나오겠어.

"어쩔 수 없네— 루루."

"네."

금뢰호총으로 바꿔 든 루루가 마물을 쓰러뜨렸다.

"일격이냐."

"루루 아가씨가 저렇게 강하다니……."

훈련생들이 놀라서 말했다.

아직도 주저앉아 있는 사람들이 있는 건 조금 안 좋아.

나는 손뼉을 쳐서 주목을 모았다.

"자, 일어서세요."

앉아있는 몇 명에게 말했다.

"미궁에서는 언제든 마물이 공격해올 거라고 상정하고 있으세요."

나는 어울리지 않는 훈시를 하면서 훈련생을 둘러보았다.

"휴식 지시가 없는 한, 언제나 전투태세를 유지하세요. 그러지 않으면— 죽습니다?"

마지막 한 마디에 살기를 담아서 말했다.

이쯤에서 훈련생의 긴장을 유지해주지 않으면, 사소한 사고로 사망자가 나올 수 있어.

훈련생들의 표정에 긴장이 돌아온 걸 확인하고 훈련을 재개했다.

“미아. 처음엔 느긋한 페이스로 마물을 데려와줘.”

“응, 맡겨둬.”

미아가 요청에 따라서 여유를 가지고 대처할 수 있는 간격으로 실프를 통해 마물을 낚아왔다.

그래도 훈련생은 죽는 소리를 냈지만, 어떻게든 큰 부상은 얼마 없이 첫날을 마쳤다.

뭐, 큰 부상이라고 해도 중급 마법약으로 회복할 수 있는 정도다.

집단 훈련은 무너졌을 때가 무서우니까 소수정예의 훈련하고는 또 다르게 어렵네.

그래도 무난하게 훈련을 계속하고, 닷새째에는 적어도 전원 레벨이 7은 올라서 최저 레벨을 15까지 올릴 수 있었다. 방패 스킬도 오르고, 방패병에게 최적인 「부동신」, 「철벽」 등의 보조 스킬을 배운 자도 늘어났다.

처음에는 무리라고 했던 몸에 마력을 흘리는 것에도 익숙해진 모양이고 양식장의 수도 충분히 늘어났으니까 이제 단계적으로 마무리를 시행할 생각이다.

일반 훈련생의 목표는 레벨 20이지만, 가능하면 레벨 25까지 올리고 싶어.

그 정도 되면, 수인 노예들의 고기 방패 같은 추악한 방법을 쓸 생각도 안 날 거야.

◆

"수고했어요. 앞으로 사흘 동안 마무리입니다만, 오늘은 훈련을 잊고 즐기세요."

미궁을 나와서, 영지군 병사들이 자주 다니는 서쪽 거리에 있는 노점가에서 술자리를 가졌다.

내일부터 본격적인 지옥이 기다리니까 조금 풀어줄까 생각했거든.

"자작님, 나까지 함께 해도 되는 걸까요?"

"네, 물론이죠."

오늘은 유켈 군도 함께다.

미궁의 출구에서 만난 김에 연행했다.

"마리엔텔 경, 옷이랑 장비가 엄청 너덜너덜한데요. 오늘 훈련은 힘들었나요?"

"아니, 오늘은 좀 나았어. 마물을 다 처리하지 못해서 사방에서 두들겨 맞은 것도 한 번뿐이었으니까."

"두들겨 맞아요?"

"그래. 타마 공이 모아오는 마물을 다 처리하지 못해서 말이지."

"용케 안 죽었네요."

"둘러싸인 상태가 되면 리자 스승님이 쓰러뜨려주고, 금방 마법약을 먹여주니까. 처음에는 갑옷이나 옷이 걸레짝 같아졌지만, 지금은 그렇진 않아."

유켈 군의 가혹한 훈련에, 크루트 훈련생과 죠아 훈련생이 기겁한다.

너덜너덜해진 장비나 옷은 내 수선 기술로도 다 고칠 수가 없어서 이틀째 이후는 내가 준비한 장비류를 쓰고 있었다. 검도 목마검에서 주조 마검으로 변경했다. 마력의 흐름이 좋은 것과 튼튼함이 장점인 것으로, 괜한 기능은 달리지 않았다.

"나는 흉내 못 내요."

"나도 무리다."

크루트 훈련생과 죠아 훈련생이 고개를 옆으로 저었다.

뭐, 일반 훈련은 유켈 군의 특별 훈련보다는 꽤 느슨하게 하고 있으니까.

"목표가 있으니까 힘낼 수 있어."

유켈 군이 몸과 마음 모두 넝마가 되면서도, 이를 악물고 훈련을 하는 것은 무녀 오나에 대한 연심이 있기 때문이겠지.

"자리를 확보했다."

"그럼 요리를 사오자."

훈련생들이 익숙한 느낌으로 행동했다.

"어차피 자작님이 사는 거니까 평소 먹는 장소가 아니라 예쁜 언니가 있는 가게에 가고 싶었어."

이 제안에는 마음이 들뜨지만, 오늘은 동료들도 함께라 건전한 가게를 골랐다.

여기는 술만 제공하는 가게고, 안주나 요리는 주변 노점에서 마음대로 사다가 가져와도 괜찮다고 한다.

동료들도 그들을 본받아 가까운 노점에 사러 갔다.

"주인님, 사왔습니다."

"내장탕~."

"꼬치구이도 사온 거예요!"

아인 소녀들이 사온 것은 미궁 사건 뒤에 아리사랑 루루를 노예상인 니들렌에게서 산 뒤에 처음 들른 가게의 요리다.

"점주랑 여주인은 건강했어?"

"네, 건재했습니다."

"잔뜩 담아줘어~."

"고기 잔뜩인 거예요!"

리자가 안고 있는 커다란 그릇에, 떨어지지 않을까 싶게 쌓인 대창볶음이 쌓여 있었다. 그것을 리자가 그릇에 나눠 담아주었다.

훈련생들이 따라주는 시가주를 마시면서, 추억의 맛을 즐겼다.

응. 이 대창볶음은 여전히 밑간을 잘 했어. 따라준 시가주에 잘 맞는다.

"남작의 부하들은 아무것도 안 하네. 분명히 방해를 할 거라고 생각했는데."

아리사가 대창볶음을 먹으면서 그런 말을 했다.

"그러고 보니 그렇네."

처음에는 경계를 했는데, 너무 아무것도 안 하니까 존재를 잊고 있었다.

"아니, 방해 공작은 있었어요."

훈련생들 말에 따르면, 사흘째 이후에도 바크타 고참병과 동료들이 훈련을 쉬라고 에둘러 말했다고 한다.

"뭐, 아무도 상대를 안 했지만요."

"루루 아가씨의 특제 점심 앞에서, 높은 분의 압력 따위는 날아가 버리니까요."

아무래도, 루루의 요리는 훈련생들의 위장을 확 휘어잡은 모양이네.

"—정말인가요?! 마리엔텔 경!"

유켈 군과 대화하던 크루트 훈련생이 커다란 소리를 내며 일어섰다. 기세가 넘쳐서 그의 의자가 뒤로 쓰러졌다.

"크루트. 진정해."

"이게 진정할 일입니까! 마인이잖아요, 마인!"

"그래요! 마인 사용자는 영지에 다섯 명도 없는 달인의 증거잖아요!"

유켈 군이 타일렀지만, 술이 들어간 크루트 훈련생과 죠아 훈련생은 더더욱 뜨거워졌다.

그 모습을 보고 있던 다른 훈련생들도 「마인?」, 「마리엔텔 경이?」, 「그 나이에? 진짜로?」 라고 말하면서 술렁술렁거렸다.

"마리엔텔 경, 정말로 마인을 쓸 수 있는 건가요?"

"아아, 정말이야. 아직 실용성하고는 한참 거리가 멀지만."

최연장 훈련생의 물음에 유켈 군이 쑥스러워하면서 대답하자, 주변 훈련생들의 흥분이 최고에 달했다.

"어쩐지 백덤블링을 할 수 있다고 말한 초등학생 같은 흥분이네."

아리사가 이해하기 어려운 비유를 했다.

뭐, 유켈 군을 중심으로 한 훈련생의 흥분을 보고 있으면 활기찬 초등학생으로 비유하고 싶어지는 것도 이해를 못할 건 없다.

"벌써 여자친구한테 보고했어요?"

소년 병사가 흥분하여 소리쳤다.

"나는 사귀는 사람 없어."

대답하는 유켈 군의 얼굴에 조금 그늘이 졌다.

"그래요? 전에 예쁜 사람이랑 같이 있었잖아요?"

"오~, 그건 오나 님이구만. 신전의 무녀복 입고 있지 않았어?"

소년 병사의 말로 누구인지 알았는지, 나이 든 병사가 끼어들었다.

"맞아요! 맞아요! 잘 어울렸는데 헤어진 검까?"

소년 병사가 악의 없이 유켈 군에게 물었다.

"야, 그만해."

"어, 왜요? 크루트 씨도 신경 안 쓰여요?"

크루트 훈련생이 소년 병사를 말렸다.

"……오나 님과 나는, 신분이 너무 다르다."

그렇게 말하는 유켈 군의 등이 잿빛으로 보였다.

"신분?"

"오나 님은 백작님의 따님이야."

"에~! 그 예쁜 사람이 백작님의 딸?! 험상궂은 얼굴이 안 닮아서 다행임다~."

"이 바보야! 불경이다!"

소년 병사가 나이 든 병사에게 머리를 맞아 눈물을 글썽였다.

"그러고 보니 마리엔텔 경, 전에 구해준 양치기 소녀하고도 좋은 느낌 아니었나요?"

유켈 군과 사이 좋은 크루트 훈련생이 억지로 이야기를 돌렸다.
“양치기 소녀? 아아, 그 애 말이군. 딱히 아무 사이도 아냐.”
“그래요? 순찰 나갈 때 자주 손을 흔들어주거나 하잖아요.”
“아마, 구해준 걸 감사해주는 거겠지.”
“그런가~? 감사하는 걸로 볼을 붉히거나 하지는 않을 것 같은데요.”
“기사님은 인기 만점인가요? 역시 얼굴이 잘생기면 인기가 좋네요~.”
소년 병사가 이야기에 반응했다.
그는 연애담을 좋아하는 모양이군.
“인기 있는 거 아냐. 양치기들이 피해를 보던 분사 늑대(로켓 울프)나 초원 늑대들을 몇 번인가 퇴치했을 뿐이지.”
“그렇지. 마리엔텔 경은 목장주들이나 사모님들한테도 대인기니까.”
겸손하는 유켈 군을 죠아 훈련생이 추켜세웠다.
유켈 군은 양치기들에게 인기가 있나 보군.
“이제부터 더 인기가 생기겠네요! 누가 뭐래도 『마인』 사용자니까요!”
“나 같은 건 아직 멀었어.”
들러붙는 소년 병사를 유켈 군이 가볍게 떨쳐냈다.
“그리고, 인기가 있어도 의미가 없지.”
중얼거리듯 독백한 유켈 군이 컵에 든 술을 단숨에 들이켰다.
“콜록, 콜록콜록.”

"아~, 미안. 그건 내가 부탁한 증류주야."

"마리엔텔 경, 물입니다. 물을 마셔요."

알코올 도수가 높은 술을 마시고 사레가 들린 유켈 군에게, 크루트 훈련생이 물이 든 컵을 건넸다.

유켈 군은 술에 강하지 않은 모양이라 증류주를 단숨에 마시고 다운되어 버렸다.

"조금 눕혀두고 온다고 고합니다."

"저쪽에 눕히죠."

나나와 리자가 유켈 군을 들어서 가까운 나무 그늘에 눕혔다.

"물을 넉넉히 마셔. 몸이 알코올을 분해하려면 물이 필요하니까, 듬뿍 마셔두지 않으면 숙취에 시달릴 거야."

아리사가 말하고 물이 든 컵과 주전자를 유켈 군 옆에 두었다.

"자작님. 우리도 마인을 쓸 수 있게 될까요?"

유켈 군을 눕혀두고 자리에 돌아오자, 병사 몇 명이 같은 것을 물었다.

아직 몸에 마력을 흘리는 것에 간신히 익숙해진 훈련생들은, 조금 어려울 거라고 생각한다.

"리자에게 가르침을 청하면 가능할지도 모르죠."

물론 나도 가르칠 수는 있지만, 특별 훈련을 하는 것은 리자니까 그런 식으로 대답했다.

"수인에게 가르침을……."

그런 식으로 고뇌하는 자도 있었지만, 욕망에 충실한 자가 더 많은 모양이다.

"리자 공, 나한테도 『마인』을 가르쳐 주세요!"

""""나도!""""

인기 만점인 리자가 난처한 표정으로 나를 보았다.

"진정하세요. 그녀들의 특별 훈련은 여러분이 하고 있는 일반 훈련과 달라요. 필요한 대가가 대단히 커서 백작님의 허가가 필요합니다."

"그런가, 그렇겠지……."

포기하는 자가 태반이었지만, 「백작님한테 직소하면 되는 거지?!」하고 크루트 훈련생이 외치자 「그래, 직소다」, 「나도 마인을 쓰고 싶어」, 「그러면 색시도 마음껏 고를 수 있지」 하고 말하며 들뜨기 시작했다.

뭐 훈련을 보이콧하는 기사보다는 욕망에 충실한 그들이 가르치기는 쉬워 보이네.

"정말이지. 백작님에게 직소를 하고말고, 이웃 영지에 가셨지 않나……."

최연장 훈련생이 젊은이들에게 기가 막힌다는 시선을 보내면서 에일을 들이켰다.

"영주님이라면 저녁 무렵에 돌아오셨다고 해요."

"그래?"

"네. 우리 애들이 영주님의 비공정을 봤다고 기뻐했으니까요."

새로운 술병을 가져다준 점장이 그걸 가르쳐 주었다.

맵으로 확인하자, 분명히 백작이 성에 있었다.

오늘은 이미 늦었으니, 내일 아침이라도 백작에게 면회를 청해서 진척을 보고해야지.

"……오나 님."

유켈 군의 잠꼬대를 포착했다.

"나는 힘낼 겁니다. 누님처럼 강해져서, 언젠가 당신 곁에……."

힘내라, 유켈 군.

뇌수 퇴치

"사토입니다. 게임 캐릭터에는 특정한 스테이터스를 극단적으로 올린 올인 빌드가 있습니다만, 스피드에 올인한 캐릭터에게 일격필살의 공격이 맞지 않아서 고생한 기억이 있습니다. 뭐, 그럴 때는 범위 공격으로 갈아버리지만요."

"사토 씨!"

들뜬 목소리에 돌아보자, 사관복을 입은 제나 씨가 있었다.

성의 복도에 들어오는 아침의 빛이, 제나 씨의 해님색 머리카락에 반짝반짝 반사된다.

"제나 씨, 안녕하세요?"

백작에게 면회를 청했더니 아침 식사 초대를 하길래 아침 일찍부터 성에 왔는데, 생각지 못한 서프라이즈가 기다리고 있었다. 일찍 일어나면 득을 보는군.

"이런 시간부터 일인가요?"

"아뇨. 스승님과 함께 백작님의 조식회에 호출을 받았어요."

그건 실질적으로 일이 아닐까?

"저도 조식에 초청을 받았으니, 함께 가죠."

"네!"

그렇게 기뻐하면 송구하잖아.

안내하는 메이드는 분위기를 읽었는지, 말없이 한 걸음 물러난 위치에 있었다. 상당한 실력이군.

“기껏 같은 도시에 있는데, 좀처럼 만날 기회가 없네요.”

“죄송합니다. 아침부터 밤까지 수련이라…….”

“사과하실 것 없어요. 저도 아침부터 훈련생들 상대를 하고 있었으니까요.”

마법 상점 앞에서 우연히 만난 뒤에는, 좀처럼 제나 씨랑 스케쥴이 맞지를 않았단 말이지.

“수련은 순조롭나요?”

“네! 스승님의 가르침으로, 여러 가지 벼락 마법을 쓸 수 있게 됐어요.”

제나 씨는 충실한 나날을 보내고 있는지 반짝반짝 빛나는 미소로 대답했다.

새로운 것을 익히고, 그걸 소화하는 실감을 얻을 무렵은 가장 즐거운 기간이지.

그런 이야기를 하고 있는데, 어느샌가 목적지에 도착해 버렸다.

“펜드래건 자작님과 마리엔텔 마법병이 도착했습니다.”

식당에 도착하자, 지금까지 존재감을 지우고 있던 메이드가 문을 노크하고 방 안에 말을 걸었다.

안에서 「들어오라」라고 말하는 백작의 깊이 있는 목소리가 들렸다. 아무래도 백작은 이미 착석하고 기다리는 모양이군.

방 안에는 백작 말고도 무녀 오나, 벼락 영감 베크먼 남작과 그의 손자, 키고리 경과 유켈 군이 있었다.

"—유켈?"

제나 씨가 당황한 목소리를 냈다.

그녀는 유켈 군이 동석하는 걸 몰랐던 모양이다.

"좋은 아침입니다, 백작 각하. 오늘은 초청해주셔서 정말 감사합니다."

"잘 왔네, 펜드래건 경. 나누고 싶은 말은 많지만 우선 아침을 들지."

메이드의 안내로 자리에 앉고, 모두의 자리에 아침 식사가 나왔다. 아침부터 코스 요리인가 보군.

전채인 샐러드, 수프에 이어서, 메인은 키슈 같은 것이었다.

냄새로 고기 키슈라는 건 예상이 됐지만, 한 입 먹고 나서 깨달았다. 리버 페이스트가 안에 듬뿍 들어가 있군. 키드니 파이라고 해야 하나 키드니 키슈란 느낌이군. 독특한 풍미를 가진 허브가 듬뿍 들어있으면서 냄새가 느껴지지 않는다. 함께 들어있는 시금치 같은 야채하고도 잘 조화되고 있었다.

리버 페이스트는 그렇게 좋아하지 않지만, 요리사의 솜씨가 좋은지 마지막 한 입까지 맛있게 먹었다.

이건 성찬에 속하는 건지, 제나 씨가 아주 멋진 미소로 입에 옮기고 있었다.

아침은 종류가 적은 건지, 메인 다음에는 컷팅 후르츠에 달콤한 소스를 뿌린 디저트가 나왔다. 품종개량이 안 된 건지 후르츠 자체의 단맛은 적지만, 뿌린 소스가 엄청 달아서 딱 좋은 느낌이다.

“펜드래건 경은 뇌수란 것을 알고 있는가?”

식후의 청홍차가 나온 타이밍에서, 백작이 나에게 말했다.

“실물을 본 적은 없습니다만, 크하노우 백작령과 무노 백작령에서 소문을 들었습니다.”

“소문뿐인가…….”

“오두막 말고도 피해가 생긴 건가요?”

“—오두막?”

문지기가 올린 뇌수의 목격정보가 아직 백작에게 전달되지 않았나 보네.

“그 정도라면 좋았겠네만.”

백작의 말에 따르면, 광산도시에 나타난 뇌수 탓에 채굴이 지체되고 있는 모양이다.

“우리가 불려왔다는 것은, 나랑 제나가 토벌하라는 겐가?”

“그래. 호위로 키고리와 기사를 한 부대 붙여주지.”

벼락 영감의 확인에 백작이 수긍했다.

“같은 속성의 마법은 효과가 안 좋아. 그건 알고 있지 않은가?”

“물론이지. 그러나, 마주친 부대의 보고에 따르면 화살도 불 지팡이도 바람 마법도 가볍게 회피하여 스치지도 않았다 하더군. 빛 마법을 의지했지만 불가사의한 힘으로 비껴내고, 흙 마법에 이르러선 닿지도 않았다고 하네.”

빛 마법은 자기장으로 휘는 건가?

“그렇군. 그래서 속도가 뛰어난 벼락 마법인가…….”

“그렇지. 설령 같은 속성이라도, 벼락 영감 정도의 술사라면 수는 있겠지?"

백작이 말하자, 벼락 영감은 어려운 표정으로 수긍했다.

"제나도 괜찮겠지?"

"네! 미력하나마 최선을 다하겠습니다."

갑자기 말을 걸어서 놀란 표정의 제나 씨가, 의자를 쓰러뜨릴 기세로 일어나서 경례했다.

제나 씨도 참가하는 모양이니, 뇌수가 어느 정도 위험한지 조사하기 위해 맵 검색을 했다.

광산도시에서 두 개 정도 떨어진 산에 비뢰 사슴(라이트닝 디어)이라는 레벨 22의 마물이 몇 마리 있었다. 뇌수라는 울림과는 거리가 멀지만 하늘도 날 수 있는 모양이고, 벼락 계통 스킬을 몇 종류인가 가지고 있으니 이게 소문의 「뇌수」가 틀림없겠지.

이 정도의 마물이라면, 제나 씨 일행만 가도 문제없겠어.

그렇지만—.

"저희들도 도울까요?"

내가 그렇게 말하자, 제나 씨가 기쁜 표정을 지으며 돌아보았다.

"배려에 감사하네. 그러나, 척후의 보고를 들어보니 『마왕 살해자』 나리가 나설 정도의 상대는 아니야."

색적이 어려울 것 같다고 생각하여 말해봤는데, 백작이 깔끔하게 거절해 버렸다.

벼락 영감도 그 판단에 이견은 없는 모양이다. 제나 씨는 아쉬운 기색이지만, 이 자리에서 항의할 수 있는 입장이 아니라 입을 열지는 않았다.

"구제 부대의 편성은 벼락 영감에게 맡기지."

백작이 벼락 영감에게 말하고, 나를 보았다.

"그러면, 펜드래건 경. 내가 고른 기사와 병사의 일부를 훈련에서 자의적으로 제외하고, 선발되지 않은 자를 멋대로 단련시켰다 하던데, 뭔가 할 말 있는가?"

아마도 키만 남작이나 땡땡이 기사가 백작에게 불만을 호소한 거겠지.

백작이 「선발되지 않은 자」라고 말할 때, 유켈 군과 키고리 경이 조금 어색한 기색이었다.

"아버님, 마리엔텔 경의 일은—."

"이건 펜드래건 경과 나누는 대화다. 너는 입다물고 있거라."

무녀 오나가 대신 항의해줬지만, 백작이 가차없이 기각했다.

백작이 답을 바라는 것처럼 나를 보았다.

"제외인가요? 자의로 훈련을 거절한 자는 있습니다만, 제가 자의적으로 제외한 일은 없습니다."

"거절했다, 고?"

"네. 병사들 이야기에 따르면, 위에서 압력을 걸었다고 합니다."

"위에서 압력을? 누구지?"

백작의 물음에 고개를 옆으로 저었다.

키만 남작인지 그 위세를 빌린 바보 아들인지는 모르지만, 증거는 딱히 모으지 않았다.

"상관없어. 말하게."

"다른 영지의 사정에 참견할 생각은 없습니다."

병사들에게 사정 청취를 해보시면 어때요?

"미궁 권리에— 아니, 펜드래건 경의 방해를 하는 의미가— 경의 방해? 그런 일을 하는 의미는— 그렇군."

중얼중얼 사고를 돌려보던 백작이 고개를 들었다.

"키고리. 전부터 오나에게 접근하던 귀족의 아들이라는 것은 누구지?"

"키만 남작의 적자인 자미엘이군요."

—백작, 굉장하네.

고작 그 정도의 정보로 범인을 알아내 버렸다.

"아무래도, 어리석은 자가 폐를 끼친 모양이군. 이번에 훈련을 받지 않은 자가 셈해도 상관없어. 어리석은 자는 내가 직접 조치를 할 테니, 분을 삭여주게."

"알겠습니다."

보통은 온건한 조치를 취하도록 말을 해두겠지만, 괜히 귀찮게 군 상대를 용서해줄 필요는 없겠지.

대단한 죄는 안 되겠지만, 우리가 용건을 마칠 때까지 얌전히 있어주면 된다.

"선발되지 않은 자에 대해서입니다만, 방금의 일로 기사가 한 명도 남지 않았기 때문에 성과를 보여주는데 적합한 인재에게 권유했습니다. 물론, 그의 상사에게 허가도 받았고 그를 훈련 인원으로 헤아릴 생각도 없어요."

"키고리, 틀림없는가?"

백작이 키고리 경에게 확인했다.

"네. 제 판단으로 마리엔텔 경을 천거했습니다."

"그러면 됐다. 너의 판단을 믿지."

키고리 경은 무녀 오나와 유켈 군이 직접 담판을 지으러 온 것을 말하지 않고, 자기 책임이라고 말해줬다. 좋은 사람이야. 다음에 맛있는 술이라도 선물해야지.

"그래서, 성과는 나왔는가?"

"네! 『마인』을 익혔습니다!"

"—마인? 진실인가?"

유켈 군의 보고를 들은 백작이 의심스럽게 물었다.

그 옆에서, 무녀 오나가 눈빛을 반짝거렸다.

"네!"

"그러면, 보어봐라."

백작이 식당 옆의 안뜰로 나섰다.

유켈 군이 그 뒤를 따르고 우리들도 따라갔다.

"—앗."

검이 없는 것을 깨달은 유켈 군이 당황했다.

"이걸 쓰십시오."

시종 할아버지가 식당에 장식된 세검을 유켈 군에게 건넸다.

날을 죽여둔 의례용 검이다.

"갑니다."

유켈 군이 세검을 쥐고 마력을 주입했다.

내가 만든 주조 마검이 아니니까 유켈 군이 고전하고 있다. 마인이 형성되기 전에 마력이 확산되어버리는 모양이다.

"유켈, 힘내요."

"네, 오나 님."

무녀 오나가 격려하자, 유켈 군이 힘을 내보지만 한 걸음 앞에서 잘 안 되는 모양이다.

"……유켈."

제나 씨도 주먹을 쥐고서, 유켈 군을 지켜보았다.

"아직, 익숙한 검이 아니면 못 쓰는 모양입니다."

키고리 경이 유켈 군의 주조 마검을 가져왔다.

유켈 군이 마인에 고전하는 것을 짐작하고, 맡겨둔 무기를 가지고 다녀와준 모양이군.

"이걸 써라."

"키고리 님, 감사합니다!"

유켈 군이 주조 마검에 마력을 주입했다.

방금 전과 달리 흐르는 마력이 안정적이다.

"하아아아아아아앗!"

유켈 군이 기합과 함께 외치자 주조 마검에 마인이 나타났다.

불안정하고, 당장이라도 사라질 것 같지만 마인임은 틀림없다.

"유켈!"

무녀 오나가 환희의 소리를 질렀다.

이렇게 보니, 평소에는 의젓한 무녀 오나도 그 나이의 소녀구나.

백작은 그 모습을 뜻밖이라는 것처럼 본 다음, 감탄한 표정으로 유켈 군을 보았다.

"분명히 마인이군. 한 소월도 안 되는 기간에, 신인 기사가 마인을 익히게 되다니. 과연 『마왕 살해자』라는 것인가……."

과연, 부분에서 내 쪽을 돌아보았다.

"각하, 유켈 공을 단련시킨 것도 마인을 가르친 것도 제가 아닙니다."

"—뭣이?"

백작의 착각을 정정했다.

"귀공이 아니라면, 부도의 쥬레바그를 이겨낸 그 여걸인가?"

"네, 리자를 필두로 한 동료들의 힘입니다."

"어째서, 귀공이 가르치지 않았나?"

"저보다도 그녀들이 훨씬 가르치는 것에 능숙합니다."

엄격한 표정의 백작에게 이유를 전했다.

"그 사들에게 가르침을 받으면, 나도 『마인』을 쓸 수 있게 되는가?"

백작이 동경을 논하는 소년의 눈동자로 말했다.

왕도의 케르텐 후작도 그랬지만, 무에 뜻을 둔 적이 있는 사람에게 「마인」은 특별한 모양이야.

"가능합니다. —그러나, 관두시는 편이 좋을 겁니다."

"어째서지?"

"대단히 가혹한 수련이니까요."

내가 말하고, 유켈 군을 보았다.

"유켈, 어떤 훈련을 받았지?"

백작의 질문에, 유켈 군은 훈련생들에게 말한 것과 같은 내용을 존댓말로 전했다.

"……그런."

"참으로 가혹한 훈련을 한 모양이군……."

"진짜냐. 엉망진창이구만."

무녀 오나가 아연한 표정으로 입가를 손으로 덮고, 백작과 키고리 경이 기막힘과 감탄이 섞인 소리로 말했다.

제나 씨는 중얼거리며 동정의 시선으로 동생을 보았다.

그녀도 세리빌라 미궁에서 비슷한 수련을 했으니까.

"펜드래건 경, 당신들은 유켈의 목숨을 뭐라고 생각하는 건가요!"

무녀 오나가 분개한 목소리로 나에게 외쳤다.

먼저 훈련에 참가시켜 달라고 부탁한 건 그녀지만, 유켈 군에게 들은 내용에 쇼크를 받은 모양이네.

"오나 님, 기다려 주십시오. 리자와 동료들이라면 괜찮습니다."

"누님 말이 맞습니다! 제가 마물에게 짓눌릴 것 같아지면, 금방 리자 스승님이 개입해서 마물을 처치해 주었습니다. ……한계는 여러 번 시험을 받았습니다만."

제나 씨와 유켈 군이 나랑 무녀 오나 사이에 끼어들었다.

"제나의 훈련도, 유켈과 같은 느낌이었는가?"

"아뇨, 저희들은 조금 더 느슨했습니다."

기본은 같지만 말야.

"과연, 미츠쿠니 여공작이 훈련법을 가볍게 전수하지 않을만하군."

"음. 그러한 방법을 섣불리 흉내내면 시체의 산이 생길게야."

백작이 납득한 표정으로 말하고, 벼락 영감이 하얀 수염을 매만지면서 이어 말했다.

"각하. 사선을 뛰어넘은 젊은이에게, 뭔가 포상이 필요하지 않겠습니까?"

키고리 경이 백작에게 말했다.

"……포상이라."

생각하는 백작에게, 키고리 경이 사이좋게 나란히 선 유켈 군과 무녀 오나에게 시선을 보냈다.

"마인을 익혔으니. 적검일등훈장을 주마."

백작이 말하자, 유켈 군과 무녀 오나가 미묘한 표정으로 기뻐했다.

"오나 공과의 혼인 허가는 무리입니까?"

키고리 경이 질러버렸다.

유켈 군과 무녀 오나가 기대하는 표정으로 백작을 보았다.

"무리로군."

즉답하는 백작의 말에, 유켈 군과 무녀 오나의 표정에 그늘이 졌다.

제나 씨가 배려하듯 두 사람을 지켜보았다.

"오나는 국내의 유력 귀족에게 시집보낸다."

"혹시, 이번 카게우스령 방문은—."

"그건 다른 일이다. 최유력 후보는 거절했다만, 무노 백작의 적자나 왕도에 영향력이 있는 릿튼 백작가나 아시넨 후작가를 생각하고 있다."

전부 내 지인들이네.

"비스탈 공작가도 생각했다만, 그 가문은 지난번 내란으로 영지가 흐트러져 있으니까 오나를 괜히 고생시킬 생각은 없다."

"로스워드, 오나 공은 영내 귀족에게 시집을 보내 곁에 두는 것이 아니었던고?"

벼락 영감이 백작을 이름으로 부르며 물었다.

두 사람은 그냥 주군과 가신의 관계는 아닌 모양이군.

"미궁이 생기기 전에는 그게 최선이었지만, 지금은 달라. 미궁 산업을 살릴 인맥이 필요하다."

백작이 벼락 영감에게 대답하고, 유켈 군과 무녀 오나에게 들려주었다.

"미궁도시의 태수인 아시넨 후작은 이해합니다만, 릿튼 백작이나 무노 백작과 혼담을 맺는 것도, 말입니까?"

내가 나설 입장은 아니지만, 무심코 물어버렸다.

"릿튼 백작가는 왕도의 사교계를 휘어잡은 가문이야. 발목을 잡히지 않도록 움직이려면 정보가 필요하니까. 무노 백작가는 말할 것도 없겠지? 무노 백작의 직신인 귀공과 인연을 맺기 위해서야."

백작이 말하고 나를 보았다.

나 자신이 아직도 두 사람의 사랑에 장애물이 되고 있을 줄은 몰랐다.

"—마리엔텔 경."

"네!"

이름을 불린 유켈 군이 직립부동이 되었다.

"오나를 아내로 맞고 싶다면, 『마왕 살해자』—까지 말하진 않는다. 영지 안의 위협이 되는 중급 마족급의 괴물을 처치하거나,

용퇴자가 될 정도의 무훈을 쌓아봐라. 그 무위로 영내 귀족에게 충분한 영향력을 가질 수 있다면, 오나와 혼약을 생각해보마."

"……중급 마족……용퇴자?"

유켈 군이 아연해졌다.

뭐, 기사라지만 15세의 소년에게는 좀 무모하잖아.

"아버님! 그러한 일을 할 수 있는 자가 영지 안에 있다고 생각하십니까!"

초췌해진 유켈 군을 본 무녀 오나가 맹렬하게 항의했다.

"벼락 영감이라면 할 수 있겠지."

"무모한 소리를 하는구먼. 나라고 해도 용을 물리칠 수는 없을 게야. 고작해야, 하급룡을 견제하는 것이 고작일 테지."

그 말을 들은 벼락 영감이 일부를 부정했다.

뭐, 그의 레벨이라면 상황에 따라 중급 마족 정도는 어떻게 될 거야.

그건 제쳐두고, 지금의 유켈 군에게 중급 마족급의 마물을 퇴치시키는 건 지나치게 무리한 난제다. 성검을 들려주고서도 순살당할 거야. 일단은, 30이었던 목표 레벨을 40 정도까지 끌어올리지 않으면 승부조차 어려워.

"마리엔텔 경, 귀족으로서 마땅한 이치를 바꾸려는 것이다. 그만한 무리는 필요한 법이야."

백작이 말하고 식당을 떠났다.

제나 씨가 유켈 군과 무녀 오나를 배려하는 시선을 보냈다.

"유켈, 아버님의 말을 진담으로 듣고 있는 건 아니겠죠?"

"……오나 님. 괜찮습니다. 알고 있어요."

"정말로 알고 있는 건가요? 목숨을 잃으면 아무것도 이룰 수 없어요."

걱정하는 무녀 오나에게, 유켈 군이 딱딱한 표정을 돌렸다.

응. 틀림없이 무모한 짓을 할 셈이군.

리자에게 말해서, 그가 지나치지 않도록 주의를 시켜야겠어.

◆

"사토 씨, 다녀올게요!"

"제나 씨, 조심하세요. 이건 선물입니다."

내가 말하고, 식후에 서둘러서 만들어낸 피뢰침 마법 도구(매직 아이템)를 제나 씨에게 건넸다.

이건 어둠 광석을 이용한 특수한 피뢰침인데, 평범한 피뢰침보다 광범위의 번개를 빨아들여 무효화 해주는 물건이다. 제조하는데 이제 막 익힌 「절연체」랑 「정전기 제거」 마법이 활약해주었다.

평소에는 테니스볼 사이즈니까 가지고 다니기 쉬운 전용 파우치에 넣어두면 방해가 안 될 거야.

"고맙습니다, 사토 씨."

제나 씨가 반짝반짝하는 눈빛으로 나를 보았다.

"아쉬운 건 알겠다만, 이제 그만 가자꾸나."

"죄, 죄송합니다, 스승님!"

벼락 영감이 놀리자, 제나 씨가 얼굴이 빨개져서 말을 탔다.

광산도시까지는 모두 기마를 타고 가는 모양이군.

"제나 님, 무운을 빌겠습니다."

"포치도 제나의 무우운을 비는 거예요!"

"힘내~."

아인 소녀들이 제나 씨에게 인사했다.

"고마워요. 여러분도 유켈을 부탁해요."

"네, 맡겨주십시오."

"훌륭한 검사로 만들어~."

"네 인 거예요. 유켈을 **강강강**한 검사로 만드는 거예요!"

대답하는 아인 소녀들 뒤에서 유켈 군이 「나는 검사가 아니라 기사인데」라고 투덜거리고, 크루트 훈련생 일행에게 위로를 받고 있었다.

제나 씨 일행의 출발을 배웅하고, 우리는 미궁으로 갔다.

◆

"—당신하고는 상관없습니다!"

미궁 앞 광장에 오자마자, 무녀 오나의 목소리가 들렸다.

목소리의 방향을 살피자, 천막 앞에서 말다툼을 하는 무녀 오나와 통통한 귀족 청년이 있었다. 귀족 청년 뒤에는 기사와 병사가 서 있군.

"저건, 기사 핀카로랑 바크타 고참병 아닌가?"

"정말이네. 같이 있는 건— 자미엘 공이구만."

아무래도, 키만 남작의 바보 아들과 추종자들이 무녀 오나에게 시비를 거는 모양이다.

아직 백작이 내린 처분 통보가 안 갔나 보군.

"오나 님!"

유켈 군이 달려갔다.

우리도 뒤따랐다.

"……유켈."

달려간 유켈 군을 보고 무녀 오나의 표정이 부드러워졌다.

그것을 불쾌하게 생각했는지, 바보 아들이 유켈 군을 노려보았다.

"충견 자식. 또 나타났군……."

"자미엘 공, 오나 님에 대한 무례는 용서하지 않습니다."

"네놈 같은 조무래기 기사가 이름을 부르도록 허락한 기억은 없다! 그리고 무례라고? 네놈 같은 달걀 껍질도 깨지 못한 병아리가 주제를 알아라!"

바보 아들이 소리 높여 유켈 군을 매도했다.

"뉴~."

"술냄새 나는 거예요."

타마와 포치가 코를 잡고서 표정을 찌푸렸다.

"수인 꼬맹이가! 어이, 바크타!"

"꼬맹이 교육은 맡겨 주십시오!"

바보 아들의 명을 받은 바크타 고참병이, 가까이 있던 막대기로 타마와 포치를 후려쳤다.

"스르르~응."

"술래잡기, 인 거예요."

타마와 포치가 가뿐하게 피한다.

"이놈, 이놈!"

"별 거 아냐~?"

"이거는 100년 지나도 안 맞는 거예요?"

바크타 고참병이 욱해서 막대기를 휘둘렀지만, 타마와 포치에게 스칠 낌새도 없다.

"어딜 놀고 있냐! —핀카로!"

"꼬맹이 상대는 사양하겠습니다."

바보 아들이 기사에게 말했지만, 그는 귀찮은 기색을 숨기지도 않고 거절했다.

완전히 부하인 건 아닌가 보군.

"오나 님, 이쪽은?"

바보 아들이 자기소개를 안 하길래, 무녀 오나에게 물었다.

"키만 남작의 자제입니다."

"—그렇군요."

무녀 오나는 그의 이름을 말하기도 싫을 정도로 싫어하는 모양이군.

"네놈은 누구냐?"

남작의 바보 아들에게 네놈이라고 불릴 이유는 없지만, 이런 녀석은 권위에 약하니까 제대로 된 자기소개를 해주자.

"시가 왕국 관광 대신, 무노 백작가 가신 펜드래건 자작이다."

"흥, 다른 영지 귀족의 자제인가."

그는 귀가 안 좋은가 보군.

"펜드래건 경은 귀족 자제가 아닙니다. 자작가 당주 본인이십니다."

유켈 군이 정정해 주었다.

"이런 꼬맹이가?"

"그건 키만 남작가가 펜드래건 자작가를 모독했다고 해석해도 상관없을까?"

"다른 영지의 귀족 따위가, 세류 시에서 큰소리치게 둘 것 같은가!"

아무래도 물러설 수가 없는 모양이군.

"그렇지, 생각났다! 네놈이 오나 공에게 접근했다는 다른 영지의 귀족이군!"

끓는 점이 낮은 바보 아들이, 허리의 검을 뽑았다.

검에서 불티가 흩어졌다.

"—마검?"

이런 바보에겐 아까운걸.

"제정신인가요! 검을 넣으세요!"

"오나 공, 걱정하실 것 없소. 이런 저열한 자 따위는, 우리 가문의 가보, 불새 먹기로 베어버리겠습니다."

무녀 오나가 막으려 했지만, 바보 아들은 그녀의 관심을 얻어서 신이 나버렸는지 마검을 치켜들며 이쪽을 위압했다.

마침 포치랑 타마를 따라다니던 바크타 고참병이 가까이 있길래, 그에게서 막대기를 빼앗았다.

"무기를 집었군! 이건 결투다!"

빈틈투성이의 참격이 오길래, 막대기에 한순간만 마인을 둘러서 상대의 검을 요격했다.

카앙하고 금속음이 나면서 마검이 부러졌다.

"어라?"

그냥 튕겨낼 셈이었는데, 검신이 물러져 있었는지 격돌한 순간에 부러져 버렸다.

"아아아아앗, 우리 가문의 가보가!"

무릎을 꿇은 바보 아들이, 검의 자루를 끌어안으면서 외쳤다.

"어라라~?"

"검은 궤적이 흔들리면 안 되는 거예요."

포치에게 쓴소리를 들은 바보 아들이 「닥쳐라, 아인!」하고 외쳤다.

매도를 듣고 귀가 푹 누워버린 포치와 타마를 등뒤로 감추고, 바보 아들의 시선을 막았다.

"어떻게 할 거냐!"

"막대기랑 부딪힌 정도로 부러지다니…… 좋은 검이라도 적절하게 손질하지 않으면 보물도 소용없습니다."

대드는 바보 아들에게, 이거야 원 하고 음성이 들릴 것 같은 포즈로 대답했다.

더 시비를 걸 줄 알았는데, 기사 한 명이 「그 이상은 수치를 거듭하게 됩니다」라고 해서 바보 아들을 말려주었다. 기사 핀카로하고는 다른 사람이다.

"아아아아, 이게 들키면 아버님에게 혼난다아아아아. 어떻게 할 거냐, 바크타!"

"아니, 나한테 말해봤자."

바보 아들이 바크타 고참병한테 화풀이를 했다.

그야말로 「알게 뭐야」 안건이군.

"마리엔텔 경."

방금 전의 기사가 유켈 군에게 말을 걸었다.

"경이 마인을 익혔다는 것은 사실인가?"

"네, 아직 자유롭게 쓸 수 있는 것은 아닙니다만."

"그렇군—."

그 기사가 나를 돌아보았다.

"펜드래건 자작, 일전의 무례를 사과한다. 나도 귀공에게 가르침을 받고 싶다. 허가를 받을 수 있겠는가?"

"어이! 게네스, 네놈! 배신하는 거냐!"

"배신자로 불리는 건 유감이다. 키만 남작에게 은혜가 있어 도왔지만, 이 정도까지 해주지."

"그럼, 나도 그만해야겠다."

"노사이트, 네놈도 배신하는 거냐!"

기사 두 명이 이탈하자 바보 아들이 짖었다.

"기사 게네스, 당신의 마음은 이해했습니다."

"참가하게 해주겠는가?"

기사 게네스가 민감하게 물었다.

"그건 상관없습니다만, 지금 당장이 아닙니다."

"어째서지?"

기사 노사이트가 스스럼 없는 느낌으로 물었다.

"중간 참가를 할 수 없어요. 유켈 공의 훈련이 끝나면 다음 훈련생의 교육이 시작되니까, 그것에 참가하고 싶다고 세류 백작에게 신청을 해주십시오. 훈련생을 정하는 것은 백작이니까요."

"알았다. 백작님께 고개를 숙이지."

"—아, 기다려 주세요."

돌아서려는 기사들을 제지했다.

"뭐지?"

"마인을 가르치는 훈련은, 제가 아니라 그녀들이 합니다. 『여성』이고 『아인』입니다만, 그래도 괜찮겠습니까?"

"마인을 배우는 것에 비하면 사소한 일— 아니, 그 전에 당신들에게 실례되는 발언을 했으니 사과한다."

기사 게네스가 문제없다고 대답하려다가, 중간에 「여자와 아이들, 하물며 아인 따위에게 배울 생각은 없다」라고 발언했던 과거를 떠올리고 리자와 동료들에게 고개를 숙였다.

이 느낌이면, 아인 소녀들이 가르쳐도 제대로 배우겠지.

"오나 님, 오늘은 결계석의 정화를 하러 오셨나요?"

"아뇨, 당신이 무모한 짓을 하지 않도록 나도 따라갑니다."

아무래도, 무녀 오나는 유켈 군이 걱정되어 여기에 온 모양이다.

"리자 스승님, 오나 님이 동행해도 괜찮을까요?"

"—주인님, 어떻게 할까요?"

유켈 군이 리자에게 물었지만, 리자는 판단이 어려운지 나에게 물었다.

"훈련에 방해되지 않는다면 상관없어요."

경험치 효율이 떨어지지만, 무녀 오나는 절대 물러서지 않을 느낌이다. 사랑에 빠진 소녀는 강하군.

"그러면 갈까요."

기사들이 물러가도 떠들어대는 바보 아들을 방치하고, 우리는 오늘 훈련을 시작하기 위해 미궁에 진입했다.

◆

"이, 이건."

"마물이 우글거리는구만."

"미궁에 이런 장소가 있다는 건 몰랐다."

마물의 양식장소를 본 훈련생들이 입을 모아 놀란 소리를 냈다.

그들의 직업상, 세리빌라 미궁에서 마물 양식장을 본 에치고야 상회 간부 아가씨들처럼 무서워하지는 않았다.

참고로 유켈 군의 육성반은 오늘 별개 행동이다.

"이 마법 도구를 들고 순서대로 공격해주세요. 쓰러뜨리는 게 아니라, 골고루 광범위에 대미지를 주는 느낌으로. 공격하기 전에 방금 전까지 훈련한 것을 떠올리면서 쏘세요."

나는 살상력이 낮은 투사총(스프레이 건)을 훈련생들에게 건네고, 양식장의 구멍이 보이는 장소에서 순서대로 공격을 시켰다.

아무래도 투사총의 수가 부족하니까 교대로 했다.

"전원, 공격했나요?"

""""네!""""

다음은 이걸로 마물을 처치해서, 훈련생의 경험치로 바꾸면 완료다.

"그런데, 자작님. 이건 무슨 의미가……."

"그건 조금 지나면 알 수 있어요."

나는 미아에게 마무리를 부탁했다.

"미아."

"응, 프라우—얼음 감옥정원(아이스 가든)."

얼음의 의사정령 프라우의 강력한 정령 마법이 양식한 마물들을 한순간에 얼음조각상으로 바꾸었다.

얼음에 갇히고도 살아있는 끈질긴 마물도 있지만, 서서히 체력 게이지가 줄어들어 몇 분 뒤에는 전멸했다.

"우옷."

"엄청나구만."

"추워. 여기까지 냉기가 오잖아."

구경을 좋아하는 훈련생이 구멍 근처까지 가서 안을 들여다 보았다.

"여러분, 위험하니까 물러나세요."

"괜찮습니다. 꼬맹이도 아니니까 떨어지진 않—."

"—위험해요."

말하자마자 즉시 훈련생이 현기증을 일으켜 구멍에 떨어질뻔 하길래, 재빨리 어깨를 붙잡아 끌어왔다.

조금 거칠었지만, 구멍에 떨어져 얼음조각상에 충돌해서 크게 다치는 것보다는 낫겠지.

"죄송합니다. 어쩐지 몸이 이상해서."

"여러분, 안전 확보는 우리에게 맡기고 그 자리에 앉으세요."

비틀거리고 있어서 위험하니까, 훈련생들을 구멍에서 떨어진 장소에 앉혔다.

"우리들, 대체 무슨 일이지?"

"혹시, 마물의 저주인가?"

"잔뜩 죽여버렸으니까……."

뜻밖에 미신을 잘 믿는지, 훈련생들이 불안한 표정으로 말했다.

그러고 보니, 저주 같은 것도 있으니까 쓰러뜨린 마물에게 저주를 받는 것도 있을 법한 이야기로군.

"레벨업 멀미."

미아가 조용히 그들의 컨디션 불량의 이유를 가르쳐 주었다.

"—네?"

"미아 님 말처럼, 여러분의 몸이 안 좋아진 이유는 레벨업 멀미라는 속칭으로 불리는 겁니다."

미아의 설명을 이해 못 한 것을 짐작한 아진이, 나 대신 풀어서 설명해주었다.

"이게 레벨업 멀미?"

"고참병들의 헛소리가 아니었구나."

"영웅담에 적혀있던 레벨업 멀미를 우리가 경험하다니!"

훈련생들이 레벨업 멀미에 감동했다.

그들은 순찰 임무로 레벨 30급의 와이번과 싸우는 일도 있으니 가까운 경험자가 있어도 이상하지 않은데, 여기 있는 멤버는 미경험이었군.

AR표시에 나타난 그들의 스킬란에, 이제 막 익혀서 그레이아웃된 스킬이 표시되었다.

7할 정도 예정대로 스킬을 획득했다. 그들이 쓸 수 있는 양식 구멍은 아직 두 개 더 있으니까, 휴식을 하고서 미취득자에게 재훈련을 시킨 다음에 다시 한번 파워 레벨링을 실행할 생각이다.

"잠깐 휴식을 합니다. 시간이 되면 깨울 거니까, 잠시 가면을 취하세요."

"……가면, 인가요?"

"네, 그게 더 빨리 몸이 회복되니까요."

"이런 장소에서?"

훈련생들이 불안한 기색으로 서로의 얼굴을 마주보았다.

"우리가 주변을 경계하고 있으니까 안심하세요."

""""예스 마스터. 쥐새끼 한 마리 통과 못한다고 보증합니다.""""

나랑 자매들이 안전을 보증하자, 그제야 훈련생들이 눈을 감았다.

역시 레벨업 멀미를 버티고 깨어 있기는 어려웠는지, AR표시에 나타난 훈련생들의 상태가 차례차례 수면으로 바뀌었다.

다음은 그레이아웃 되어 있는 스킬이 몸에 익숙해질 무렵에 깨우면 되겠지.

"아진. 자매들이랑 주변 경계를 부탁해."

""""예스 마스터.""""

자매가 재빨리 행동을 개시했다.

"미아는 마력을 회복시키면서, 실프를 불러서 자매들보다 바깥쪽 색적을 해줘."

"응, 맡겨둬."

미아에게 「마력 양도(마나 트랜스퍼)」 마법을 써서 마력치를 회복시켰다.

얼음 정령 프라우를 송환한 미아가 바람 정령 실프를 부르고자 영창을 시작했다.

"그러면, 이틈에—."

나는 「멀리 보기」와 「멀리 듣기」 마법으로, 유켈 군 상태를 확인했다.

『유켈 님, 마인이 끊어졌습니다.』

『발치가 허술해~?』

『제대로 안 보면 다음 공격이 오는 거예요!』

유켈 군이 아인 소녀들의 응원을 받으면서 필사적으로 대형 마물과 싸우고 있었다.

『유켈, 방어 마법을 거듭해서 걸게요!』

무녀 오나도 너덜너덜한 유켈 군을 필사적으로 서포트했다.

『러브러브 파워는 좋은걸~.』

『아리사, 이제 그만 신체강화가 끊어질 무렵이라고 경고합니다.』

『어이쿠, 그랬어! 유켈 군한테 「연신 증폭(버닝 피지컬)」을 선무우우울!』

나나가 타임 키퍼를 하면서 아리사가 불 계통 신체강화를 유켈 군에게 써주는 모양이다. 평소에는 MP효율이 안 좋으니까 안 쓰지만, 파워 레벨링에서는 부여 계통 신체강화 마법이 편리하단 말이지.

유켈 군은 괜찮아 보인다.

제나 씨 일행이 뇌수(가칭)랑 마주치려면 빨라도 내일 이후니까, 이틈에 양식장을 늘려놔야지.

◆

이튿날, 어제와 마찬가지로 양식 구멍에서 훈련생들이 파워 레벨링을 마치고, 유켈 군의 육성을 확인한 다음 휴식 시간에 광산 도시에 있는 제나 씨의 상태를 보기로 했다.

"—어이쿠."

공간 마법 「멀리 보기」를 전환한 순간, 벼락 영감이 보는 것을 눈치채 버렸다.

그는 상당히 감이 좋군.

아니, 확신이 있다기 보다는 공간 마법의 타깃을 전환할 때 생기는 마소(마나)의 파문이나 공간의 흔들림을 감지한 건가?

실제로 벼락 영감은 공간 마법의 기점을 떨어뜨리자 놓친 모양이니까.

조금 멀어서 불편하지만, 이 거리라면 괜찮은 것 같으니 이대로 계속 감시하자.

『발견했다! 저게 그거다!』

벼락 영감의 손자 루돌프가 뭔가 발견했다.

『스승님, 저기 있어요!』

『번개의 화신, 그야말로 뇌수로군.』

벼락 영감이 수염을 매만지면서 제나 씨가 가리키는 광산 꼭대기를 올려다 보았다.

내가 발견한 비뢰 사슴은 평범한 사슴 같은 모습이었는데—

오옷?

멀리 보기의 시점을 움직이자, 그들이 보고 있는 존재가 보였다.

"—진짜냐."

저건 비뢰 사슴이 아냐. 다른 마물이다.

나는 내심 당황하면서, 맵으로 제나 씨 일행이 있는 장소를 열었다.

발견했다. 저건 마물이 아니군. 일각수(유니콘)나 염각수(쥴라혼) 같은 환수다. 이름은 정말 「뇌수」. 실체가 아니라 반 실체의 환수인가 본데, 소문보다도 작고 셋이나 있다.

『신탁이 있었던 것치고는, 그다지 흉흉함이 느껴지지 않는구나.』

『「번개의 화신, 재앙을 불러온다」였던가요?』

벼락 영감과 키고리 경이 그런 대화를 나누었다.

아무래도 뇌수 퇴치에 세류 백작령 최고전력을 동원한 것은 신탁이라는 사정도 있는 모양이다.

물론 조금 커다란 개체가 레벨 30대 후반, 그밖에는 레벨 20 정도니까 세류 백작령 최강의 포진인 제나 씨 일행이 질 리는 없을 거야.

일단, 뇌수에 마커를 달아둘까?

『할아버님, 선수는 저에게 맡겨 주세요.』

『잠깐만요. 이쪽에 적의는 느껴지지 않아요.』

긴 지팡이를 겨누는 루돌프에게, 제나 씨가 자기 의견을 말하고 제지했다.

뇌수는 하늘을 향해 짖고 있지만, 제나 씨가 말한 것처럼 공격해오지는 않았다.

『그렇긴 하다만, 아무것도 안 할 수는 없어.』

『마물에게 말이 통할 것 같지는 않구나.』

키고리 경과 벼락 영감이 제나 씨의 방침에 이견을 냈다.

『벼락 마법의 사용자로서는, 번개의 화신 같은 마물을 조복하고 싶은 욕구가 있다만 아무래도 나는 마물 조련사(몬스터 테이머)의 스킬은 없구나.』

벼락 영감이 조금 아쉬워 보인다.

『그러면 갑니다—■…….』

루돌프가 마법 영창을 시작했다.

마력의 고조를 느낀 건지, 방금 전까지 전혀 관심이 없던 뇌수들이 제나 씨 일행 쪽에 주의를 돌렸다.

『……■ 번개(라이트닝 볼트)!』

루돌프가 발동이 빠른 번개 마법을 썼다.

그러나 그것을 뇌수들은 여유로운 움직임으로 피했다.

『이놈! 짐승 주제에! ■■…….』

뇌수가 가볍게 피한 것에 흥분한 루돌프가, 이번에는 중급 공격 마법 영창을 시작했다.

—RWAAAAAYZI.

뇌수가 포효하는 것과 동시에 낙뢰가 루돌프를 덮쳤다.

『위험하다!』

키고리 경이 루돌프의 팔을 잡아끌어, 간발의 차이로 낙뢰의 직격을 피했다.

본인 대신 그의 긴 지팡이가 두 동강으로 갈라지고 타올랐다.

『온다!』

키고리 경이 외치는 것과 동시에, 뇌수들이 제나 씨를 공격했다.

『호위기사는 마법사를 지켜라!』

기사들이 제나 씨 일행을 지키는 위치로 이동했다.

과연 번개— 전기를 다루는 상대와 싸우는 걸 예상한 상황이라, 금속 갑옷을 입은 무모한 자는 없었다.

『내가 상대해주마!』

키고리 경이 도발 스킬을 목소리에 실어 뇌수들에게 때려 박았다.

—RWAAAAAYZI.

뇌수들이 포효를 지르고, 키고리 경에게 돌격했다.

순동인가 싶을 정도의 어마어마한 속도다.

『빠르군.』

그래도 키고리 경은 아슬아슬하게 뇌수의 공격을 막아냈다.

그에게 일격을 가한 뇌수는 그대로 멈추지 않고 그의 등뒤에 있는 호위기사들에게 덤벼들었다.

『……■ 공기 망치(에어 해머).』

제나 씨가 바람 마법으로 뇌수를 날려버렸다.

아슬아슬하게 공기 망치 범위 밖으로 지나간 하나가 일격으로 호위기사 한 명을 감전시켰다.

—RWAAAAAYZI.

그 기세 그대로, 뇌수가 세 명의 마법사에게 육박했다.

『우와아아아아.』

초조해진 루돌프가 영창을 미처 못하고 비명을 질렀다.

『이 미숙한 놈— 뇌장(썬더 스트라이크).』

이미 영창을 마치고 있던 벼락 영감이 벼락계 공격형 방어 마법을 썼다.

그 마법이 뇌수에 명중하지는 않았지만, 회피 행동을 하던 뇌수가 마법사들과 거리를 벌렸다.

그 틈에 키고리 경이 달려갔다.

키고리 경이 마검과 마인으로 뇌수를 견제하지만, 순간이동 같은 속도라 검이 안 닿는다.

『……■ 공기 망치.』

제나 씨가 허를 찌르는 타이밍에 바람 마법을 썼지만, 뇌수는 가볍게 피해버렸다.

『흐흠. 빠르구먼. 단일 공격 마법으로는 허를 찌르지 않는 한 피해버리는가…….』

벼락 영감이 하얀 수염을 매만지면서 생각했다.

『이번에야말로—■■…….』

루돌프가 오명을 반납하려는 것처럼 강력한 마법 영창을 시작했다.

부서진 지팡이 대신 예비로 챙긴 짧은 지팡이를 쓰는 모양이군.

—RWAAAAAYZI.

뇌수는 마력의 고조를 파악할 수 있는지, 범위 방전 공격을 뿜었다.

『……■ ■■■ 공기 벽(에어 쿠션).』

『—으극!』

방전 공격 대부분은 제나 씨의 방어 마법이 비껴냈지만, 일부 전격이 관통하여 루돌프의 손에서 지팡이를 날려버렸다.

『저 방전이 성가시구나.』

『부상을 입을 정도는 아닙니다만, 주의가 흐트러지게 됩니다.』

벼락 영감과 키고리 경이 방심하지 않고 뇌수를 노려보았다.

뇌수들은 두 번의 공격이 막히자 경계 태세였다.

『이럴 거면 흙 마법사나 물 마법사를 데리고 올 걸 그랬구나.』

방전을 막으려면 접지를 시키든가, 물로 흩어놓거나, 어둠 마법이나 그림자 마법으로 전격을 흡수하는 수밖에 없다.

『노사, 뭔가 좋은 수는 없겠습니까?』

『그렇구먼…….』

술리 마법 「자유 방패(플렉시블 실드)」 등의 방패(실드) 계통 마법은 우회해 버릴 거고, 방어벽 계통 마법은 이쪽의 공격이 제한될지도 모르니까.

『스승님, 좋은 게 있어요!』

제나 씨가 짐 안에서 피뢰침을 꺼냈다. 내가 선물로 준 거군.

설치하고 싶은 장소에 던지기만 하면, 자동적으로 전개되어 동작 상태가 된다.

『허어? 편리한 마법 도구로구나. 어디서 구했느냐?』

『사토— 펜드래건 자작님께 빌렸습니다.』

『—노사, 제나, 온다!』

느긋하게 이야기하는 두 사람에게, 키고리 경이 경고를 외쳤다.

『제나, 다가오면 해치워라.』

『네!』

벼락 영감이 지시를 내린 것과 동시에 영창을 시작했다. 그가 팔에 장비한 「뇌명환」이라는 커다란 뇌정석을 끼운 비보(아티팩트)가 영창에 호응하여 맥동했다. 아마도 벼락 계통의 증폭기인 거겠지.

뇌수 세 마리가 거리를 좁히고, 일제히 투망처럼 방전을 뿜었다.

『—우왓.』

당황한 루돌프가 짧은 지팡이를 방패 대신 들이올리며 엉덩방아를 찧었다.

그러나 뇌수가 뿜어낸 방전은 모두 피뢰침에 빨려 들어가, 제나 씨 일행에겐 전혀 닿지 않았다.

자기들의 원거리 공격이 막힌 것을 짐작한 뇌수들이 즉시 방침을 바꾸어 제나 씨 일행에게 돌격했다.

『온다!』

『—공기 망치!』

벼락 영감의 「뇌장」을 흉내낸 제나 씨의 카운터 공격이 뇌수들을 후려쳤다.

공중으로 날아간 뇌수가 다시 시작이라는 것처럼 거리를 벌렸다.

제나 씨도 영창을 시작하고, 벼락 영감의 마법과 맞출 타이밍을 쟀다.

그걸 본 벼락 영감이 만족스럽게 눈매를 내렸다.

『……■■■ 뇌명지옥(카타툼보).』

벼락 영감의 상급 벼락 마법이 발동하고, 뇌수들의 머리 위에 두꺼운 구름을 불렀다.

구름 사이를 용처럼 춤추는 번갯불을, 뇌수들이 흥미롭게 올려다 보았다.

『……■ 진공 천주(배큠 필러).』

제나 씨가 낯선 바람 마법을 발동하여, 뇌운과 뇌수 사이를 진공의 기둥으로 이었다.

그와 동시에 귀가 아플 정도의 굉뢰의 비가 뇌수들에게 쏟아져 내렸다. 전에 마왕「사진왕」과 싸울 때 본 용사의 종자「마녀」메리에스트가 사용한「뇌신멸장(헬 썬더)」에도 필적할 만큼 격렬하군.

그 정도로 격렬한 낙뢰인데도 낙뢰가 진공의 기둥 밖으로 나가지 않는다.

제나 씨의 바람 마법이 벼락이 지나가는 길을 만든 것 같군.

『……굉장한데. 과연 노사.』

『나 혼자의 힘이 아니다. 가보인 뇌명환을 이용한 증폭과, 무엇보다 우수한 제자와 맞춘 기술이지.』

벼락 영감의 칭찬을 받은 제나 씨가 쑥스러워했다.

『벼락 계통의 정령에 가까운 생물 같으니, 약화시켜서 뇌명환에 붙잡았어도 좋았을 것 같구먼.』

『그런 게 가능한 건가요?』

『오냐. 초대님은 뇌명환에 엘프가 소환한 벼락 정령을 붙잡아

사역했다고 하는구나.』

『멋진 마법 도구로군요.』

『그래. 뇌명환에게 인정받아 주인이 될 수 있었던 자는 적다. 제나, 너는 몇 안 되는 자격자다. 자랑스러워 하거라.』

『그, 그건. 저는 아직 멀었어요.』

제나 씨가 너무 칭찬을 받아 당황하는군.

『그에 비해서, 사형이 되는 네가 그런 꼴이면 어쩌느냐. 이대로는 아무리 지나도 뇌명환에게 인정받지 못한다. 돌아가면 수련을 두 배로 늘린다. 알겠느냐?!』

벼락 영감이 손자를 야단쳤다.

"네."

좋은 일이 하나도 없는 루돌프가 대답하더니 고개를 숙였다.

제나 씨가 감싸주는 말을 속삭였지만, 정신적으로 여유가 없는지 까칠한 반응이다.

『……스승님.』

그런 제나 씨가 뭔가 깨달았다.

『뭐냐— 그걸 맞고도 살아있는 게냐?』

그렇다. 뇌수가 죽지 않았다.

공중에 받침이 있는 것처럼, 하늘 높이 떠올라 있었다.

맵 정보에 따르면 빈사의 대미지를 입었지만, 아직 셋 다 아슬아슬하게 생존해 있었다.

『같은 속성이라 효과가 안 좋았던 모양이구나.』

『펜드래건 자작을 모시는 아가씨들에게 도움을 부탁하는 편이 좋았을 지도 모르겠다.』

떫은 표정의 벼락 영감 옆에서, 키고리 경이 난폭하게 머리를 긁적였다.

제2라운드에 대비하여 제나 씨가 마력 회복약을 먹고, 신관들도 황급히 지원 마법을 재영창했다.

『—흠.』

벼락 영감이 올려다보고 있는데, 뇌수들이 고개를 돌려 중앙 소국군 방면으로 날아갔다.

비행속도도 빨라서, 순식간에 하늘 너머로 날아가 보이지 않게 됐다.

『쫓아낸 모양이군.』

『이제, 세류 백작령에 돌아오지 말았으면 좋겠어.』

벼락 영감이 안도한 표정으로 말하고, 키고리 경이 희망 사항을 말했다.

키고리 경의 말이 들린 건 아닐 거라고 생각하지만, 그날 저녁 무렵까지 뇌수를 가리키는 마커는 중앙 소국군을 넘어 사가 제국 남부로 사라졌다.

행동범위가 상당히 넓은 환수네.

◆

"당신이 어째서 여기에?"

"할아버님이 세류 백작에게 말해서 끼워 넣었어. 미안하지만 신세를 좀 지겠네."

다다음날, 유켈 군의 훈련 최종일에 벼락 영감의 손자 루돌프가 찾아왔다.

그가 건넨 백작의 편지를 보았다.

유켈 군과 레벨은 다를 바 없으니까, 함께 훈련에 참가시켜 달라고 한다. 루돌프는 하루만 시험 삼아 참가하는 것이며, 기간은 짧지만 억지로 참가하는 거라서 특별 훈련 반인분으로 카운트해 준다고 적혀있었다.

"세류 백작다운 억지네요."

"응, 성급."

옆에서 편지를 들여다본 아리사와 미아가 기가 막힌 목소리로 말했다.

"발목을 잡지는 않는다. 내 레벨은 유켈 공보다도 높아."

"그래? 25 정도 아냐? 지금은 유켈이 더 높지 않아?"

"그럴 리가 있나? 키고리 경 말로는 유켈 공은 훈련 전에 레벨 13이었다고 들었는데?"

아리사의 말에 루돌프가 기겁한 표정으로 말했다.

"어때?"

"제 레벨은 24입니다. 어젯밤에 기사 쏜에게 부탁하여 문에 있는 야마토석으로 조사했습니다."

유켈 군이 자랑스럽게 말했다.

본인이 비밀로 하고 있어서 화제로 삼지는 않았지만, 그는 훈련이 끝나면 매일 밤 야마토 석으로 레벨을 알아본 모양이다. 신이

난 모습으로 문지기 위병소에서 돌아가는 그를, 나나 자매들이 종종 목격했다.

"그런 말도 안 되는. 이 짧은 기간에 그렇게 레벨이 오를 리 없어."

"아뇨. 유켈의 말은 사실입니다. 제가 증인이 되죠."

유켈 군이 의심을 받자, 무녀 오나가 화를 냈다.

"아니면 제가 증인이 될 수 없다는 건가요?"

"아, 아니요. 백작님의 영애를 의심하는 일은—."

무녀 오나가 험악하게 나오자, 루돌프도 당황했다.

"주인님. 어떻게 할까요?"

리자가 나에게 귓속말을 했다.

오늘은 최종일이니까 양식 구멍에서 늘린 마물을 써서 유켈 군의 레벨을 단숨에 30 정도까지 파워 레벨링을 할 예정이었는데, 정규 대상자가 아닌 사람에게 보이고 싶지 않았다. 안이하게 흉내내서 내실이 부족한 레벨 올리기를 하는 사람이 나올 것 같으니까.

뭐, 무녀 오나에게도 보여주기 좀 그런 거니까 오늘 심야에라도 유켈 군만 불러서 가면 되겠지.

"예정을 변경해서, 어제랑 같은 메뉴를 부탁해."

"알겠습니다."

"오케이, 경험치가 아깝지만 어쩔 수 없네."

내가 방침을 정하자, 리자와 아리사가 순순히 승낙해주었다.

루돌프에게 참가를 허가한다고 말한 뒤, 승강기 쪽으로 이동했다.

"분명히 필두 마법사의 손자였지? 마법의 속성은 뭐야?"

"특기는 벼락 마법이다. 술리 마법도 조금 쓸 수 있지."

아리사의 질문에 루돌프가 대답했다.

"할아버지가 나라 제일의 벼락 마법사라고 하니까, 엘리트 마법사 일가의 서러브레드란 느낌일까?"

"우수한 건 조부님과 죽은 아버님뿐이다. 나는 두 사람 같은 재능이 없어."

아리사가 잡담을 하자, 루돌프가 과잉 반응을 했다.

아무래도 그는 핏줄이나 자기 재능에 콤플렉스가 있는 모양이군.

"요즘은 재능이 있는 사촌동생에게 당주의 자리를 양보하라는 말까지 듣는 지경이야."

루돌프가 자학적인 말을 뱉었다.

"남이랑 비교하는 것은 무의미하다고 고합니다."

"그래그래. 자신의 적은 자신이라고 하잖아."

"응, 노력 나름."

"재능이 있는 자의 말이다."

나나, 아리사, 미아의 말에, 루돌프가 삐딱하게 말했다.

"레벨 제도의 세계에서 재능 같은 건 웃기잖아? 재능이 없다는 건, 레벨을 만렙까지 올린 다음에 말해."

"『만렙』?"

의미를 모르는 건지 루돌프가 고개를 갸웃거렸다.

"레벨 10의 천재도 레벨 30의 범부한테는 못 이긴다는 거야."

"그건 그렇다만……."

"『레벨을 올려서 물리로 때려라』라는 말도 있잖아."

아리사가 어디선가 들은 게임 격언을 말했다.

미묘하게 의미가 다르고, 그것을 마법사에게 말해서 어쩌라고.

"벼락 마법이 특기라면 하염없이 거기에 전념하면 되는 거야. 그냥 불씨 탄환(파이어 샷)이라도—."

아리사가 재빨리 영창을 하고, 조금 떨어진 벽에 불씨 탄환을 쏘았다.

말릴 틈도 없는 빠르기다.

"—레벨이 오르면 이 위력이야!"

아리사 등 뒤에서 불꽃이 퍼졌다.

열풍에 아리사의 머리카락이 흔들린다. 금발 가발이 날아가지 않을까 걱정되는 레벨이다.

"이노오오오옴! 전진기지에서 공격 마법을 쓰는 바보가 누구냐!"

병사들이 모여 있는 장소에서 노성이 들렸다.

"죄송합니다아아아아아아아!"

즉시 사과하는 아리사와 함께 이곳의 책임자에게 고개를 숙이러 갔다.

뭐, 마물의 접근을 경계하는 장소에서 함부로 공격 마법을 쓰면 혼나겠지.

◆

『이봐. 이런 무모한 짓을 늘 하고 있는 건가!』

『오늘은 아직 나은 편입니다.』

훈련생들 파워 레벨링 사이의 휴식 시간에 유켈 군 일행의 모습을 확인했더니, 빨리도 루돌프가 죽는 소리를 하고 있었다.

유켈 군은 익숙해진 만큼 여유가 있는 느낌이다.

『자랑스러워 하세요. 그건 유켈이 열심히 노력한 증거입니다.』

『네, 오나 님.』

무녀 오나와 유켈 군이 마주보았다.

『잠까안~, 킥오프는 축구에서나 해.』

아리사가 뭔지 모를 소리로 불평했다.

나는 의미를 모르겠는데, 분명히 옛날의 유명한 만화 소재가 틀림없어.

『다음, 끌고 와도 돼~?』

타마가 마물의 공격을 피하면서 리지에게 물었다.

『사양할 것 없습니다.』

『아이아이 서~.』

리자가 허가하자, 타마가 마물을 유켈 군 쪽으로 데려갔다.

그래도 일부러 사삭사삭 좌우로 움직여서, 유켈 군이 준비할 시간을 벌어준다.

『—유켈, 집중하세요.』

『네, 리자 스승님!』

유켈 군이 대비를 한 타이밍에 타마가 그림자에 들어가고, 그녀를 놓친 마물이 눈앞에 있던 유켈 군을 타깃으로 변경했다.

『잠깐, 빨라! 아직 마력이 회복되지 않았다.』

『우는 소리를 할 틈이 있으면, 명상이라도 해서 마력 회복량을 늘리세요.』

무녀 오나가 루돌프를 질책했다.

『마인이 안정되고 있어~?』

『네 인 거예요. 유켈은 노력가인 거예요.』

『그렇군요. 다음은 쓸데없이 격렬한 마인을 만드는 버릇만 빠지면 말할 것이 없습니다.』

아인 소녀들이 어린 아이를 보는 어머니 같은 표정으로 지켜보았다.

『나설 차례가 없어서 한가하다고 고합니다.』

『아하하, 오늘은 신입이 있으니까 무리하지 않고 안전제일이잖아.』

『이게 안전제일이라고?! 무노 녀석들은 다들 이렇게 상식을 벗어난 건가.』

『루돌프, 명상을 계속하세요. 괜한 일로 집중이 흐트러지면 제 몫을 못합니다.』

나나와 아리사의 대화에 반응한 루돌프가 무녀 오나에게 혼났다. 그는 딴죽 기질이 있나 보군.

그건 그렇다 치고, 오늘은 루돌프를 배려해서 페이스를 조절하고 있는 모양이니까 그다지 걱정하지 않아도 될 모양이다.

나는 의식을 맨몸의 시야로 되돌렸다.

그날의 마지막 레벨링을 마치고, 레벨업 멀미를 하는 훈련생들이 눈을 뜨는 걸 기다리고 있는데 리자 일행이 찾아왔다.

"무슨 일이야?"

트러블이 있었던 건 아닌 것 같은데.

“오늘 훈련은 거의 끝났으니, 마지막으로—.”

“펜드래건 자작의 기술을 보여주십시오.”

리자의 말에 겹치듯 유켈 군이 힘차게 말하고, 땅바닥에 부딪힐 기세로 고개를 숙였다.

“기술, 인가요?’

“네! 『앵화일섬』을 보여주십시오.”

“키고리 경도 쓸 수 있지 않나요?”

일부러 나한테 부탁하지 않아도, 시가 왕국 제식 검술의 필살기니까 영지군의 기사도 쓸 수 있는 사람이 있지 않을까?

“아뇨, 저는 마왕에게 일격을 넣었다는 펜드래건 자작의 기술이 보고 싶습니다!”

유켈 군이 타오르는 불꽃이 보일 정도의 형형한 눈동자로 말했다.

“펜드래건 자작님, 나도 부탁합니다.”

“주인님, 부탁드릴 수 있을까요?”

무녀 오나와 리자도 나에게 애원했다.

“알겠습니다. 보여드리죠.”

닳는 것도 아니니까.

“타마, 사냥감 가져와~?”

타마가 광장 밖으로 달려갔다.

“낚아왔어~.”

1분도 안 지나서, 레벨 20급의 적을 데리고 돌아왔다.

패밀리 웨건 정도 사이즈의 공벌레 마물이다.

“으엑, 저건 안 된다. 검이 안 듣는 마물이야. ■■■…….”

“마법은 필요 없어요.”

루돌프가 마법을 영창하는 걸 말렸다.

“잘 보세요.”

나는 요정검에 마인을 두르고, 느릿한 동작으로 필살기를 발동했다.

“—앵화일섬.”

마물의 한쪽 면에 난 다리를 모두 베어냈다.

돌진계 필살기라서, 기술이 끝났을 때는 마물 너머의 떨어진 위치까지 와 있다.

“보였나요? 다시 한번 갑니다.”

내가 선언하고서, 앵화일섬을 재발동하여 나머지 절반의 다리를 베어냈다.

다리를 잃은 마물이 땅바닥에서 꿈틀거리며 굴러다녔다.

“그러면, 실천을 해봅시다. 순동은 익혔죠?”

“네. 이제 막 익힌 참입니다만, 쓸 수 있습니다.”

이 필살기는 순동을 익히는 것이 스킬 습득 조건 중 하나란 말이지.

유켈 군이 마검에 마인을 두르고, 순동을 쓰면서 기술을 흉내냈다.

“움직임이 흐트러져 있습니다. 순동과 검의 움직임을 하나의 흐름이 되도록 하세요.”

“네, 스승님!”

유켈 군이 여러 번 반복했다.

스승이 된 기억은 없지만, 필살기를 전수했으니까 스승이라고 부르는 것도 그렇게 틀린 건 아닐지도 모른다.

"순동으로 발생한 힘을, 검을 휘두르는 힘으로 연결하는 것을 의식하세요."

"네, 스승님!"

우직하게 내가 하는 말을 해내려고 노력하는군.

"유켈, 힘내~."

"조금만 더인 거예요!"

타마와 포치가 손에 땀을 쥐고 응원했다.

"조금 힘이 들어갔어. 자연체야!"

"마인이 도중에 사라졌습니다. 기술에 너무 의식을 빼앗기고 있어요."

아리사와 리자도 조언했다.

유켈 군은 솔직하고 노력가라서 도와주고 싶어진단 말이지.

"—앵화일섬!"

"자, 오늘은 그만하죠."

"아직 할 수 있습니다."

"더 이상은 몸이 망가집니다. 내 말을 지킬 수 없다면, 가르치는 건 그만 두겠습니다만?"

"……네. 스승님."

유켈 군의 마력이 고갈되기 직전이라서 강제적으로 중단했다.

본인은 필사적이라 눈치 못 챘을지도 모르지만, 그의 관절과

근육 섬유도 부서지기 직전이다. 분명 내일은 근육통이야.

"유켈 공, 괜찮나요?"

"네, 이 정도로 걸음을 멈출 수는 없습니다."

유켈 군에게 어깨를 빌려주면서 함께 지상으로 돌아갔다.

"오늘로 특별 훈련은 끝입니다만, 우리가 없는 장소에서 같은 수련을 해선 안 됩니다."

정확하게는 오늘 밤에 양식 구멍에서 최종 파워 레벨링을 시킬 셈이지만, 그것에 만족하지 않고 무모한 짓을 할법한 분위기가 느껴져서 못을 박아두었다.

"그러나……."

"안됩니다. 꼭 더 하고 싶다면, 제2기생들의 훈련에 동행하세요."

유켈 군이 깜짝 놀란 표정을 나에게 보였다.

"동료들과 함께 마물을 줄이는 것도 수련이 되겠죠."

"……네, 네, 스승님!"

"다행이군요, 유켈."

유켈 군이 기쁨의 눈물을 팔로 닦고, 무녀 오나가 그런 그에게 손수건을 내밀었다.

"펜드래건 경은 어떻게 자작이 되신 겁니까?"

승강기를 기다리는 사이에 진정됐는지, 유켈 군이 그렇게 물었다.

무훈에 대해서는 알고 있을 테니까, 그것 말고 다른 이야기를 했다. 물론 이야기를 해도 문제없는 범위에서지만 말야.

"……굉장하다. 저는 도저히 흉내낼 수 없어요."

유켈 군이 풀이 죽었다.

"내 흉내를 낼 필요는 없습니다."

"그 말이 맞아. 나도 자네도 아직 중견에 발을 들인 정도가 아닌가? 함께 레벨 올리기에 전념하지."

어떻게 된 건지, 루돌프도 함께 격려해 주었다.

"……루돌프 공?"

"나는 깨달았어. 레벨을 올리는 게 지름길이라고."

루돌프가 허공을 보면서 연설했다.

"우응?"

"심경의 변화라도 있었나 보네."

"그거야! 나는 눈을 떴다."

미아와 아리사가 소근소근 나누는 대화에 루돌프가 끼어들었다.

어쩐지 음모론자 같은 말을 하고 있는데, 괜찮은 건가?

"저렇게 작은 아이조차도 나보다 훨씬 강하다. 물론, 피땀 흘려 수련도 했겠지. 그러나, 그 강함의 근간은 레벨이다. 우리들보다 훨씬 높은 레벨이, 그것을 지탱하고 있는 거야."

루돌프가 열변했다.

"뭐, 틀리지는 않았어."

"레벨이라……."

아리사가 동의한 것을 듣고 유켈 군이 생각에 잠겼다.

"유켈 공. 레벨을 올리기 전에, 필요한 수련을 하지 않으면 스킬을 얻지 못해서 고생하게 됩니다."

"……네, 리자 스승님."

리자의 조언에 대답을 하면서도, 유켈 군은 레벨업에 흥미진진이다.

"하지만, 나는……."

유켈 군이 중얼거리는 것을 엿듣기 스킬이 포착했다.

분명 무녀 오나에게 걸맞은 인간이 되기 위해 강해지고 싶은 거겠지.

두 사람이 맺어지기 위해서도, 유켈 군이 뭔가 커다란 공적을 세울 수 있으면 좋을 텐데.

◆

"오늘부로 제군들의 훈련은 종료다. 오늘까지 잘 따라와줬어. 이제부터, 훈련을 졸업한 증거를 나눠주겠다."

지상으로 돌아온 우리는 훈련생들을 정렬시키고 졸업증서를 수여했다.

증서만 주면 쓸쓸하니까 내가 만든 단검을 기념품으로 같이 줬다. 극히 평범한 강철제지만, 제대로 된 단조품이다. 한 명 한 명 이름을 부르고 건네주자, 감격했는지 엄격한 훈련이 플래시백했는지 눈물을 흘리는 사람도 몇 명 있었다.

"세류 백작의, 『내일부터 사흘간은 휴가를 내린다』라는 말을 전달한다. 얼마간 휴양을 하여 훈련의 피로를 풀고, 원대에서 유감없이 훈련 성과를 발휘하기 바란다."

내가 말하자, 훈련생들이 경례를 했다.

"오늘은 이대로 해산하지만, 내일 저녁에는 졸업 기념 위로회를 할 테니 평소의 장소에 집합해주기 바란다."

농담처럼 말하자, 크루트 훈련생이 「장소 예약은 맡겨 주십시오!」 하고 발언하고, 「내일은 아침부터 굶고 가겠습니다.」라거나 「예쁜 언니들은 안 부르는 건가요?」라고 느긋한 이야기가 나왔다.

"그러면, 이걸로 해산한다."

내가 선언하고 단상에서 내려오자, 훈련생들이 나를 둘러쌌다.

"애들아! 교관을 올려주자!"

""""그래!""""

최연장의 훈련생이 호령하고, 다른 훈련생들도 웃으며 나를 헹가래했다.

픽션에서는 자주 봤지만, 실제로 해보는 건 처음이네.

남자들 냄새가 나는 함성과 함께 하늘로 올라가는 동안, 주변의 웃음에 이끌려 나도 소리내면서 웃었다.

이런 서프라이즈도 가끔은 좋군.

공적

"사토입니다. 게임에서는 때때로, 절대 이길 수 없는 강적과 만나는 경우가 있습니다. 악명 높은 「강제 패배 이벤트」도 있습니다만, 개중에는 전투 말고 교섭으로 헤쳐 나가는 패턴도 있는 것 같아요."

"어라? 주인님도 이쪽에 왔어?"

"위쪽 훈련생은 미아한테 맡기고 왔어."

특별 훈련생의 훈련장소에 왔더니, 아리사가 손을 흔들어 맞이해 주었다.

제1기의 훈련생들이 졸업하고 유켈 군과 함께 그 강함을 영지군의 연습장에서 발휘해준 덕분에, 제2기의 훈련생들은 나 말고 「여자와 아이들」에게 배우는 것에 거부감이 없어진 모양이다. 미아와 호위인 루루, 그리고 나나 자매의 과반수가 훈련을 지도하고 있었다.

"괜찮을까?"

미아는 말수가 적고, 루루는 사양하는 성격이라 아리사가 걱정했다.

"지시를 내리는 건 아진이니까 괜찮을 거야."

"아아, 그 애라면 괜찮겠네."

나나 자매의 맏언니인 아진은 동생들에게 지시를 내리는 게 익숙하니까.

"얏호~?"

"짜자잔~인 거예요!"

천장에서 내려온 타마와 포치를 받아줬다.

"나이스 캐치~."

"포치는 잡혀버린 거예요."

타마의 그림자 마법으로 천장에 이동하여, 깜짝 놀래주려고 한 모양이다.

"나쁜 아이는 이렇게 해주마!"

깜짝 놀란 표정으로 굳어있던 아리사가, 내가 안고 있던 타마와 포치를 간지럽혔다.

"냐하하하하~."

"가, 간지럽히는 건 반칙인 거예요! 포치는 간지럽히기의 프—아하하하하하하하하."

타마가 꺅꺅거리며 기뻐하고, 프로라고 끝까지 말 못하고 포치도 웃었다.

"마스터, 훈련중이라고 고합니다."

같이 웃고 있다가 나나에게 혼나버렸다.

어느샌가 훈련생들의 주목을 모아서, 리자도 난처한 표정으로 이쪽을 보고 있었다.

"미안미안."

"훈련 뒤에 저도 간지럽혀 달라고 애원합니다."

나나가 양손을 벌리고 「자」 하고 말하는 표정으로 나를 보았다.
“끝난 다음에.”
“예스 마스터.”
나나가 무표정하지만 만족스럽게 고개를 끄덕였다.
“나나 씨를 간지럽힌다고?”
“에로하다. 그건 너무 에로해.”
“젠장, 귀족 더럽다. 너무 부럽잖아아아아아아.”
훈련생들이 피눈물을 흘릴 법한 표정으로 이쪽을 보았다.
소근소근 들리지 않도록 작은 소리로 말하지만, 내 엿듣기 스킬이 정확히 포착했다.
“이쪽은 순조로워?”
“응, 사람 수가 늘어서 페이스 관리가 힘들지만, 그건 타마가 잘 해주고 있어.”
아리사에게 진척을 물었다.
유켈 군의 성과에 맛을 들였는지, 백작이 특별 훈련생의 수를 대폭 늘렸다.
덕분에 본래 목적인 수인 노예들의 해방이 예정보다 상당히 빨리 실행되겠어.
“다음 제3기의 훈련이 끝나면 수인들은 무노 백작령으로 데려갈 거지? 사람 수가 많으니까 호위가 꽤 필요하지 않아?”
“그건 괜찮아. 나나 씨한테 부탁해서 북쪽으로 도는 대형 비공정으로 이동하도록 준비를 했으니까 제3기 훈련 며칠 뒤에는 그걸로 이민할 수 있어.”

무노 백작령의 니나 로틀 집정관은 솜씨가 대단해서, 예정보다 앞당겨서 파견을 해줬단 말이지.

"거기! 적과 접촉하기 전에 마법으로 깎아낼 때는, 전위의 도발 스킬이 발동할 수 있도록 말을 걸라고 말했었지!"

아리사가 마법사 훈련생에게 호통을 쳤다.

"미안, 주인님. 조금 지도하고 올게."

아리사가 말하고, 훈련생의 후위들 쪽으로 달려갔다.

오늘은 전위가 여섯 명, 후위가 네 명이다. 전위는 모두 기사들— 물론 땡땡이 기사 핀카로는 포함되지 않았다. 후위 중에서 세 명이 마법사고, 나머지 한 명은 종군 신관이다.

사람 수가 늘어난 만큼 여러모로 힘들지만, 하는 일의 기본은 변함이 없다.

유켈 군과 무녀 오나가 관전자로 참가해서 훈련생들과 우리를 중개해준다.

훈련기간 중에 몇 번인가 위험한 적도 있지만, 내가 나설 것도 없이 동료들이 해결해주었다.

우려사항은 한 가지뿐인데—.

"칠흑의 위협, 인가요?"

"네. 오늘 아침의 기도에서, 파리온 신께 계시를 받았습니다."

무녀 오나가 어수선한 신탁을 받은 일이다.

"미궁에 나타났었다는 검은 상급 마족을 말하는 걸까요?"

"거기까지는 알 수 없습니다. 저에게 전달된 것은, 칠흑의 무언가와 파괴의 이미지뿐이었어요."

내가 이 미궁에서 쓰러뜨린 「검은 상급 마족」이 부활하거나 아니면 같은 종류의 마족이 나타날 가능성을 고려해서, 정기적으로 맵 검색을 실행해 경계해야지.

◆

그리고 제2기생의 최종일—.

“뭔가 싫은 느낌~?”

양식 구멍에서 파워 레벨링을 마치고 휴식중인데 타마가 바닥을 탁탁 차면서 말했다.

“……주인님.”

“그래…….”

동료들과 고개를 끄덕였다.

이럴 때 타마의 감은 얕볼 수가 없어.

예상대로, 맵 검색을 하자 최하층에 하급 마족이 있었다. 무녀 오나의 신탁에 있던 「칠흑의 위협」 관련일 가능성이 높군.

그건 그렇고, 훈련 전에 검색할 때는 없었는데 어느새 들어온 거지.

“마족이야.”

“진짜로?”

훈련생들에게 들리지 않도록 작은 소리로 동료들과 정보공유를 했다.

나는 마족에게 마커를 달고, 공간 마법 「멀리 보기」와 「멀리 듣기」로 확인했다. 마족의 탐지에 대비해서 거리를 조금 벌렸다.

"—으엑."

멀리 보기를 통해서 본 마족은, 거대한 눈알에 팔과 다리와 날개가 돋아난 모습이었다.

이 미궁을 만들어낸 소관 마족이랑 똑같군.

"왜 그래?"

"전에 본 적 있는 마족이야."

물어보는 아리사에게 대답하고, 뭔가 짚이는 표정의 리자에게 고개를 끄덕였다.

이걸로 리자에게도 전해졌겠지. 나는 설명을 멈추고, 마족의 대화에 귀를 기울였다.

『고관, 보고를 명령.』

—조금 다르네?

고관 마족이 외치자, 땅바닥에서 눈알에 날개가 돋아난 타입의 소마족(임프)들이 나타났다.

『보고?』, 『순조』, 『순정』, 『애정』, 『애증』, 『증오』, 『음모』.

소마족들이 고관 마족 주위에서 미친 듯이 춤을 추며, 연상 게임 같은 의미불명의 말을 거듭했다.

『고관, 역정.』

고관 마족이 소마족 하나를 때리고, 땅바닥에 처박아 뭉개버렸다.

소마족들이 당황하여 춤을 멈추고, 고관 마족 앞에 정렬했다.

『고관, 훈시. 미궁의 씨앗(던전 시드)으로, 미궁을 만들어낸 이유를. 고관,

망각 금지.』

팔짱을 낀 채 손가락을 세우고, 고관 마족이 잘난 듯이 말했다.

어쩌면 이대로 이야기 속 악당처럼 나쁜 짓의 내용을 술술 말해줄지도 모른다.

『고관, 확인. 술회 명령.』

『마왕?』, 『마와앙』, 『전쟁?』, 『용을』, 『죽여라』, 『해치워라』.

소마족들이 입을 모아 말했다.

미궁을 만든 이유가 마왕? 용의 계곡의 용족과 전쟁을 하기 위해서인가?

지나치게 단편적인 데다가, 소마족들의 말이 너무 대충이라서 어디까지 믿어야 할지 모르겠다.

『고관, 정숙 희망.』

매도 대회를 연 소마족을 고관 마족이 입다물게 만들었다.

그래도 매도를 멈추지 않은 소마족을, 방금전처럼 주먹으로 때려 뭉개고 억지로 입다물게 만들었다.

『고관, 고지. 마왕의 씨앗, 소실. 고관, 작전 변경.』

『변경』, 『변겨엉』, 『변변』, 『경경』.

소마족들이 놀리는 것처럼 춤을 추었다.

『고관, 정숙 명령.』

소마족들도 학습했는지, 고관 마족이 주먹을 들어올린 순간에 입을 다물고 움직임을 멈추었다.

고관 마족이 눈을 게슴츠레하게 뜨고, 주먹을 적당한 소마족의 머리에 휘둘러 뭉개버렸다.

소마족들이 술렁거렸지만, 고관 마족이 노려보자 겁을 먹고 입을 다물었다.

마족은 강압이 판치는 부조리한 계급사회인가 보군.

『고관, 선언. 주인님의 부활이 가깝다.』

『주인님』, 『부활』, 『환희』, 『환기』, 『휘릭휘릭』, 『빙글빙글』, 『핫하』.

고관 마족의 말에 소마족이 환희의 춤을 추었다. 이번엔 고관 마족도 막지 않았다.

그렇군. 무녀 오나의 신탁은 마족들의 주인님이라는— 검은 상급 마족이 부활하는 거였군.

『고관, 명령. 필요한 소재, 기억하고 있나? 고관, 확인.』

『용의 역린』, 『뇌수의 이슬』, 『어둠 불꽃의 등불』, 『마시막으로』, 『원념 덩어리』, 『듬뿍』, 『드음뿍』

—어둠 불꽃?

혹시 요워크 왕국에 나타난 위왕 「배덕비」가 썼던 어둠 불꽃 말인가?

소마족들이 눈알 안에 날개를 넣더니, 안에서 소재를 꺼내 고관 마족에게 건넸다.

『용의 역린은? 고관, 역정.』

『아직인가?』, 『이제 곧?』, 『이제 곧!』

소재가 부족한 것에 화를 내는 고관 마족을 보고, 소마족들이 당황했다.

변명하는 소마족의 머리 위에, 고관 마족이 팔을 들어올렸다.

『왔다』, 『왔드, 아』, 『마지막』, 『하나』, 『도착했다』, 『착했다』.

—마지막 하나가 도착했다?

소마족들이 천장을 날개로 가리키면서 주장했다.

『고관, 파악. 우리들 속히 회수. 고관, 근면!』

『파악』, 『회수』, 『근면』, 『면면』, 『근근근근』, 『회수~』.

고관 마족이 사라지고, 소마족들도 그 자리에서 사라졌다.

맵을 전환하여 확인하자, 고관 마족들이 지상으로 이동했다.

"마족이 지상으로 나갔어."

"위험하잖아."

"큰일큰일~?"

"아주 데린저러스인 거예요!"

포치가 너무 당황해서 조금 혼란에 빠졌다.

"자작님, 무슨 일이 있나요?"

우리가 모여서 웅성거리자, 무녀 오나가 찾아왔다.

신탁의 무녀라 그런지, 뭔가 느낀 걸지도 모른다.

"불길한 예감이 듭니다. 지상으로 돌아가죠."

"알겠습니다. 곧장 일행들을 깨우죠."

신탁의 건이 있기 때문인지, 무녀 오나의 결단이 빠르다.

무녀 오나와 함께 유켈 군과 훈련생을 깨웠다.

이제 슬슬 갓 배운 새로운 스킬도 몸에 익을 무렵이니까, 조금 피로감이 남는 건 용서해주면 좋겠다. 여기에 두고 갈 수도 없으니까.

"먼저 올라간다. 나나는 최후미를 부탁해."

"예스 마스터."

나는 아인 소녀들과 아리사를 데리고 먼저 올라갔다.

유켈 군과 무녀 오나도 함께다.

“주인님, 루루 쪽에도 전달했어.”

아리사가 작은 소리로 말했다.

과연 아리사야.

◆

“종소리가 들려!?”

“사람들이 많이 무서워하는 소리가 들리는 거예요.”

지상으로 통하는 방에 도착하자, 밖에서 울리는 경종 소리와 소란이 들렸다.

“서두르자.”

황급히 밖으로 나가자, 뇌수가 상공을 통과하여 성 쪽으로 사라졌다.

그것을 추적하듯, 엄청 굵은 빔이 지나갔다.

“—이쪽으로 모여라!”

내가 외치면서, 「방어벽(쉘터)」 마법으로 가까운 사람들을 지켰다.

그보다 조금 늦게, 충격파와 굉음이 우리들 주위 사람과 건물을 덮쳤다.

지붕이 뜯겨 나가고, 지면 위에 있던 물건이 날아간다. 그나마 사람들이 날아갈 정도는 아니었지만, 풍압에 져서 땅바닥을 구르는 사람이 많았다.

기둥이나 울타리를 붙잡아 바람을 버티는 사람도 있다. 그중 한 명인 여성 신관의 스커트가 위험한 수준까지 말려 올라가서, 마술적인 염동력인 「이력의 손」으로 문제없는 곳까지 되돌려 주었다.

동료들과 무녀 오나는 내가 쓴 「방어벽」으로 지켰으니 바람으로 스커트가 말려 올라가는 일은 없었다.

돌풍이 끝난 무렵에, 「방어벽」을 해제하고 밖으로 나왔다.

반사적으로 마법을 써버렸지만, 신경 쓰는 자는 없는 모양이군.

"방금전의 빛은 마물인가?"

"아마도 그렇겠죠. 성으로 가요, 유켈."

"네, 오나 님!"

유켈 군이 마구간에 맡겨둔 자신의 말에 올라타고, 무녀 오나를 태운 채 달렸다.

판단이 상당히 빠르군.

"우리도 따라갈까?"

아리사가 바람에 흐트러진 머리카락을 누르면서 물었다.

"저기, 가자~?"

"탑 위라면 뭔가 알 수 있을 거라고 생각하는 거예요!"

"좋아, 가자!"

맵을 열려던 손을 멈추고, 타마와 포치가 가리킨 탑 위로 갔다.

마침 적당한 발판이 여러 개 있길래, 정규 계단을 쓰지 않고 올라갔다.

"언빌리버블~?"

"성이 큰일난 거예요!"

방금 전의 광선이 격돌했는지, 성의 첨탑 하나가 무너져서 타고 있었다.

—GWLBORBBBOOOUNN!

칠흑의 거체가 레이더 범위 밖에서 급속하게 접근했다.

근처로 날아간 것뿐인데, 풍압으로 탑에서 떨어질 것 같다.

"헤일롱~?"

"흑룡 아저씨인 거예요!"

맞다. 방금 전 칠흑의 거체는 흑룡 헤일롱이다.

마커가 달려있으니 다른 흑룡을 잘못 본 건 아냐.

—GWLBORBBBOOOUNN!

"흑룡 나리는 저 반짝이는 빛을 따라온 걸까요?"

"아마도."

리자 말처럼, 흑룡은 집요하게 뇌수를 추적하고 있었다.

"마스터, 저 반짝반짝은 뭔가요라고 묻습니다."

"뇌수야."

맵 정보에 따르면, 제나 씨 일행이 싸운 개체하고는 다른 녀석이다. 마커가 안 달렸어. 덤으로 상태가「빙의」였다. 아까 그 고관 마족들과 합류하려고 한 모양이니까, 뇌수에 빙의되어 있는 건 마족이 틀림없어.

"드디어 따라잡았다."

아리사가 헉헉거리며 계단을 올라왔다.

달려온 것치고는 빠르니까, 탑 안에서 단거리(숏레인지 리프) 전이를 쓴 거겠지.

나는 아리사에게 흑룡이 뇌수를 추적하고 있는 걸 말했다.

“—꺅.”

선회한 흑룡이 근처를 지났다.

직경 몇 킬로미터나 되는 커다란 도시도, 흑룡에게는 모형정원이나 다름없다.

“안 불러?”

“아까부터 부르고 있어.”

공간 마법 「원거리 통화」로 흑룡을 불러봤지만, 도통 응답이 없다.

“아! 인 거예요!”

흑룡이 뿜어낸 「용의 숨결(드래곤 브레스)」이, 뇌수를 노리면서 수평으로 하늘을 쓸었다.

그것만으로 하늘이 타오르고, 열풍이 세류 시를 유린했다.

“눈이 붉어! 분노로 이성을 잃은 거야!”

아리사가 어색한 연기로 말했다.

아마, 명작 판타지 영화의 한 장면을 패러디한 거겠지.

타오르는 하늘의 붉은색이 비쳐서 분명히 빨갛게 보이지만.

“목의 비늘이 벗겨졌어~?”

“네 인 거예요! 포치도 본 거예요!”

방금 전 접근했을 때, 흑룡이 피를 흘리고 있었다고 두 사람이 말했다.

멀리 보기로 살피니, 분명히 흑룡의 목 부근에서 피가 흐르고 있다. 저긴 역린이 있는 곳이야.

아무래도, 뇌수가 역린을 뜯어가서 분노로 미쳐 날뛰는 모양이군.

"위험한걸."

뇌수가 성 주변을 선회하고, 그것을 따라 흑룡이 주변에 커다란 피해를 주고 있다.

"용사할래?"

아리사의 말에 동료들이 눈빛을 반짝였다.

"기다려 주세요. 세류 백작은 주인님이 용사라고 의심하지 않았나요?"

"아! 전에 방문했을 때 그런 말을 했었지."

리자와 아리사에게 수긍했다.

곧장 용사 나나시로 출격하고 싶지만, 세류 백작이 은가면 사토 설을 밀고 있으니까 위험하다. 쿠로로 출격하는 수도 있지만, 사토 = 쿠로 설을 들쑤시는 것도 곤란해.

"그러면, 내가 코앞에 상급 불 마법을 쏴서 주의를 끌 테니까 주인님이 설득하면 돼."

아리사가 듬직한 말을 해준다.

"우리도 성으로 가자."

동료들에게 말하고, 아리사를 안아 들고 달렸다.

"마스터, 성에 결계가 생겼다고 고합니다."

나나 말처럼, 성을 반구형의 거대한 장벽이 뒤덮고 있었다.

이걸로, 적어도 성은 괜찮겠어.

"주인님!"

"사토!"

내벽 앞에서, 실프를 탄 미아와 루루가 합류했다.

"아진 씨 일행은 리자 씨의 지인들 호위를 하러 남았어요."

루루가 보고해 주었다.

그러면 미궁에서 마물이 범람해도 우리가 구출하러 갈 때까지 안전은 확보할 수 있다.

『고관, 습격! 임프들은 양동을. 고관, 회수!』

『양동』, 『행동』, 『파괴』, 『활동』, 『방화』.

어디선가 마족들의 목소리가 들린다.

"주인님, 여기저기서 불길이 오르고 있습니다."

고관 마족의 지시를 받은 소마족이 도시 여기저기서 양동을 시작한 모양이군.

"다들 마족의 대처를 하러 가! 나는 아리사랑 흑룡을 막는다."

다들 이구동성으로 대답하고, 마족의 양동을 막으러 흩어졌다.

"보인다."

"간다—다탄연속 화염구(멀티플 파이어볼)!"

흑룡의 코앞에 아리사가 불꽃놀이 같은 화려한 마법을 쏘았다.

—GWLBORBBBOOOUNN!

흑룡은 다탄연속 화염구의 폭발 속을 가로질러 짜증을 내듯 포효를 지르더니, 이쪽을 보지 않고 벼락 덩어리의 비를 뿌렸다.

"노와와와왓."

"괜찮아."

여유로운 움직임으로 벼락 덩어리를 회피했다.

벼락 덩어리가 넓은 메인 스트리트에 착탄되어, 돌바닥이 수도 없이 부서졌다.

"정전기가아아아아아, 머리가 폭발한다아아아아."

분명히 피부가 따끔따끔한다.

『헤일롱! 나다! 쿠로야!』

나는 바람 마법 「바람의 속삭임」을 써서, 용어로 흑룡을 불렀다.

그러나 반응이 없다. 흑룡은 완전히 분노로 이성을 잃었는지, 나를 인식 못하는 모양이다.

벼락 덩어리로 보복하고 만족했는지, 흑룡이 뇌수 추적에 집중했다.

"자작님!"

말을 탄 유켈 군이 이쪽으로 왔다.

함께 있던 무녀 오나가 없다.

"오나 님은 어디 있어요?"

"신전의 성역에 들어갔습니다. 신탁과 기적을 청하러……."

유켈 군이 괴로운 표정으로 시선을 내렸다.

"함께 있지 않아도 되겠어요?"

"신전에 제가 있어도 아무것도 못합니다. 하다못해 자작님을 돕게 해주세요."

"돕는다고 해도—."

원거리 공격을 못 쓰는 유켈 군이 있어도, 할 수 있는 일이 거의 없다.

"미끼가 되는 정도는 할 수 있습니다."

그런 짓을 하면, 레벨 30을 이제 막 넘은 유켈 군은 한순간에 잿더미가 될 거야.

—그렇지.

내 뇌리에 핀치를 찬스로 바꿀 아이디어가 떠올랐다.

“유켈 공에게 부탁이 있습니다.”

그렇게 말을 꺼내고, 사이가 좋은 양치기나 목장주에게 부탁하여 염소나 양을 모아 달라고 했다.

술자리에서 유켈 군과 그의 친구들이 한 말이 떠올랐어.

“여, 염소와 양 말인가요?”

“그래요. 중요한 임무니까 부탁합니다.”

내가 말하고, 금화가 든 주머니를 유켈에게 떠넘겼다.

염소는 흑룡이 엄청 좋아하는 거다. 먹보 흑룡이라면 염소에 반응할 게 틀림없어.

“중요? 정말로?”

당황하는 유켈에게 수긍하고, 틀림없이 중요하다고 보증을 해서 보냈다.

“주인님, 또 한 번 할까?”

“그래, 하지만. 여기서 하면 주민에게 피해가 생길 것 같으니까, 항룡탑이 있는 장원 쪽에서 하자.”

내가 말하고 장원 쪽에 있는 탑으로 올라갔다.

항룡탑에는 군벌계 사람들이 있어서, 풍차탑 하나를 골랐다.

“주인님, 저기!”

—GWLBORBBBOOOUNN!

아리사의 목소리와 흑룡의 포효가 겹쳤다.

흑룡이 뿜어낸 「용의 숨결」이 일격으로 성의 결계를 관통했다.

상급 마족의 공격도 일격이나 이격은 막아낸다고 하는데, 흑룡의 브레스는 그 이상의 위력이 있구나.

뇌수가 새롭게 치고 있는 성의 결계 틈으로 들어갔다.

—GWLBO.

흑룡의 옆구리에 몇 줄기 열선이 명중했다.

용의 비늘 표면에 떠오른 장벽이 열선을 받아 붉게 물들었다.

물론, 흑룡의 비늘이나 몸에 대미지는 없다.

"—마력포?"

"저쪽에서야!"

아리사가 가리킨 곳은 장원 쪽이다.

아마 장원에 있는 항룡탑의 대형 마력포가 틀림없어.

내가 풍차탑에 올라가자, 흑룡의 꼬리가 항룡탑을 휩쓰는 모습이 보였다.

"아리사, 주의를 끌자."

"여기서 끌어도 괜찮아?"

"그래. 여기라면 시가지에 피해는 안 생길 거야."

아리사가 다탄연속 화염구를 쓰고, 나도 그것에 맞추어 화염(파이어) 폭풍(스톰)을 쏘았다. 하급 마법은 흑룡에게 무효화되지만, 그래도 중급 공격 마법을 명중시키면 위험하니까 조금 비꼈다.

—GWLBBBOOO!

흑룡이 처음으로 비명을 질렀다.

우리가 쏜 화염 폭풍은 스치기만 했는데도 흑룡의 장벽을 태

워버리고 비늘 몇 장이 그을린 모양이다.

"주인님의 불 마법은 장난 아닌 화력이네."

"둘이 쏜 마법의 상승효과 아냐?"

"그런걸로 해둘게— 온다."

흑룡이 브레스 발사 모션에 들어갔다.

나는 「자유 방패(플렉시블 실드)」를 최대 32장 꺼내서, 나와 탑을 브레스에서 지켰다.

"으아아아아아아아아아아아아!"

「용의 숨결」을 정면에서 보는 박력에, 아리사가 비명을 질렀다.

한 스택에 여덟 장을 겹친 자유 방패 네 스택을 우리들 전면에 모두 겹치듯 배치했으니, 생각보다 여유 있게 막아냈다.

제각각 두 장씩 자유 방패가 깨졌지만, 예상한 범위 안이다.

전에 흑룡과 싸웠을 때 세운 견적이 정확한 것에 조금 만족감을 느꼈다.

—GWLBORBBBOOOUNN!

브레스가 안 통한 것이 프라이드에 상처를 냈는지, 거리를 벌리고 마법 연타로 바뀌었다.

접근하면 손톱 공격이나 꼬리 공격, 그리고 필살의 송곳니를 쓰지 않는 것은 아까 쏜 불 마법을 경계하기 때문이겠지.

"분노에 미친 것치고는 냉정하네."

"—그보다, 주인님이야말로 이 맹공 속에서 용케 냉정하네. 까딱하면 상급 마족보다 헤비한 공격인데?"

"성룡이 상대니까."

뭐, 구두나 저왕은 따로 친다고 해도 어지간한 마왕보다 공격력은 높을 거야.

나랑 아리사는 견제의 불 마법으로 주의를 끌면서 흑룡의 마법은 모두 자유 방패로 막아 흘리는 패턴으로 시간을 벌었다.

"주인님, 성 쪽에서 반짝반짝 하고 있어."

"뇌수랑 영지군이 싸우고 있어."

마력에 여유가 있어서 공간 마법 「멀리 보기」로 그쪽 상황도 확인했다.

도시 핵(시티 코어)의 의식 마법으로 강화됐는지, 키고리 경이 다른 사람 같았다. 성의 벽이나 탑을 발판 삼아서 공중을 달리는 뇌수와 호각으로 싸우고 있다. 히카루가 말했던 실전된 마법 「초인 강화(히어로 플레이)」가 이런 느낌일까?

벼락 영감과 제나 씨를 비롯한 마법사들도, 뇌수에게 저해 마법을 쓰거나 마법 장벽으로 진로 방해를 하면서 키고리 경을 지원하고 있었다. 성의 부지 안이라서 고위력의 마법은 쓰기 어려운 모양이군.

"신경 쓰이지만, 이쪽도 소홀히 할 수는 없으니까."

아리사가 성 쪽을 신경 쓰기 시작한 흑룡에게 견제 불 마법을 썼다.

"괜찮아 보여?"

"지금은, 그래."

그래도 도무지 뇌수에게 커다란 대미지를 주지 못하고 있다.

"불안한 거라도 있어? 마족이 빙의해서? 하지만 전에 뇌수 셋을 쫓아냈잖아?"

"이번 뇌수가 훨씬 격이 높아."

마족이 빙의된 탓일지도 모르지만, 이 뇌수는 레벨이 42나 된다. 크기도 두 사이즈 정도 크고, 그 뇌수들의 부모일 가능성이 높아.

"리자 씨 쪽을 보내서 도울까?"

"그렇네—."

나는 맵을 확인했다.

다행히 리자 일행은 이제 곧 소마족 토벌이 끝날 것 같다.

리자에게 「원거리 통화」로 제나 씨 지원을 요청하려고 마법란을 열었을 때, 종군 신관을 감싼 키고리 경이 뇌수의 큰 기술을 맞고 쓰러져 버렸다.

뇌수의 움직임이 멎은 틈에 벼락 영감이 본 적 없는 단일 개체 공격형의 벼락 마법으로 큰 대미지를 주었지만, 카운터 공격을 맞아서 가까이 있던 손자와 함께 날아가 버렸다.

제나 씨가 바람 마법으로 뇌수를 견제하면서 벼락 영감 곁에 달려간다.

이건 조금 위험한 상황이네.

"리자, 미안하지만 거긴 다른 애들한테 맡기고 성으로 가줘."

『예!』

리자가 이유도 묻지 않고 받아주었다.

맵을 보니, 가까이 있던 나나도 함께 성으로 가고 있었다.

"주인님, 이쪽도 참을성이 바닥난 모양이야."

"화풀이를 시작했나."

내가 공격을 너무 막아낸 탓인지, 흑룡이 항룡탑에 공격 마법을 뿌리기 시작했다.

지금은 항룡탑에 산발적으로 공격하고 있어서, 탑에 달려있는 거점 방어용 장벽으로 버티고 있었다.

『헤일롱! 이쪽이다!』

목소리에 도발 스킬을 담아 용어로 외쳐봤다.

공격이 다시 우리에게 집중되지만, 금방 다른 곳에 흩어진다.

그때마다 도발을 반복해서 주의를 다시 끄는 수수한 작업을 계속했다.

"저건, 리자 씨 아냐?"

"안 늦은 모양이다."

세류 백작이 조작했는지, 리자 일행이 성문에 도착했을 때만 장벽에 구멍이 열리고 그녀들을 들여주었다.

"궁합이 나쁜가……."

뇌수는 야생의 감으로 리자를 위협이라고 판단했는지, 키고리 경처럼 낮은 고도로 날지 않게 되어버렸다.

2단 점프를 한 나나를 받침 삼아서 더욱 하늘 높이 나는 방법으로 한 번 육박했지만, 순동 같은 속도로 하늘을 나는 뇌수가 아슬아슬하게 피해버렸다.

지금은 마인포로 공격하고 있지만, 견제밖에 안 된다.

"내가 전이로 다녀올까?"

"아니, 루루랑 미아도 가고 있으니까 그 정도까지는 안 해도 돼."

뇌수의 공격은 나나가 전부 막아내고 있으니까, 공격이 좀 어려운 거지 위기 상황 정도는 아니거든.

—어라?

제나 씨랑 리자가 뭔가 말다툼을 하는데.

신경 쓰여서, 「멀리 듣기」 마법도 사용했다.

『제나 님, 위험합니다.』

『알고 있어요. 뇌수의 주의가 나에게 쏠리면 실행해 주세요.』

『미끼는 제가.』

『그냥 미끼가 되는 게 아닙니다. 저에게도 스승님이 맡겨주신 뇌명환이 있어요.』

제나 씨 팔에 광산도시의 뇌수전에서 벼락 영감이 장비하고 있던 비보(아티팩트)가 있었다.

『그러나—.』

『리자, 나를 믿어주세요.』

『—알겠습니다. 그러나, 결코 무리는 하지 않는다고 약속해 주세요.』

『네, 무리는 안 해요.』

무리를 안 한다고 말하는 제나 씨의 표정은, 무리를 할 수밖에 없다는 결의가 느껴졌다.

리자의 표정을 보니, 그건 그녀도 아는 모양이다.

『■■……■ 비행(플라이)!』

영창을 마친 제나 씨가 비행 마법으로 날아올랐다.

뇌수가 제나 씨에게 정신이 팔린 틈을 놓치지 않고, 리자가 가까운 탑으로 달려 올라가 최상층에서 공보로 뇌수에게 급속 접근했다.

『—나선창격!』

뇌수가 황급히 회피행동을 했지만, 리자의 일격에서 완전히 벗어나지 못하고 나선창격으로 뒷다리가 날아가 버렸다.

『……■ 뇌장(썬더 스트라이크).』

제나 씨가 스파크를 두른 손으로 뇌수의 등을 때렸다.

허를 찔린 뇌수가 땅에 떨어졌다.

『실드 배쉬라고 고합니다.』

나나가 지상에서 뇌수를 때렸다.

그 등에 제나 씨가 착지했다.

『흡뢰(썬더 드레인)!』

제나 씨가 영창을 마친 마법을 발동했다.

뇌수가 제나 씨가 장비한 뇌명환에 빨려 들어간다.

『—크으으으.』

뇌수가 날뛸 때마다 스파크가 흩어지고, 제나 씨의 손과 팔에 상처가 난다.

이윽고 그 뇌수에게서 마족이 튀쳐나왔다.

『소관, 위기 감지. 신속하게 탈출. 소관, 임기응변.』

눈알에 발이 돋아난 기분 나쁜 모습이군.

『안 놓칩니다.』

순동으로 육박한 리자가, 마창으로 마족을 땅바닥에 꿰었다.

마족은 날개가 돋아나서 필사적으로 도망치려 했지만, 리자가 요정가방에서 꺼낸 홍강의 창으로 양 날개를 베어냈다.

『제나 님, 마무리를!』

리자는 마무리를 제나 씨에게 양보하는 모양이군.

—오옷?

뇌수를 뇌명환에 다 흡수한 제나 씨가, 소년만화에서 각성한 주인공의 하이퍼 모드 같아졌다. 풀린 머리카락이 정전기로 굉장해졌고, 온몸이 네온처럼 빛난다.

……저거 괜찮은 건가?

영창을 마친 제나 씨가 뇌명환을 낀 팔을 하늘로 들었다.

『낙뢰(콜 썬더)!』

뇌명환으로 증폭된 낙뢰가 마족을 잿더미로 만들었다.

굉장한 위력이다. 뇌명환에 뇌수를 흡수한 덕에 위력이 극적으로 오른 모양인걸.

"—제나 님!"

"고마워요, 리자. 나는 괜찮아요."

마력을 너무 써서 비틀거리는 제나 씨를 리자가 지탱했다.

리자와 나나의 서포트가 있었다지만, 제나 씨는 마족을 쓰러뜨릴 만큼 강해졌구나.

나는 내심 제나 씨에게 박수를 보내고, 그녀의 전과에 찬사를 보냈다. 다음은 레벨이 조금 더 오르면 동료들과 함께 싸울 수 있게 될 거야.

노력가인 제나 씨라면 분명 멀지 않은 미래의 일이겠지.

◆

"그럼, 남은 건 이쪽이군—."

원거리 공격이 안 통하는 걸 깨달았는지, 흑룡이 접근전으로 덤벼든다.

분노에 정신이 나가 있지만, 필살의 송곳니 공격은 급소가 무방비해지니까 자중하는군. 그 덕분에 어떻게든 자유 방패의 보충이 안 늦는 느낌이다.

하지만 이제 그만 참을성이 바닥 나서 「모든 것을 꿰뚫는」 용의 송곳니를 쓸 것 같으니까 방심할 수 없다.

"주인님. 왔어."

아리사가 내 소매를 당겼다.

흑룡이 드디어 돌진한 건가 생각했더니, 유켈 군이 대량의 양과 염소를 데리고 돌아왔다.

"마리엔텔 경! 양과 염소를 장원에 풀어주세요!"

나는 확성 스킬로 유켈 군에게 지시했다.

그는 함께 온 양치기에게 말해서, 양과 염소를 장원에 풀었다.

양과 염소가 중간에 돌아가려 했지만, 아리사에게 말해서 공간 마법으로 진로를 한정하여 몰았다.

—GWLBORBBBOOOUNN!

염소와 양을 발견한 흑룡의 눈빛이 변했다.

방금전하고는 명확하게 분위기가 달라.

"—오."

흑룡이 공중에서 급제동하더니, 다급하게 급강하했다.

대지를 흔들면서 착지한 흑룡이, 침을 흘리면서 염소와 양을 먹어댔다.

“우왓. 꿈에 나올 것 같아.”

아리사가 입을 누르면서 고개를 돌렸다.

마음은 이해한다. 스플래터한 광경이 장원을 엽기색으로 물들이고 있으니까.

—RWULOOOUUUUNN!

흑룡이 방금 전과 딴판으로 기분 좋은 소리로 한 번 울었다.

혹시 제정신으로 돌아왔나?

『헤일롱, 들려?』

『—응? 이 목소리는 쿠로인가? 어디 있지? 이쪽으로 와라. 성찬이 있다.』

내가 바람 마법 「바람의 속삭임」으로 흑룡을 부르자, 기분 좋은 목소리가 돌아왔다.

『알았어. 금방 갈게.』

나는 마법을 끄고, 풍차탑을 내려가 유켈 군과 합류했다.

이동하면서 「원거리 통화」로 리자 일행에게 연락을 하고, 흑룡에게 「원거리 통화」를 다시 연결했다.

『쿠로는 희한한 마법을 쓰는군.』

『인간족은 용어를 모르는 사람이 많아. 수상하게 생각하지 않도록 마법으로 말을 거는 건데 괜찮아?』

『상관없다. 사소한 일이야.』

흑룡의 성격이 대충이라 살았어.

유켈 군을 데리고 흑룡이 있는 장원으로 갔다.

이동하면서 흑룡의 역린을 뜯어간 마족은 이미 처분했다고 전했다. 흑룡은 자기가 보복을 못한 것에 불만이 있는 것 같았지만, 사족을 못 쓰게 좋아하는 염소 앞에서는 분노가 오래 못 가는지 알았다고만 대답했다.

"페, 펜드래건 경, 정말로 괜찮을까요?"

"괜찮아요. 자, 기분 좋게 그르렁거리고 있잖아요."

"그런 건가? 저건 위협하는 소리가 아닌지?"

"아니에요."

겁을 먹은 유켈 군을 달래면서 흑룡 앞으로 나섰다.

『쿠로, 그 인간족은 누구지?』

『그는 유켈이야. 이 염소랑 양은 유켈 군이 가져왔어.』

『그런가. 좋은 녀석이군.』

흑룡이 고개를 돌려, 유켈 군의 눈앞에 코끝을 향했다.

"페, 펜드래건 경."

"염소의 답례를 하고 있어요."

"정말로?"

"정말입니다."

그러니까 끌어안지는 마시고.

『쿠로, 연회를 하자! 그 인간족도 함께 즐겨라!』

흑룡이 길게 노래하듯 포효하자, 땅바닥이 움푹 들어간 모양으로 변했다.

잠시 지나자, 중앙에서 맑은 물이 솟았다.

투명한 물이 서서히 녹색으로 물들고, 멜론소다 같은 색의 투명한 술로 변했다.

"샘이 솟았다?"

"이건 용천주라는 술입니다."

"용천주? 용사 다이사쿠 이야기에 나오는 환상의 술이요?"

용사 다이사쿠…… 이상한 전설은 남기지 말아요.

"기껏 흑룡이 준비해줬습니다. 함께 마시죠. 막 솟은 용천주는 각별합니다.

나는 스토리지에 있던 「환상의 파랑」 도자기 술잔으로 용천주를 떠서, 하나를 유켈 군에게 건넸다.

"주인님, 한 모금 줘."

"한 모금뿐이다?"

"알고 있다니까— 크으, 역시 맛있어."

잔뜩 마시면 전처럼 될 테니까, 약속대로 한 모금만 주고 술잔을 빼앗았다.

"조금 더 마시고 싶은데—."

"안돼."

"뭐, 오늘은 간접키스로 만족해줄게."

아리사가 만족스런 표정으로 말했다.

"—맛있어."

유켈 군이 용천주를 마시고 감동했다.

방금 솟은 용천주는 향도 좋고, 투명하고 매끄러운 느낌도 좋고, 몸에 스며드는 깊은 주정도 좋고, 다른 술하고는 한 차원 다르게 맛있으니까.

『쿠로와 인간족도 먹어라.』

흑룡이 구운 양을 우리들 앞에 놓았다.

"이, 이것은?"

"함께 먹자고 합니다."

용어를 모르는 유켈 군은 흑룡의 행동이 너무 갑작스럽게 보였는지 조금 겁을 먹었다.

반쯤 숯덩이길래, 재빨리 발라내서 구운 고기로 만들었다.

『쿠로, 마요네즈는 없나?』

『있어.』

그러고 보니 흑룡은 마요러였다.

미리 만들어둔 항아리 마요네즈를 격납 가방(개러지 백) 경유로 스토리지에서 꺼내 흑룡에게 제공했다.

『이거지 이거야. 이게 있으면 더욱 맛있다! 너희들도 먹어라!』

"이걸 쓰는 건가?"

흑룡이 손톱 끝으로 집어 내민 항아리에서, 한 스푼 받아 고기에 발라 먹었다.

"별난 맛이군."

"구운 고기에는 그렇게까지 맞는 게 아니지만, 튀김이나 야채에 바르면 맛있습니다."

나는 스틱 야채를 만들어 유켈 군에게 건넸다.

그 무렵에는 동료들이 도착하고, 조금 늦게 기사들의 수호를 받으며 세류 백작도 나타났다.

"펜드래건 경…… 괜찮은 것인가?"

"네, 보시는 바와 같이."

세류 백작이 다가오는 걸 레이더로 알았기 때문에, 흑룡에게 부탁하여 유켈 군을 손바닥 위에 올려 사이가 좋다고 어필을 했다.

"마리엔텔 경이 진정시켰는가?"

"그가 양치기들과 목장주를 설득해서, 염소랑 양을 바쳐서 흑룡의 분노를 진정시켰습니다."

"그렇군! 그러고 보니 40년 전에 흑룡이 공격해왔을 때도, 염소를 먹어 치웠다는 기록이 있었다……."

"마리엔텔 경은 그 일화를 알고 있었겠죠. 멋진 부하를 두셨습니다."

유켈 군과 무녀 오나의 사랑을 성취시키기 위해서, 전부 그의 공적인 걸로 해야지.

"……흠."

세류 백작이 유켈 군과 흑룡을 보았다.

무거운 분위기에, 작전 실패의 말이 뇌리에 떠올랐다.

"—재치는 있는 모양이군."

세류 백작이 무거운 한숨을 쉬고, 그렇게 말을 이었다.

한 번 더 밀어보면 되려나?

『헤일롱, 괜찮으면 유켈 군을 데리고 하늘을 날아줄래?』

『어째서지?』

『그는 용을 타고 나는 게 꿈이었다고 했거든.』

그런 이야기를 들은 적은 없지만, 백작의 살롱에서 들은 왕조 야마토의 위업 중 하나로 「용을 타고 날았다」가 있었으니 그 고사를 본받기로 했다.

『좋다. 등을 허락할 생각은 없지만, 손바닥에 올리고 나는 것 정도라면 별것 아니지.』

흑룡이 유켈 군을 손바닥에 올리고 날아올랐다.

갑작스런 일이라 유켈 군이 비명인지 환성인지 모를 외침을 질렀다.

"날았다? 흑룡과 함께?"

세류 백작이 놀라는 소리를 흘리고, 주변 사람들도 술렁거렸다.

"거짓말이지? 응?"

"나는 꿈을 꾸는 건가?"

"사람이 용을 타고, 있다고?!"

"저건 붙잡혀 있는 거 아냐?"

"잘 봐라! 마리엔텔이 웃고 있다."

"좋겠다, 나도 타고 싶어……."

백작을 호위하는 기사들까지, 다른 병사들과 함께 흑룡과 유켈 군의 모습을 눈으로 추적하고 있었다.

"왕조님과 같은 위업을, 마리엔텔 경이?"

백작이 입가에 손을 대고, 유켈 군을 올려다 보았다.

자세히 보니, 손가락 사이로 보이는 백작의 입가가 올라가고 입가가 느슨해졌다. 아무래도 놀라움을 넘어서 눈앞의 일에 흥분한 모양이다.

"—유켈?!"

제나 씨인가 했더니, 무녀 오나가 있었다.

파리온 신전에 있었을 그녀가, 어느샌가 찾아온 모양이군.

"자작님, 대체 무슨 일인가요?! 어째서 유켈이 흑룡에게 잡혀 있는 건가요?"

무녀 오나가 패닉 상태로 내 몸을 흔들었다.

아무래도 그녀는 유켈 군이 스스로 흑룡의 손에 오르는 장면을 못 본 모양이다.

"이렇게 되면, 파리온 님께 강림을 청해서라도 유켈을 구해내겠어요!"

결사적인 표정으로 무녀 오나가 하늘을 유람하는 흑룡과 유켈 군을 올려다 보았다.

이 경우 강림이란 것은 무녀의 생명을 희생해서 강신을 바라는 기원 마법이겠지.

"오나 님. 그럴 필요 없습니다."

"아뇨! 흑룡에게 붙잡힌 유켈을 구해낼 수단이 달리 없어요."

평소에는 냉정침착한 무녀 오나도, 사랑하는 상대를 위해서 모든 것을 내던지는 격정이 있구나.

"진정하라니까. 유켈은 스스로 흑룡을 탔어."

"—스스로?"

아리사가 긴 막대기로 무녀 오나의 머리를 두드려 주의를 끌었다.

자세히 보니, 막대기가 아니라 프랑스빵처럼 구운 스튜용 빵이다.

"봐, 손 흔들잖아?"

"—앗."

무녀 오나는 유켈 군이 자신에게 손을 흔들고 있다는 걸 드디어 깨달았다.

『헤일롱, 미안하지만 또 한 명 데리고 날아줄래?』

『또 한 명? 쿠로나 그 동료인가?』

『아니야. 지금 데리고 있는 유켈 군의 연인이야.』

『연인? 아아, 짝짓기하는 상대군. 좋다. 쿠로를 봐서 특별히 해주지.』

교섭이 성립되어, 흑룡이 우리들 앞으로 급강하했다.

주변 사람들이 황급히 도망치고, 무녀 오나를 수행하는 신관과 신전 기사가 황급히 피난시키려 했다.

"유켈!"

"오나 님? —오나 님도 함께!"

흑룡의 의도를 짐작한 유켈 군이, 자신이 있는 용의 손바닥에 무녀 오나를 불렀다.

수행 신관과 신전 기사가 말리려 했지만, 무녀 오나는 그것을 뿌리치고 유켈 군의 손을 잡아 용의 손바닥 위로 올라갔다.

그걸 확인한 흑룡이 뒷다리의 차는 기세만으로 고도를 확보하고 충분한 고도에서 거대한 날개를 퍼득여 하늘을 날았다.

"우와. 바람 굉장해~."

아리사가 바람에 휘날리는 머리카락을 누르면서 올려다 보았다.

"러브러브 커플의 유람 비행이네. 주인님 짓이야?"

"이걸로 공인 커플이 되잖아?"

씨익 웃는 아리사에게, 나도 같은 사악한 웃음을 지었다.

"오나 님까지……."

어떻게 된 거지? 오나 님을 용의 산 제물로 삼은 건가?!"

"아니, 마리엔텔 경이 용의 분노를 풀었다고 하더군."

"어떻게?"

"몰라. 모르지만, 저 모습을 보니, 오나 님을 데리고 함께 날아 줄 정도로는 마음에 든 모양이다."

기사나 병사들의 대화를 들은 백작이 생각하는 표정을 지었다.

"용을 탄 기사와 무녀라……. 이건 우리 영지의 영예가 되겠, 지. ……그러나, 오나를 맡기기에는……."

백작의 중얼거림을 엿듣기 스킬이 포착했다.

그의 마음속에서 타산과 딸에 대한 애정이 싸우고 있는 모양이다.

잠시 시간이 지나, 흑룡이 세류 시를 몇 번 돌고 돌아왔다.

"오나 님, 손을."

"고마워요, 유켈."

흑룡의 손에서 유켈 군과 무녀 오나가 내려섰다.

백작을 비롯한 지상의 사람들은 흑룡과 일정한 거리를 두고 있었다.

아무래도 흑룡에게 달려가는 무모한 자는 없었다.

"가능하면 나도 흑룡을 타고 싶다만……."

"그러지 마십시오, 각하! 저도 동감이지만, 만에 하나라도 용의 분노를 사면 우리들 따위 방패도 못 됩니다."

용을 타고 나는 것은 로망이 있는 건지, 백작과 키고리 경이 자기도 흑룡을 타고 싶어 하지만 만에 하나를 생각해서 자중하는 모양이다.

『헤일롱! 루루랑 같이 염소 요리를 만들어뒀어!』

흑룡이 유람 비행을 하는 사이에, 영지군의 공병에게 도움을 받아 준비를 했지.

『오오! 번들번들해서 맛있어 보이는 통구이로군!』

흑룡이 데리야키풍으로 만든 염소 통구이에 군침을 흘렸다.

"흐, 흑룡 나리! 우리들이 마음을 담은 환영의 표식이다. 부디 받아주시오!"

백작이 흑룡에게 외치자, 흑룡과의 연회가 시작됐다.

흑룡은 백작을 무시하고 요리를 먹어 치웠지만, 백작도 딱히 기분이 상한 느낌은 아니다.

오히려 요리를 집어주어 안도한 느낌이다.

그 증거로 백작은 성의 요리사에게 명하여, 호화로운 요리를 차례차례 가져와 흑룡과 우리들에게 대접해 주었다.

나도 격납 가방 경유로 스토리지에서 꺼낸 타우로스 고기를 제공했다.

아무래도 격납 가방을 경유하면 부위별로 커팅된 고기밖에 못 꺼내니까, 흑룡에게는 씹는 맛이 없는 사이즈가 되어 버린다.

『작지만 맛있군! 쿠로, 이건 무슨 고기지?』

『수해미궁에 있는 타우로스야.』

『수해미궁이라. 다음에 사냥을 하러 갈까?』

흑룡이 식욕으로 눈동자를 번득이며 말했다.

『타우로스 고기라면 통째로 잔뜩 있으니까, 나중에 흑룡산맥으로 가져다 줄게.』

『오오! 그건 고맙군!』

요새도시 아카티아에 흑룡이 놀러가면, 로로나 티아 씨가 바빠질 테니까.

“니헤헤~.”

“흑룡 아저씨인 거예요!”

“오랜만에 뵙습니다, 흑룡 나리.”

아인 소녀들이 고기 요리를 가지고 흑룡에게 인사하러 갔다.

『그래, 수고가 많다.』

흑룡이 헌상품인 고기 요리를 맛있게 먹었다.

—LYURYU.

요리 냄새에 이끌렸는지 흑룡의 기척을 느낀 건지, 포치의 가슴팍에서 어린 용 류류가 나타났다.

『백룡의 아이인가? 어째서 이런 곳에 있지?』

흑룡이 의문스럽게 물었다.

『우리가 보호했어. 지금은 부모인 백룡을 찾고 있는 중이야.』

『그렇군. 그 녀석은 아이를 제대로 키우지도 않는 적당한 놈이다.』

『부모를 알아?』

류류의 부모는 육아 포기를 하는 타입인가 보군.

『용의 계곡에 있는 녀석들은 모르지만, 밖에 있는 백룡이라면 그 녀석뿐일 거다.』

『어디 있는지 알아? 류류를 데려가고 싶은데.』

『류류라고 이름을 붙였나? 좋은 이름이다.』

흑룡이 자애로운 시선을 류류에게 보냈다.

『이대로 쿠로가 키우면 될 거다. 감당을 못하겠으면, 내가 키워 줄 텐데?』

『고마워. 육아에 곤란한 일이 있으면 상담할게. 그보다 백룡이 어디에 있는지는 알아?』

『그 녀석은 변덕스럽다. 바람 부는 대로 마음 가는 대로, 대륙에서 대륙으로 건너다니지. 지금은 남쪽 대륙에서 고룡 할멈이랑 싸움이라도 하고 있을지도 모른다.』

유감이지만, 흑룡도 류류의 부모가 어디 있는지는 모르나 보군.

"주인님, 뒤, 뒤."

아리사의 말을 듣고 돌아보자, 큰 그릇에 고기 요리를 담아 들고 온 자들이 줄을 서고 있었다.

들어보니, 아인 소녀들을 본받아 흑룡에게 고기 요리를 헌상하는 모양이다. 강함에 대한 동경이 있는 건지, 기사나 병사들이 많다.

『이 녀석들은 뭐지?』

『헤일롱에게 요리를 헌상하고 싶은가봐.』

『수고가 많다. 공물을 받지.』

용어를 모르는 사람들이, 흑룡의 목소리를 듣고 움츠렸다.

"흑룡 나리가 여러분의 헌상품을 받으시는 모양입니다."

그렇게 말하자, 조심조심 겁을 먹으면서도 흑룡에게 요리를 헌상했다.

마지막 몇 걸음은 무리였는지, 아인 소녀들이 받아서 흑룡의 입가로 요리를 날랐다.

어쩐지 모르게 「흑룡의 무녀」 같은 느낌이군.

흑룡이 헌상품을 받은 것에 안심했는지, 주변에 준비해둔 테이블에서도 초상집 같은 무거운 분위기가 사라지고 담소할 여유가 생긴 모양이다.

"굉장하잖아, 유켈! 백작님도 칭찬을 하셨다."

"그래. 마리엔텔 경의 위업은, 이 눈으로 똑똑히 보았다. 후에, 폐하께도 상신할 셈이다. 기대하고 있어라."

키고리 경과 세류 백작이 유켈 군과 무녀 오나를 둘러싸고 기분 좋게 말했다.

무녀 오나는 공인 같은 분위기에 만족스러운 기색이지만, 유켈 군은 백작이 스스럼없이 어깨를 두드리자 어찌 반응해야 할지 몰라 난처해하고 있었다.

"산나물."

"마스터, 미아가 맛있는 산나물과 약초를 발견했다고 보고합니다."

오늘은 고기 요리가 많으니까, 미아가 산나물을 캐온 모양이다.

요리를 하라는 거겠지—응? 산나물?

"장원에 산나물? 그건 밭에서 키우던 거 아냐?"

"아냐."

미아가 섭섭하다는 기색으로 고개를 옆으로 저었다.

"흑룡의 노래로 돋아난 모양이야."

아리사가 가리킨 곳에서, 포치랑 타마와 기분 좋게 놀아주는 흑룡이 즐겁게 콧노래를 흥얼거리고 있었다.

그러고 보니 용의 노래는 희귀한 식물을 키우지.

"여기는 세류 백작의 장원이니까 약초는 돌려주자."

"산나물도?"

"지금 먹을 만큼은 괜찮지 않을까?"

그게 흑룡도 기뻐할 테니까.

"응, 구워줘."

"알았어."

"주인님, 도울게요."

나는 미아에게 받은 산나물을 루루와 함께 손질하고, 연회 요리에 더했다.

연회는 밤늦게까지 열리고, 용을 타고 날았다는 「왕조님 이래 첫 위업」을 이룬 유켈 군은 여기저기서 불러다니며 대인기였다.

그 인기는 흑룡이 물러간 다음날 이후에도 이어졌고, 영지 안의 귀족 영애들이 소리를 질러서 무녀 오나가 질투하는 일도 있었다.

우리가 제3기의 육성을 마칠 무렵, 세류 백작이 정식으로 유켈 군을 무녀 오나의 혼약자 후보로 지명했다.

"아버님, 『후보』인가요?"

"마리엔텔 경은 아직 젊다. 몇 년 정도 경험을 쌓고, 그 명성에 짓눌리지 않는다면, 후보를 떼어 주지."

항의하는 무녀 오나에게, 세류 백작이 산전수전을 다 겪은 대귀족의 표정으로 말했다.

“알겠지? 마리엔텔 경.”

“네! 백작님!”

“그래. 더욱 공적을 쌓아라.”

세류 백작이 유켈 군의 어깨에 손을 올리고 격려했다.

아직 골은 아니지만, 다음은 스스로 노력하면 어떻게든 될 테니까 나는 이쯤에서 손을 떼야지.

“—유켈.”

“오나 님.”

연인들이 마주보았다.

힘내라, 젊은이들이여— 응원해줄게.

에필로그

"사토입니다. 옛날에는 명절마다 성묘를 했습니다만, 지금은 일이 바쁘다는 핑계로 가는 일이 없어졌습니다. 그걸 메우려는 건 아닙니다만, 법사로 묘에 들렀을 때는 정성스레 성묘를 하려고 합니다."

"3기생의 훈련이 종료됐습니다."

나는 보고를 하기 위해 백작의 집무실을 찾아왔다.

"이걸로 계약 종료로군요."

"그래. 자작의 일에 만족하고 있다."

백작이 기분 좋은 표정으로 대답했다.

특별 훈련생 중에서 마인을 배운 것은 유켈 군을 포함하여 네 명뿐이었지만, 이른바 「조짐」이라는 스킬을 배우기 전 단계에 이른 자는 두 배 가까이 되니까 언젠가 그들도 마인 스킬을 익히게 될 거야.

"약속한 수인 노예들을 넘기는 것은 가인에게 명해뒀어. 나중에 수령해주게."

"알겠습니다."

백작에게 수인 노예들의 양도증명서를 받았다.

그러고 보니 훈련을 방해하던 땡땡이 기사 핀카로와 바크타 고참병은 강등 처분을 받고, 벌을 받아 인기가 없는 임무를 떠맡아서 비명을 지르는 모양이다.

참고로 원흉인 바보 아들은 근신 처분을 받은 데다가 공직에서 해고되고, 지금은 엄격한 아버지가 태수를 맡고 있는 광산도시에서 소처럼 일하고 있다는 모양이다.

"키고리에게 졸업생들의 활약을 들었는가?"

"네, 들었습니다."

훈련 뒤의 술자리에 난입한 키고리 경이 이것저것 가르쳐 주었다.

"미궁의 탐색과 자원의 회수율이 전보다 5할 늘었다는군. 게다가, 인적 피해는 회복 가능한 경미한 수준이야."

백작이 창밖을 보면서 말하고 눈을 감았다.

"인적 자원의 낭비라…… 그야말로, 귀공이 한 말이 맞았어."

그는 침통한 표정으로 말을 끊은 다음, 이쪽을 돌아보며 말했다.

"내 견식이 얕은 탓에, 우행을 최선의 수라고 생각하고 있던 자신의 암담함이 부끄러울 따름이군."

그가 말하는 것은 수인 노예들을 고기 방패로 희생시킨 것을 가리키는 거겠지.

이건 아마 그의 진심일 거야. 키고리 경에게, 고기 방벽으로 죽어간 수인 노예들을 추도하기 위해서 백작이 위령비를 세우는 것을 문관에게 명했다고 들었으니까.

"계약에 있던 수인들의 처우 개선안은 영지 안에 포고를 내렸다네. 백성들에게 퍼지려면 시간이 걸리겠지만, 그저 형식이 되지 않도록 세류 백작가의 이름과 왕조님께 맹세하지."

시가 왕국의 귀족에게 가문의 이름과 왕조 야마토의 이름을 거는 맹세는 가장 신용할 수 있는 거니까, 그가 얼마나 진심인지 알 수 있었다.

그 뒤에 왕국 회의에서 재회할 것을 약속하고, 나는 방을 나섰다.

◆

""""리자!""""

"아베, 치타, 케미!"

리자와 노예에서 해방된 수인들이 포옹을 나누었다.

어제 제3기 훈련이 끝나고, 중범죄 노예를 제외한 2,967명의 수인 노예가 우리들에게 양도되었다.

리자의 지인은 모두 노예에서 해방했지만, 다른 수인 노예들은 세류 백작의 요청으로 무노 백작령에서 농노로 몇 년 지낸 다음에 해방하게 되어 있었다.

듣자니 세류 시에서 해방해버렸다가, 무노 백작령에서 농업이나 수렵에 종사하려 하지 않고 세류 백작령에서 신세를 망치고 도적이 되면 곤란하다고 했다.

"비공정에 타는 건 낮부터인가?"

"아뇨, 내일 아침 예정입니다."

곰 수인 아베가 리자에게 확인했다.

두 척의 비공정은 방금 도착한 참이었다.

니나 씨 경유로 준비한 비공정인데, 제2기가 시작된 시점에서 모두 탑승하기 어렵다는 게 예상됐기 때문에 히카루에게 부탁하여 왕도에서 무노 백작령으로 이민을 옮긴 대형 비공정을 이쪽으로 돌렸다.

그래도 한 번으로는 다 이동할 수가 없으니까 추가한 대형 비공정이 다시 한번 왕복하게 된다.

"나랑 이 애들이 비공정을 타게 될 줄은 몰랐어요."

아기를 안은 표범 머리 종족의 치타가 감개를 담아 말했다.

"비공정을 타는 게 내일이라면, 그 전에 가고 싶은 곳이 있는데 괜찮을까?"

개 수인과 고양이 수인 아이들을 이끌고 긴 털 쥐 수인 케미가 리자에게 말했다.

"주인님, 괜찮을까요?"

"상관없는데, 어디를 가고 싶나요?"

전 주인에 대한 보복 같은 거면 막아야 한다.

수인 노예의 해방이 무산되면 곤란해.

"요나 할멈의 성묘야."

케미가 무뚝뚝하게 말했다.

"그러면 꽃을 꺾어서 가죠."

맵 검색으로 꽃이 흐드러져 있는 장소를 체크하여, 그녀들을 데리고 꽃을 꺾어서 함께 요나 할멈의 성묘를 하러 갔다.

"여기~?"

"포치는 아는 거예요! 여기는 요나 할멈 집이 있던 장소인 거예요."

요나 할멈의 묘는, 폐옥 같은 요나 할멈 집의 부지 안에 있었다.

"멋대로 들어가도 괜찮을까?"

"괜찮아. 나디 씨의 중개로 여기 소유권을 사뒀으니까."

훈련 사이에 수속을 마쳤다.

"과연 주인님. 빈틈이 없네."

"재방문했을 때 추억의 장소가 없어지면 싫잖아?"

다행히 쓸 길 없는 돈이 잔뜩 있으니까.

우리는 긴 털 쥐 수인의 안내로, 요나 할멈의 묘가 있는 장소로 이동했다.

"꽤, 검소하네."

묘는 나무 아래에 어린애 머리 정도의 돌을 두기만 한 간소한 것이었다.

"이름 정도는 새길까?"

"필요 없어. 요나 할멈이 그랬지. 누가 묻혀있는지 아는 사람만 애도하면 된다고."

이 묘에는 과거에 죽어간 다른 수인 노예들의 뼈도 묻혀있다고 한다.

우리는 묘에 꽃을 바치고, 선향 대신 촉대에 촛불을 켜뒀다. 이것만 하면 쓸쓸하니까, 생전 요나 할멈이 좋아했다는 탁주를 잔에 따라뒀다.

후인님, 또바
"주인님, 또 봐."

후인님, 쓰스해
"주인님, 쓸쓸해."

후인님, 나 헌향해
"주인님, 나 건강해."

개 수인과 고양이 수인 아이들이 몇 안 되는 어휘로 요나 할멈과 작별을 아쉬워했다.

"주인님, 당신, 싫지 않았어."

"주인님, 신세를 진 나날 잊지 않을게요."

"따아~."

곰 수인과 표범 머리 종족 모자가 꽃을 바쳤다.

"먼저 뒈져버리다니……."

긴 털 쥐 수인이 말을 내뱉으면서, 묘석에 꽃을 내던졌다.

""""케미!""""

곰 수인과 아이들이 긴 털 쥐 수인에게 비난의 소리를 질렀다.

그러나, 이어지는 말은 긴 털 쥐 수인의 볼을 흐르는 눈물을 보고 멎었다.

"어째서인데. 100살까지 사는 거 아니었냐고."

긴 털 쥐 수인이 묘석에 볼을 대면서 흐느껴 울었다.

이 자리에서 누구보다도 요나 할멈의 죽음을 애도하는 것은 그녀였던 모양이다.

"미안하네. 꼴사나운 모습을 보여버렸어."

"아뇨, 그렇지 않아요."

부끄러운 기색으로 고개를 돌린 긴 털 쥐 수인에게, 리자가 상냥한 목소리로 말했다.

그녀들과 요나 할멈의 분명한 인연에 훈훈해지면서, 요나 할멈의 집을 떠났다.

""""마스터.""""

문 쪽으로 걸어가자, 나나 자매가 일제히 나를 보았다.

""""저희들도 전 마스터에게 꽃을 바치고 싶다고 고합니다.""""

나나 자매들이 그렇게 말했다.

요나 할멈을 애도하는 수인들을 보고, 전 마스터인 「불사의 왕(노라이프 킹)」 젠을 떠올린 모양이군.

"좋아. 내일 아침까지는 시간이 부족하니까. 두 번째 이민 때 가자."

""""예스 마스터.""""

오늘 밤 안으로 섬구를 쓰면 금방 산꼭대기까지 갈 수 있으니까, 전이 포인트를 먼저 만들어 두면 「요람」의 터까지 꽃을 바치러 가는 것도 간편하지.

"무슨 일인가요?"

리자가 개 수인과 고양이 수인 아이들과 뭔가 얘기를 하고 있다.

"나디한테 고맙다고 인사하고 싶어요.(나디하테 코아다오 인사하오 시어오)"

"점장한테도.(저자하에호)"

"주인님, 괜찮을까요?"

"서두르는 용건도 없으니까 상관없어."

아이들의 부탁으로 해결사에 들르게 되었다.

"—리자 스승님!"

불러 세우는 목소리에 돌아보자, 병사 세 명이 있었다.

이름은 기억 못하지만, 한 명이 제2기의 졸업생일 거야.

"이 사람이 리자 스승?"

“처음 뵙겠습니다! 이제 훈련은 안 하는 건가요? 저는 훈련 선고에 못 들어가서, 스승님의 훈련에 참가 못한 게 너무너무 아쉬워서.”

한 명이 놀라고, 또 한 명이 리자에게 애원했다.

갑자기 매달리자, 리자가 난처한 표정이다.

“야, 떨어져! 죄송합니다, 리자 스승님. 갑갑한 놈들이라.”

졸업생이 애원하는 병사를 리자에게서 떼어 놓았다.

“아뇨, 상관없습니다. 그러나, 내 뜻만으로 훈련을 시킬 수는 없으니—.”

리자가 시선으로 도움을 청하길래 「세류 백작의 의뢰가 있으면 고려할게요」라고 말해두었다.

“아~! 루루 스승님!”

“타마 선생님이랑 포치 선생님도!”

“나나 님이랑 미아 님, 그리고 아리사도 있잖아.”

다른 졸업생들도 우리를 발견하고 모였다.

아인인 우리 애들이 인간족의 졸업생들과 모습을 감추지 않고 대등하게 이야기하고 있었다.

극히 당연한 광경인데, 얼마 전의 세류 시에서는 있을 수 없는 일이었다.

그것은 극히 일부만의 기적일지도 모른다.

하지만, 이건 리자와 동료들이 일으킨 변화다. 나는 그런 변화를 불러온 동료들을 자랑스럽게 생각했다.

◆

"주인님, 포치는 유니를 만나고 와도 되는 거예요?"

졸업생들과 헤어져서 해결사 앞까지 오자, 안절부절하는 느낌으로 포치가 물었다.

"그래, 다녀와."

"됐다~."

"와~, 인 거예요!"

포치랑 타마가 유니를 만나러 문전 여관으로 달려갔다.

우리는 수인들과 함께 해결사로 가서, 나디 씨와 점장에게 지금까지 일에 대한 감사를 하고 마음을 담아 사례를 추가로 건넸다.

"나디 씨, 집의 매수 건으로 신세를 졌습니다."

"아뇨. 본래 빚이란 형태로 상업 길드가 맡고 있던 빈 집이었으니까요. 사들여주시면 이쪽이 더 감사하죠."

요나 할멈의 유산을 상속한 조카는 도박에 빠져서 빚 대신 노예가 되어버린 모양이다.

지금은 수가 대폭 줄어든 수인 노예들 대신 인간족의 노예들을 광산도시로 보내고 있으니, 빚이 많은 그도 그곳에 갈 가능성이 높군.

"유야, 감사."

"나디."

"그래도, 감사."

"알았다."

미아가 점장에게 감사 인사를 했다.

아마도, 점장은 나디가 한 일이니까 감사할 필요 없다고 하고 그래도 미아가 감사를 하고 싶어 해서 점장이 그걸 받아준 느낌일까?

여전히 말이 너무 짧아서 내용의 번역이 필요한 두 사람이군.

"사토 씨."

문전 여관에서 마사가 찾아왔다.

유니를 데리고 포치와 타마도 함께다.

"얘들한테 들었는데, 벌써 가는 거야?"

"응. 여기서 하던 일이 끝났으니까."

"에~, 쓸쓸하잖아~. 다음에 왔을 때는 우리 여관에 묵어야 돼. 그 무렵에는 여관도 늘어서 혼잡함도 신성될 테니까."

"그때는 꼭 들를게."

"들르기만 하는 게 아니라, 묵고 가라니까~. 싸게—는 못하지만, 진심을 담아서 맛있는 요리랑 청결한 침대를 준비해둘 테니까."

마사를 처음 만났을 때 한 말을 했다.

조금 수줍게 웃음을 짓고 있는 걸 보니까, 그녀도 그때 일을 기억하는 모양이군.

"알았어. 그때는 묵을게."

"약속이야!"

마사와 손가락 걸기를 했다.

"포치도 또 마구간에 묵으면서, 유니를 도와주는 거예요!"

"지푸라기 침대는 맡겨줘~?"

"아하하, 포치도 타마도, 이제 귀족님이니까 제대로 된 방에서 묵을 수 있을 거야. 그죠? 마사 아씨?"

유니가 웃으면서 마사에게 물었다.

"응, 물론이지. 백작님이 이제부터 수인 여행객도 늘어나니까 숙박 거부나 입점 거부는 금지라고 통달했는걸. 수인에게 폭력이나 차별 발언을 하는 게 금지가 됐다고, 손님들이 시끄러웠어."

세류 백작은 제대로 나랑 계약을 맺은 처우 개선안을 실행해 주는 모양이군.

숙박 거부나 입점 거부 금지는 처우 개선안에 포함되지 않았지만, 미궁도시의 발전을 참고하여 미래도를 그리고 추가해준 모양이다.

"그렇구나. 하지만 금방 익숙해질 거야."

"그럴까? 하지만, 애들이랑 유니를 보면 그런 날이 내일 당장이라도 올 것 같아."

마사가 웃었다.

처음에 포치랑 타마를 만났을 때 「수인을 친절하게 대하다니」라고 하면서 기겁했던 그녀는 이제 없구나.

이런 식으로, 차별이 줄어가면 좋겠다.

◆

"사토 씨—."

성으로 돌아가서 금방 제나 씨를 만났다.

"—이이이이이이이이이이이이이이이."

이쪽으로 달려오려던 제나 씨가, 도플러 효과를 일으키면서 저 멀리 달려가 버렸다.

"스피디~?"

"포치의 순동이랑 비슷할 정도로 빠른 거예요."

"제나 님은 괜찮을까요?"

타마와 포치가 감탄하고, 리자가 제나 씨를 걱정했다.

"괜찮으세요? 제나 씨."

"죄송해요, 사토 씨. 아직 익숙하질 않아서."

제나 씨의 손을 잡자, 찌릿하고 정전기가 흘렀다.

그녀는 손목에 벼락 영감이 가지고 있던 뇌명환을 끼고 있었다.

"—꺄."

뇌명환이 빛나면서, 제나 씨가 마족전에서 보여준 하이퍼 모드로 변했다.

"죄송해요. 아직 제 의사랑 상관없이 뇌수랑 반융합상태가 되어버려요."

하이퍼 모드는 뇌명환에 봉인된 뇌수와 반융합상태인 모양이군.

제나 씨가 심호흡을 하고 명상을 하자, 하이퍼 모드가 해제됐다.

"여기 있었구나, 제나."

"스승님."

병사 숙소 뒤에서 벼락 영감과 손자가 나타났다.

"방금 빛난 것은 제나더냐?"

"죄송합니다, 미숙해서—."

"상관없다. 뇌수를 봉한 뇌명환을 자유롭게 다룰 수 있게 되면, 나를 넘어서는 벼락 마법사가 되는 것도 시간문제야."

"그러나, 베크먼 남작 가문의 가보를 제가 계속 독점하는 것은……."

"상관없다, 상관없어. 뇌수를 봉한 이후로 뇌명환은 제나 말고는 만질 수도 없지 않느냐. 네가 현역을 은퇴할 때까지는 그대로 쓰거라."

사과하는 제나 씨에게, 벼락 영감이 너그럽게 웃었다.

"그렇게 되어서, 사토 씨. 사실은 전에 안내하지 못한 귀족 거리를 안내하고 싶었지만, 당분간은 성에서 나갈 수가 없어서."

"지금 네가 걸어다니다가 방전되면 일반인 따위는 가뿐하게 죽어버린다."

미안한 기색으로 말하는 제나 씨에게, 벼락 영감이 딴죽을 걸었다.

"제어가 안정될 때까지는, 내 밑에서 수련을 해야 하겠지."

벼락 영감이 말하고 껄껄 웃었다.

"펜드래건 자작!"

성 쪽에서 나를 부른 것은, 영지군의 예복을 입은 제나 씨의 동생 유켈 군이었다.

함께 있는 무녀 오나도, 신전의 의식용 무녀복을 입고 있었다.

"안녕하세요? 오늘은 무슨 일이 있었나요?"

"네. 미궁도시 세리빌라 파견 선발대 임명식이 있었습니다."

유켈 군과 무녀 오나는 미궁도시에 파견되어 있는 선발대와 교대되어 가는 모양이다.

"펜드래건 자작, 저도 미스릴 탐색자를 노리겠습니다."

"위험한데요?"

"알고 있습니다. 노력해보고 불가능하다고 판단하면, 순순히 물러나겠습니다. 도박을 하는 건 자신의 목숨만이 아니니까요."

그렇게 말하고 유켈 군이 무녀 오나를 보았다.

응. 두 사람의 밝은 미래를 위해서도, 「목숨을 소중히」를 기본으로 열심히 하면 좋겠다.

그렇지―.

"미궁도시에는 지인이 잔뜩 있으니까, 나중에 소개장을 드리겠습니다."

태수부인과 옛 녹색귀족 포프테마 전대 백작, 길드장, 비궁방면군의 장군쯤에게 소개장을 써두면 되겠지.

"참 감사합니다. 유켈, 인사를 하세요."

"네, 감사합니다. 펜드래건 자작."

이미 유켈 군은 무녀 오나에게 잡혀 사는 모양이군.

◆

수인들의 무노 백작령 이민은 순조로웠다.

브라이튼 시의 태수대리 리나 양이 유능해서, 막힘 없이 수인들을 받아들여 주었다.

이민 사업이 두 번째라는 것도 있겠군.

"마스터, 『요람』의 터에 누군가 있습니다."

오늘은 이민 사업 틈을 이용해서 젠에게 꽃을 바치러 요람의 터에 왔다.

"사람이 개미 같다고 고합니다."

자매의 장녀인 아진이 골짜기 바닥에서 행렬을 만들고 뭔가 옮기는 사람을 가리키자, 그 모습을 막내 위트가 개미로 비유했다.

"우웅?"

"뭘 하고 있는 걸까요?"

미아와 루루가 고개를 갸웃거렸다.

"하얀 것을 옮기고 있군요."

"저건 소금이야."

리자의 말을 보충했다.

요람을 만든 토라자유야가 집어넣은 자괴 장치로, 산수를 베이스로 한 「토라자유야의 요람」이 소금 덩어리가 되어 무너졌다.

골짜기 바닥에서 작업하고 있는 사람들은, 소금을 옮기고 있는 거겠지.

"저거 요람의 잔해지? 먹어도 괜찮을까?"

아리사가 의문을 말했다.

"괜찮을 거야."

전리품의 자동 회수에 휘말려서 소량이라고 할 수 없는 양의 소금이 스토리지에 있지만, 평범하게 섭취해도 문제 없다고 표시된다.

"꽃을 바치고 싶다고 고합니다."

"어디에 바칠까?"

요람의 잔해가 쌓여서 작은 산이 되어 있는 장소나, 골짜기를 한눈에 볼 수 있는 여기인가.

"트리아는 여기가 좋다고 제안합니다."

"그렇네요. 결혼반지를 바친 사모님과 전 마스터 젠의 묘는 후지산 산맥의 중복에 있으니까요."

자매의 3녀 트리아가 주장하자, 장녀 아진이 이유를 들며 동의했다.

""""전 마스터 젠의 명복을 빈다고 고합니다.""""

내가 만든 묘석에 꽃을 바치고, 자매들이 기도를 바쳤다.

여기까지 왔으니 붉은 투구의 얼굴이라도 보러 갈까 싶었지만, 그는 자리를 비운 모양이라 다음 기회에 가기로 했다.

귀환(리턴)전이로 산자락까지의 거리를 패스하고, 세류 시로 돌아왔다.

유니에게 산에서 발견한 꽃을 주겠다는 포치와 타마를 데리고 문전 여관을 방문했다.

"꺄아아."

문을 통과하기 직전에 유니의 비명이 들렸다.

타마와 포치가 문전 여관으로 달려갔다.

"유니 괜찮아~?"

"포치가 왔으니까 안심인 거예, 요?"

결사적인 타마와 포치의 표정이, 미묘하게 바뀌었다.

그곳에 양동이에 다리 하나를 넣고서 엉덩방아를 찧은 유니가 있었다.

그녀가 들고 있던 짐의 포장이 풀리고, 알맹이가 물에 젖어버렸다.

"유니! —앗, 먼저 짐부터!"

안에서 뛰쳐나온 마사가 짐을 물웅덩이에서 건져냈다.

"아차~, 흠뻑 젖었어. 상하지 않았으면 좋겠는데……."

마사가 꾸러미를 풀어 안을 확인했다.

—어?

무심코 그 중 하나에 손을 뻗었다.

"자, 잠깐만, 사토 씨. 멋대로 만지면 안돼."

마사가 항의하지만, 그럴 때가 아니다.

"뭐야? 축복의 보주(기프트 오브)?"

"—아니."

아주 비슷하지만, 내포하고 있는 것이 아주 위험하다.

"돌려줘, 사토 씨. 그건 현자님의 제자 분한테 보내는 짐이야."

마사가 손을 뻗지만, 순순히 돌려주기가 꺼려진다.

왜냐하면—.

"마사, 성으로 사람을 보내."

"뭔가 위험한 거야?"

"그래. 아주, 위험해."

이건 「권능의 보주(어빌리티 오브)」.

문제는 안에 들어있는 권능이다.

그 권능은 유니크 스킬 「어둠 불꽃 포옹(다크 플레어 엠브레이스)」.

위왕 「배덕비」가 썼던 유니크 스킬이다.

어쩌면, 요워크 왕국에서 마왕이 발생한 것은 현자의 제자란 작자가 꾸민 일일지도 모른다.

"—주인님."

"그래, 그 사건은—."

아직 끝난 게 아닐지도 모른다.

◆

그 무렵, 내가 모르는 곳에서—.

"이 흔적은『따르지 않는 것』이 틀림없어."

요워크 왕국에 나타난 누군가가, 누구에게랄 것도 없이 중얼거렸다.

"그런 주제에, 신의 흔적은 거의 없군."

누군가— 검은색으로 착각이 들만큼 짙은 보라색 옷을 입은 청년이 주위를 둘러보았다.

"봉인이 풀린 뒤 금방이고, 본래의 몇 퍼센트도 되지 않을 정도로 약체화되어 있었다지만 용사나 전생자가 어떻게 할 수 있는 상대가 아닌데— 대체 누구지?"

청년은 짧은 턱수염을 매만지면서 생각했다.

그는 사고할 때, 혼잣말을 하는 버릇이 있는 것 같다.

"마왕의 흔적은 예언대로지만…… 어쩐지 옅군."

청년의 모습이 사라지고, 왕성의 지하에 있는 유적으로 이동했다.

그곳에는 몇 명의 병사가 있었는데, 청년을 발견하는 자는 없었다.

청년은 아홉 개의 보옥이 끼워진 문 앞에 섰다.

"역시, 자이크온의 봉인이 느슨해진 것이 원인인가……."

씁쓸한 표정으로, 빛바랜 노란 보옥을 노려보았다.

"그런 무능한 놈이라도 필요하군. 정말이지, 있으면 괜한 짓만 해대고, 없어도 폐를 끼치다니. 어리석은 재앙신 놈."

청년이 분노를 진정시키듯 눈을 감았다.

"하는 수 없지. 기껏 모은 힘을 그런 바보를 부활시키는데 쓰는 것은 내키지 않지만, 이렇게 여러 번 봉인된 『따르지 않는 것』이 부활해서야 세계의 균형이 무너진다. 이대로는 부활한 녀석들을 이정표 삼아 밖에서 새로운 녀석들이 들어오지 않는다고 장담을 못해."

그렇게 되면 큰일이다. 청년이 지긋지긋한 기색으로 중얼거렸다.

"내키지 않지만, 자이크온을 부활시키는 방향으로 조정할까. 다음은 이곳의 독기가—."

청년의 모습이 폐허가 된 왕성 위에 나타났다.

"따르지 않는 것이나 마왕이 나온 것치고는, 독기도 옅다. 이러면 정화용으로 미궁을 만들 것도 없겠어."

청년이 폐허나 마찬가지인 요워크 왕도를 둘러보았다.

"세류 시의 새로운 미궁과 쿠보크 왕국의 재생 미궁으로 충분하겠지. 고로의 반응이 있으니, 사가 제국에 들렀을 때라도 물어보면 대략적인 진상은 알 수 있겠어."

중얼거린 청년 앞에, 순찰하던 병사가 나타났다.
"누구냐! 여기는 출입금지—."
병사가 물었을 때, 그곳에 있었을 청년의 모습은 사라져 있었다.

"이곳의 미궁은 부서졌나."
청년의 모습은 멀리 떨어진 쿠보크 왕국에 있었다.
"세류 시의 미궁 상태에 따라서는 새롭게—."
"—스즈키 선배?"
앞머리가 눈가까지 자란 동안의 소년이, 청년의 얼굴을 올려다 보며 놀라서 말했다.
"너는 누구지?"
"저예요, 저! —어라? 선배가 커졌다? 그리고 수염을 길렀었나요?"
"그렇군, 다른 차원에서 온 자인가……. 아니, 틀리군. 말려든 불운한 소년인가."
"저기~, 스즈키 선배, 맞죠?"
동안의 소년— 사토가 후배 씨라고 부르는 그를, 청년이 냉혹한 눈으로 내려보았다.
"레에지. 무슨 일이야?"
"괜찮아, 아는 사람이랑 만난 것뿐이야."
불안해 보이는 여성이 가까운 건물에서 후배 씨를 불렀다.
"그렇군. 현지처가 있다면, 본래 세계로 돌려보낼 수도 없겠어."
청년의 표정이 부드러워지고, 거침없이 후배 씨의 머리에 손을 올렸다.

“축복을 내리마.”

청년의 손이 보라색으로 빛나고, 후배 씨의 몸을 감쌌다.

후배 씨가 그 빛에 놀라자, 어느샌가 청년의 모습이 사라져 있었다.

“레에지, 지금 그건?”

“글쎄? 대체 뭐가 뭔지.”

후배 씨는 여우에 홀린 것 같은 표정으로, 한창 신혼인 아내를 끌어안았다.

그가 자기 몸에 일어난 일을 이해하는 것은, 조금 나중의 일이다.

청년의 모습이 세류 시의 문전 광장에 나타났다.

“사토 씨?”

문전 여관의 간판 아가씨 마사가 청년의 뒷모습을 보고 말을 걸었다.

“사토? 그 착각은 불쾌하다.”

“죄송합니다.”

진심으로 질책하자, 마사가 반사적으로 사과했다.

“그러고 보니 조금 아저씨야.”

“마사 아씨, 실례예요.”

마사의 뒤에 있던 심부름꾼 유니가 타일렀다.

“미안, 유니.”

“내가 아니라 그 사람한테 사과하세요.”

유니가 타이르자, 마사가 청년에게 사과했다.

“어린아이를 봐서 용서하마.”

그 말을 들었을 때, 청년의 모습은 문전 광장에 없었다.

청년의 모습은 세류 시의 지하 「악마의 미궁」 깊숙한 곳에 있었다.

“사간, 환영!”

눈알에 팔과 날개가 돋은 하급 마족이 청년 앞에 나타났다.

“마족인가, 꺼져라.”

그 한 마디로, 하급 마족이 검은 안개가 되어 흩어졌다.

청년은 그것을 개의치 않고, 가까운 벽을 만지며 뭔가를 확인했다.

“미궁의 씨앗(던전 시드)이 정착한 상태는 괜찮은 편이군. 이 정도면 다른 미궁을 만들지 않아도, 용의 계곡 원천이 응어리지지 않겠어.”

청년이 사라지고, 또 다른 장소에 나타났다.

그곳은 용의 계곡과 가까운 「전사의 요새」라고 불리는 폐허였다.

“기척이 옅군.”

청년이 용의 계곡 방향을 보면서 중얼거렸다.

“너는 잠들어 있는 건가—.”

담담한 어조인데, 흘러넘칠 정도의 경애와 애정과 집착이 담겨 있었다.

“—사랑스런 아콘카구라.”

■작가 후기

안녕하세요? 아이나나 히로입니다.

「데스마치에서 시작되는 이세계 광상곡」 27권을 구매해 주셔서, 정말로 감사합니다!

이렇게 30권에 다다를 기세로 권수를 거듭할 수 있는 것도, 응원해주신 독자 여러분 덕분입니다. 앞으로도 지금까지 이상의 재미를 탐구할 것이니, 부디 앞으로도 변함없는 지지를 부탁 드립니다.

자, 그러면 후기를 읽은 다음 살까 정하는 분을 위해서, 본권의 볼거리를 얘기해보죠.

27권에서는 이야기에서 시작의 땅이라 할 수 있는 세류 시를 재방문합니다.

제나 씨는 물론이고, 2권 이후 오랜만에 문전 여관의 간판 아가씨 마사와 심부름꾼 소녀 유니, 해결사의 나디 씨와 점장 등이 등장합니다. 쓰다 보니까 점점 그리워져서, 무심코 등장을 늘려버렸을 정도입니다.

작중에 등장하는 요나 할머니나 노예들을 모르는 분은, 데스마치 EX권에 신규 수록된 단편 「리자의 옛 동료」를 읽어주시면 좋겠습니다. 애니판에서 등장이 많았던 세담 시의 도예 공방주도 등장합니다~. 이쪽에서 이야기하는 도자기 「환상의 파랑」에 대한 에피소드는 데스마치 EX 2권의 신규 수록 단편 「환상의 파랑」을 보세요~.

WEB판의 재방문 때는 제나 씨의 혼담을 둘러싸고 세류 백작과 불꽃 튀는 설전을 펼친 사토였습니다만, 서적판에서는 제나의 입장이 조금 달라서 WEB판과 커다랗게 다른 흐름이 됐습니다.

다만, 서적판에서는 WEB판과 완전히 다른 이유로 세류 백작과 치열한 설전을 펼치게 됩니다. 역사의 수정력이란 거군요(아냐).

물론, 세류 시 방면의 그리운 캐릭터뿐이 아닙니다. 리자 일행의 활약이나 데스마치에서 익숙한 관광지 식사도 건재합니다.

또한, 에필로그에서 예상 밖의 인물이, WEB판보다 꽤나 빠르게 등장했습니다. 전권의 마지막에 후배 씨가 등장한 것도, 이번 일의 복선인가?

너무 자세히 쓰면 스포일러로 돌입하게 되니, 볼거리 이야기는 이쯤에서 마치겠습니다.

그러면 늘 하는 인사를!

담당 편집자 I 씨와 A 씨 두 사람에겐 아무리 감사를 해도 모자랍니다. 적절한 지적이나 개고 어드바이스뿐 아니라, 작가가 놓친 모순점이나 설정 실수 등을 적절하게 발견하여 커버해주시는 덕분에 대단히 도움을 받고 있습니다. 앞으로도 오래도록 지도편달을 부탁드립니다.

멋진 일러스트로 데스마치 세계를 선명하게 채색해 띄워주시는 shri 씨에게는 아무리 인사를 해도 말이 부족합니다. 이번 리자가 손을 내미는 표지도 근사했어요.

그리고, 카도카와BOOKS 편집부 여러분을 비롯하여, 이 책의 출판과 유통, 판매, 선전, 미디어믹스에 연관된 모든 분에게 인사를 드립니다.

마지막으로, 독자 여러분에게 최상급의 감사를!!

본작품을 마지막까지 읽어주셔서, 정말 감사합니다!

그러면 다음권, 데스마치 28권「동방소국편」에서 만나요!

아이나나 히로

■역자 후기

안녕하세요? 불초 역자입니다.

독자 여러분 어찌 지내고 계시는지요. 역자는 최근 대단히 성실하고 열심히 일하고 있습니다.

왜냐면 불을 지펴야 하니까요! 타고 남은 모든 것에.

역자의 연식이 꽤 오래된 걸 눈치챈 독자 여러분도 아마 있을 겁니다만, 구체적으로 역자가 잠깐 레이븐이었던 것이 시리즈 첫 작품이었습니다. 뭐 솔직히 당시에는 내용도 제대로 모르고 단지 로봇을 조립해서 싸울 수 있다는 것만 가지고 전투를 좀 하다가 좌절을 했었습니다만 그래도 뭐 잠깐은 레이븐이었습니다.

역자는 말이죠. 이번에 가나도 사냥을 하면서 학습을 했어요. 역시 게임을 하려면 일을 열심히 해서 작업 진도를 확보해둬야 한다는 것을 말이죠.

하여튼 도움이 안 되는 애숄리를 구한다고 이리 구르고 저리 구르고 백덤블링과 발차기 백드롭까지 하다 보니 어느새 플레이 타임은 가뿐하게 100시간……. 거짓말은 안 좋은 거죠 400시간이 넘어가고 있었다는 괴현상이 일어나고 있었습니다. 정말 신기한 일이죠.

결국은 마감 일정을 맞추기 위해 일을 하게 된다는 악순환이 일어난다니까요!

그래서 역자는 발상의 전환을 했습니다. 일을 먼저 열심히 하면 되잖아! 그러면 게임하느라 늦어질 것 같은 일정에 조바심을 내면서 일하지 않아도 된다! 오오! 좋은 생각이야!

……그래요. 아주 당연한 일입니다.

아니 그렇지만 변명을 한 가지 해봅시다. 이게 그게 저게 뭐냐면 번역처럼 마감을 정해놓고 일을 하는 경우 이렇게 순서가 좀 바뀌기만 해도 심리적으로 꽤 편해진단 말이죠. 사람이 어느 정도 궁지에 몰린 상태가 되면 가끔 집중력이 확 올라가면서 작업 능률이 올라가는 일도 있습니다만, 그것은 어디까지나 미래에서 빌려오는 힘. 그렇게 일을 하고 나면 지쳐서 쓰러지고 그 스트레스를 풀기 위해서 다시 게임을 하고 그러면 다시 일정이 늦어질지도 모르니까 거기에 쫓기면서 다시 일을 하게 되고 악순환이 반복됩니다. ……응? 뭔가 이상한데? 결국 일과 게임의 반복이 아닌가?

어쨌든! 발상을 바꿔 일부터 진도를 빼놓는다고 생각하면 일정도 안 늦고 스트레스도 줄어들고 게임도 즐길 수 있으니 일석삼조!

아무튼 다가오는 발매일에 대비하여 역자는 열심히 일을 하고 있는 겁니다. 끄덕끄덕.

어드벤트 데뷔도 보고요. 하루를 26~28시간으로 살고 있는 역자다 보니 데뷔 방송 시간에 깨어있을지 알 수 없었지만 마침 시간대가 맞았습니다. 바우바우바우바우!

그럼 여러분, 다음엔 루비콘에서 만나요!

데스마치에서 시작되는 이세계 광상곡 27

초판 1쇄 발행 2024년 1월 10일

지은이_ Hiro Ainana
일러스트_ shri
옮긴이_ 박경용

발행인_ 최원영
편집장_ 김승신
편집진행_ 권세라 · 최혁수 · 김경민 · 최정민
편집디자인_ 양우연
관리 · 영업_ 김민원

펴낸곳_ (주)디앤씨미디어
등록_ 2002년 4월 25일 제20-260호
주소_ 서울시 구로구 디지털로 26길 111 JnK디지털타워 503호
전화_ 02-333-2513(대표)
팩시밀리_ 02-333-2514
이메일_ lnovellove@naver.com
L노벨 공식 카페_ http://cafe.naver.com/lnovel11

ISBN 979-11-278-7390-5 04830
ISBN 979-11-278-4247-5 (세트)

값 11,000원